伊坂幸太郎

アヒルと鴨のコインロッカー

東京創元社◎ミステリ・フロンティア

アヒルと鴨のコインロッカー

No animal was harmed in the making of this film.

（この映画の製作において、動物に危害は加えられていません）

―――――　映画のエンドクレジットによく見られる但し書き

腹を空かせて果物屋を襲う芸術家なら、まだ恰好がつくかもしれないけれど、僕はモデルガンを握って、書店を見張っていた。

夜のせいか、頭が混乱しているせいか、罪の意識はなかった。強いて言えば、親への後ろめたさはある。小さな靴屋を経営している両親は、安売りの量販店が近くに進出してきて、あまり良好とは言えない経営状況であるにもかかわらず、僕の大学進学を許してくれた。そんなことをさせるために大学へやったのではない、と彼らが非難してくれれば謝るしかない。

細い県道沿いにある、小さな書店だ。

午後十時過ぎ、国道が近くを走っているはずだが、周囲は薄暗かった。車の音もしない。周りには、昔ながらの民家がぽつぽつとあるだけで、人通りもない。

書店の駐車場の脇に立つ看板は派手ではなかったし、等間隔で並ぶ街灯はどれも古いせいか、雲がかかった夜空にぼんやりと滲《にじ》む月のほうが、まだ明るいように思えた。

雨は降っていないのに、町全体が湿っているように見えた。じめじめとして、夜に沈んでいる。民家はどれも黒く見えたし、その中の住人は全員、眠っているかのようだ。

書店は、殺風景なコンクリート剝き出しという外観で、とりたてて賑やかな電飾があるわけでもない。

古くからある個人経営の店らしい。昼間は近所の子供たちにコミックスを売り、夜は車でやってくる若者にヌード雑誌を売り、それでどうにか維持していけるくらいの規模なのだろうか。今時には珍しい、はたきの似合いそうな、書店だ。

僕たちが到着した時は、ちょうど閉店時間の直前だったので、駐車場に停まっていた車が次々と出て行くところだった。古そうな白いセダンが一台だけ残っている。書店員の乗ってきたものかもしれない。

僕たちは閉店間際にわざわざやってきた。客ではないからだ。

店の正面の入り口を横目で見ながら、建物の側面とブロック塀の隙間を通り、裏側へまわる。身体を横にしなければ進めないほどの狭さではなかったけれど、二人の人間がすれ違うことができるほどの幅はない。裏口ドアのはめ込みガラスから、店内の明かりが零《こぼ》れていた。

裏口ドアの前に立つ。木目模様の扉で、ノブは銀色だ。ガラスがはめ込まれているのは、僕の顔の位置だった。磨りガラスであるため、店内は濁《にご》った海面の上から水中を覗くようにしか、把握できない。

ブロック塀の脇に立つ、名前も分からない木が、長く垂れた枝を僕に向けている。上から襲い掛かってくるような角度で、枝をしならせていた。威嚇してくるようにも見えた。

横には、エアコンの室外機やポリバケツが置かれている。気のせいかもしれないが、埃《ほこり》や小便が混じったような匂いが漂っている。

そうだ、モデルガンを持ち上げなくてはいけない。窓ガラスの位置に、握っているモデルガンを近づけた。

地面が揺れている、地震だな、と思ったが、何ということはない、単に自分の足が震えているだけのことだった。

情けない、と他人事のように思う。ボブ・ディランを口ずさむ。

「椎名《しいな》のやることは難しくないんだ」河崎《かわさき》はそう言っていた。

たしかに複雑なことではなかったし、どちらかと言えば技術的でもなかったし、誰にでもできることだった。

モデルガンを持ったまま、書店の裏口に立っていること。それだけ。ボブ・ディランの「風に吹かれて」を十度歌うこと。それだけ。二回歌い終わるたびに、ドアを蹴飛ばすこと。それだけだ。

「店を実際に襲うのは俺だ。椎名は裏口から店員が逃げないようにしてくれ」河崎は言った。

「裏口から悲劇は起きるんだ」

当の河崎はすでに、閉店直前の書店に飛び込んで、「広辞苑」を奪いに行った。

店内から物音がした。僕は驚いて、右足をびくりと動かす。靴が雑草を踏んだ。ぐにゃりと土を踏んだ感触が気色悪く、鳥肌が立った。何でこんなところに来たんだろう。

風はさほど冷たくなかった。関東から引っ越してきたばかりの僕は、東北の四月はまだまだ寒いだろうと決めつけていたので、拍子抜けをするくらいだった。つまり僕は、寒くもないのに震えている。首を傾けて空を見ると、雲がすっかり月を覆っていた。

モデルガンを握りしめ、ドアを蹴飛ばしながら、引っ越してきた日のことを思い出す。たった二日前のことだ。

◇　現在　1　◇

二日前、この町に引っ越してきたばかりの僕は、まず猫に会い、その次に河崎に会った。

アパートの呼び鈴を指で押すと「ピン」という軽快な音が聞こえた。離すと今度は「ポーン」という長い音が鳴る。

四月のはじめはまだ、桜が咲くには早すぎるようで、アパートの入り口に一本だけ植えられている桜は、裸のままだった。堂々たる裸婦のような貫禄すらある。

新幹線でやってきたのは、午前中だった。バスでアパートに到着し、送られてきた引っ越し荷物を次々と部屋の中に引っ張りこみ、そうこうしているうちに夕方になっていた。

二階建てのアパートは、築十五年の木造だった。外側のペンキを塗りなおしたばかりだからか、僕の目からは新築に見える。

建物の真ん中に階段があり、その左右に各階二部屋ずつの計四部屋が用意されている。つまり、全部で八部屋の小さなアパートだ。ちなみに、四は不吉な番号だ、という迷信はいまだ根強いのか、一〇三号室の隣が一〇五号室となっている。

各部屋の玄関は、表通りから少し隠れた場所になっているので、暗い。涼しさも感じられるが、じめじめとした湿気の匂いもする。目の端に、天井を這う蜘蛛の姿が映るが、気にしないことにした。壁沿いに埃の固まりが転がっているが、見なかったことにした。

僕は隣室の前に立っている。姿勢に気を配った。もし隣人が出てくるとすれば、僕の第一印象は、ドアの魚眼レンズ越しに決まることになる。

反応がない。部屋の中からは可愛らしい女子大生の声も、荒々しい大男が無愛想に近づいてくる足音も、聞こえてこなかった。

隣人はいったいどのような人なのか、期待がないと言えば、嘘だ。

もう一度、呼び鈴に手をやって、鳴らしてみた。「ピン」と跳ねる音がして、「ポーン」と伸びる。さっきと同じだ。

平日の町は誰も住んでいないかのように静かで、呼び鈴の音は立ち並ぶ家々の壁に吸い込まれていくようだった。後ろを振り返ってみる。もしかすると、と思った。

もしかすると町の住人たちは、新入りの僕をどこか高台から観察し、品定めをしているのかもしれない。そうでなかったら、町全体の大切な集会がどこかで行われていて、僕だけがそれから取り残されているのかもしれない。

あるわけがないのに、そんな不安が頭をよぎる。しばらく待って、諦めた。隣人との対面は、次回への持ち越しとして、自分の部屋、一〇五号室に戻る。

部屋には段ボールの山が待っていて、無言の圧力を与えてきた。この積まれた箱がこの世から消えることなんて、アメリカから軍隊が消えるくらいに、不可能なことに思えた。絶対無理だ、と僕は胸の中で弱音を吐く。たぶん、米軍の消滅のほうが先だ。

置時計を見ると、夕方の四時を過ぎていた。

覚悟を固めて、まずはステレオの入った箱を開ける。中からスピーカーやコードを引っ張り出して、南側の壁際に設置をした。コンセントに接続すると、さっそく音楽を流した。

猫がやってきたのは、それから一時間後だ。

曲が終わったところで、鳴き声が聞こえた。板張りの八畳の向こう側は、窓を挟んで小さな庭のようになっている。仕切りはないから、庭を通れば各部屋を行き来できる。きっとそのあたりに猫がいるのだろうなとは分かったが、はじめは気にしなかった。

ただしばらくすると、その猫が窓のサッシに飛び上がり、ガラスを爪で引っ掻きはじめたので、これはたまらないな、と思った。

慌てて、窓を開ける。「ちょっと、やめろよ」と叱るが、猫のほうは聞いてはいない。軽快に部屋の中に入ってきた。平然と我が物顔で。堂々と遠慮もなく。

「おい、聞けってば」

猫の動きは素早かった。慣れたように部屋を駆け、取りつけたばかりのカーテンに滑り込んだかと思うと、突然顔を出し、次には部屋の隅にある空き袋に潜った。どうにか取り押さえようと、段ボールにぶつかりながら、手を伸ばす。

毛並みの良い猫だった。真っ黒の短毛で、つやつやとしている。首輪はなかった。長い尻尾が天井を向いているが、その先はぽきりと折れ曲がっていた。

なかなか捕まらない猫に嫌気が差した。知るか、いるなら勝手にいろ、困るのはおまえのほうだ、と開き直り、荷物の整理作業に戻ることにした。しかし、そうしたとたん、猫が毛づくろいをはじめる。その仕草が思わせぶりなのだ。今なら捕まえられるかも、と近づく。飛び掛ろうとしたところで、猫は急に飛ぶ。涎《よだれ》なのか、餌なのか、とにかく動物の体臭と思われるものが鼻をよぎる。猫はいつの間にか、空いた段ボール箱に飛び込んでいて、楽しそうに顔を出した。

結局、さらに十分ほどを費やして、ようやく捕獲した。窓から庭に下ろしてやる。ちらっとこちらを見るので、また飛び込んでくるのかと身構えるが、猫は澄ました顔でそのまま歩いていった。

「何だよ、それ」

生まれてはじめての一人暮らし、その部屋を訪れた記念すべき最初の客が、尻尾の曲がった猫だとは喜ばしくもない。


河崎に会ったのは、午後の六時頃、荷物の置き場所がなかなか決まらずに、とりあえず、いらなくなった段ボールを部屋の外に置きに出た時だった。ちょうど、そこに彼が立っていた。はじめのうち僕は彼に気づかず、背を向けて、ボブ・ディランの「風に吹かれて」を口ずさんでいた。誰もいないものだと思って、それなりに大きな声で歌っていたので、「ああ」と後ろから声をかけられた時には、かなり驚いた。そして、かなり照れた。

彼は、先ほど僕が呼び鈴を鳴らしていた一〇三号室の前に立って、パンツのポケットに手を入れていた。鍵を探していたのかもしれない。

「ディラン？」と彼は真っ先に質問をしてきたので、僕はぎこちなく「ディラン」と肯定するトーンで答えた。「風に吹かれて」

彼はとても大事な場面に立ち会ったかのような、神妙な顔でうなずいた。

そして、近づいてくる。「引っ越してきたんだ？」

「え、ええ」

背が、僕よりも高い。その割に肩幅はなくて、細身だった。短めの髪は分け目もなく、ラフな雰囲気だった。

「さ、さっき、来たばかりで」僕はしどろもどろになりながら彼の部屋を指差して、「そっちの部屋にも挨拶に行ったんだけど、留守だったから」と責められてもいないうちから、弁解を口にした。

日焼けしているのか、肌の色は濃い茶色をしていた。サーフィンやスキーを熱心にやるタイプなのかもしれない。

全身が黒ずくめだった。黒いシャツに、ブラックレザーのパンツを穿いている。下手をすれば、田舎のバンドマンのようにも見える服装なのに、彼は上手に着こなしていた。長身のせいかもしれないが、様になり、似合っている。女性に人気がありそうだ。

外国の諺《ことわざ》を思い出していた。『悪魔は絵で見るより黒くない』どんなに悪人でもどこかしらいいところがある、とかそういう意味ではなかっただろうか。もしくは、完全な悪人はいない、という意味だったかな。うろ覚えだ。

この人は悪魔だったりして、と想像をしてみた。この服装の黒さはきっと、絵で見る悪魔よりは黒くないだろうし。それに、引っ越してきたばかりの、知人がいない大学新入生は、熟練の悪魔には手頃な相手に違いない。

「手伝おうか?」彼が言った。

「い、いや、もうずいぶん片づいたから」嘘を言った。あの部屋の状況が「片づいた」と言えるのなら、世界で起きている争いごとの大半は片づいているはずだ。

「ふうん」彼は考えるようにうなずいた。「それなら、うちに来いよ」

鼻が高くて、口がやや横広だった。眉は濃くて、笑うと口の端が吊り上がるようになった。整髪剤で立たせた短い髪は活動的にも見えて、ますます悪魔の印象が強い。

年齢は、僕より少し上かもしれない。

どう返事をしようかな、と段ボールを持つ手を入れ替えながら、迷っていた。

目の前の彼が「あ、そうだ」と口を開いて、こう言った。

「シッポサキマルマリが来ただろ？」

あ、これは悪魔の言葉に違いないな、と思った。


彼の部屋は当然のことながら、僕の部屋とほぼ同じレイアウトをしていた。キッチンと風呂場の位置が正反対になっていたけれど、それ以外の違いはない。

「椎名」と僕が名乗ると、彼は「言いにくい名前」と嫌そうに顔をゆがめた。「シイナ、シイナ、オカシイナ」と口ずさむように言った。

「そういう駄洒落なら、今まで百億回くらい言われたけど」僕はげんなりしてみせる。

「ヒャクオク？」

それくらいその駄洒落はつまらないってことだよ、と説明をする。

「それなら、その、百億記念だ」と彼は言って、台所からグラス二つと、ワインボトルを持ってきた。ぼうっとそれを見ていると、彼は黙々とコルクを抜きはじめ、感慨深そうに「さあ、乾杯だ」と呟いた。

「はあ」と言うほかない。

「俺はカワサキ」

「カワサキのカワはどっちの字？　三本川の川か、それとも河童の河？」

「どちらでも」と彼は適当なことを言って、笑う。河崎だな、と僕は推測した。理由はないが、そちらのほうが似合っていると感じたのだ。

よし、とうなずいて彼がグラスを手渡してくれる。状況は分からなかったけれど、差し出されたものはとにかく手に取るべきだと思った。

「乾杯だ」

実のところ僕は、アルコールにはなじみがなかった。未成年だし。ただ、学生生活にはおそらくアルコール分が不可欠だろうとは薄々分かっていたので、ためらわずにグラスをつかんだ。赤色のワインは、僕を大人びた気分にさせた。

「あの、乾杯って何に？」探るように訊ねた。

「百億にだよ」

「はあ」

「そして、出会いに」

「出会い、ですか」そちらのほうがまだ受け入れやすかったけれど、気味は悪い。「単に、引っ越してきただけ、なんだけど」

「誰かがやってくるのを待っていたんだ」

「そりゃ、誰かは来るだろうね」

「まさか、ディランを歌う男とは思わなかった」

自分の恥ずかしい失態をあげつらわれるようで、面伏せな気分になる。「はあ」

グラスを突き合うと、とても心地良い音が鳴った。思ったよりも飲みやすい味で、ほっとする。

「シッポサキマルマリが来ただろう？」彼はまたその言葉を発した。

「さっきも言っていたけれど、それは何のこと？」

「猫」

「ああ」僕はグラスを絨毯《じゅうたん》に、倒れないように慎重に置いて、「あの猫のこと。来たよ。来ました。あれは、河崎さんの飼い猫なの？」

「さん、はいらない。河崎」

「河崎の猫なんだ？」

「呼び捨てにすると、親しく聞こえるだろ」河崎が言ってきた。たしかに、敬称を外して呼んでみると、ぐっと距離が近づいた気はする。ただ、近づけばいい、というわけでもないだろう。

「このアパートには前から外人が住んでるけど、丁寧語で喋るから、ちっとも親しくなれない」

「はあ」僕は彼の意見に同意するよりも、「ガイジン」という響きに見下すような差別的なトーンを感じて、少々、警戒をした。

「あの野良猫、可愛いだろう？　尻尾の先がさ、折れたしゃくなげの枝のようになっていて、先が丸まっている。だから、シッポサキマルマリ」

「よく来るんだ？」

「シッポサキマルマリ？」

「そう、シッポサキマルマリ」それを認めなければ、話が進まないような雰囲気すらあったので、僕はそう発音した。

「猫はたいてい、寂しい人間のところにやってくる」

「つまり、僕のところに来たってことは、僕が寂しいということかな」

「見抜かれている」河崎は表情を変えずに言って、「特に黒い猫はそうだな」とつづけた。

「黒い、と言えば、君も真っ黒い服装じゃないか」と僕は口に出して言う。

「悪魔みたいだろ」彼は自らそれを認めた。

「いやあ」実のところ僕もそう思っていたんだ、とはさすがに言い出せなかった。仕方がないので、「黒い犬みたいだ」と言った。黒のラブラドールレトリーバーや、黒い柴犬が、人に姿を変えたらこうなるかもしれないな、と感じたのはたしかだった。鼻がぴんと立っていて、背筋が伸びている。恰好がいい。

「実はさ、俺は死から、復活したんだ」河崎は首を曲げて、僕をじっと見る。「まさに悪魔だ」

「死から？」

「不治の状態から」

何か胡散臭い話になるのではないか、と僕は気を引き締めた。「死」や「復活」は慎重に使うべき言葉だ。

部屋を見渡す。何もなかった。床には小さなラジカセが無造作に置かれていて、その隣にカセットテープや雑誌が転がっている。姿見が壁に立てかけられていて、簡易なクロゼットと電話がある以外には家具らしいものはなかった。新聞も、座布団やクッションも、大雑把に言ってしまえば生活臭がない。

段ボールが山のようになって空間を占領している僕の部屋もひどいものだったが、彼の部屋の殺風景さも極端だった。僕の荷物を半分ほどこちらに運んでくれれば、ちょうどバランスが取れるのではないか。

「椎名は学生かい」河崎が言った。

「そうなんだ。明後日から」

「今は？」

「今？」

「明後日までは学生ではないんだろ」

「今は、何だろう。じゅ、準、学生かな」つまらない返事をする。「河崎は？」自分のことばかり訊かれるのは、居心地が良くない。「学生なの？」

「俺のことはどうでもいいよ」彼の口調に棘《とげ》はなかったが、それ以上の質問をはね返したがっているような、勢いは感じた。

部屋の隅に、小さなテーブルがあるのが見えた。手鏡と整髪剤の缶、それから電動の髭剃りが載っている。河崎に視線を戻す。やはり、身だしなみにはうるさいタイプなのかもしれない。

「ちょうど良かった」グラスに口をつけた後で、河崎は急にそう言った。

「ちょうど？」悪魔に、ちょうど良かった、と喜ばれても嬉しくないのに、と僕は思う。

「やりたいことがあったんだ」

「やりたいこと、ね」ホモセクシャルに性的な関係を迫られているようだった。

「きっかけを探していたんだ。手伝いが必要だった」

「いや、手伝うと言った覚えもないんだけれど」

「大したことではない」

僕はまだ残っているワインを見下ろしながら、さらに飲むべきか判断できずにいた。この場を今すぐに立ち去るべきだ、と僕の中で警告音が鳴っている。

「このアパートに外人が住んでいると、さっき言っただろ？」河崎が言った。

「丁寧語で喋る、外国人のこと？」

「そう。この部屋の隣の隣に、いる」

「一〇一号室だね」アパートの見取り図を頭に描く。階段を挟んで、一番奥の部屋だ。「どこの国の人なのかな？」

「外人というのはみんな同じに見えるんだよな」河崎は何が可笑しいのか、口を大きく開いて、ひとしきり笑った。「アジアの国なのは間違いない」

「アジアって広いよね」

「椎名より少し年上だな」

「留学生かな」

「そのはずだ」河崎はうなずいた。

「あまり親しくないんだ？」

「親しいと言えば親しいし、親しくないと言えば親しくない」

「その外国人がどうかしたの」

「ちょうど一昨年の今頃から、部屋に閉じこもりがちになったんだ。元気がなくなった」

「ホームシックかな」

「いろいろあったんだ」河崎は事情を知っているようだったが、それを僕に説明するつもりはなさそうだった。

「それはそれは」いろいろ、とは便利な日本語だ。

「彼は、それまでは彼女と同棲していたんだ」

「あ、それは羨ましい」学生生活を送るにあたって、「彼女」や「同棲」は究極目標のひとつであるように感じられる。「その彼女と別れて、元気がなくなっちゃったのかな」当てずっぽうに言う。

「正解だよ、椎名」河崎は顔をゆがめて、こちらを指差した。

「で、その閉じこもった外国人がどうかしたの？」

「元気を出してもらいたいんだよ。だから、プレゼントをしたい」

「いいかもしれない」と言いながらも、僕はちっとも良いとは思っていないのだけれど。

「彼は辞書を欲しがっていた」

「ジショ？」

「ひらがなも漢字も分からない。だけど、辞書が欲しい。面白いだろ。辞書さえあればどうにかなる。そんなことを思っている」

「分かる気がするね」もちろん分かってはいなかったけれど、話を合わせるくらいの礼儀は持ち合わせている。

「彼にはさ、辞書で調べたい言葉が二つあるらしい。一つは『ろくでなし』で、彼は果物の種類だと思っているんだ」

「もう一つは何だろう」

「『がんばる』だ。彼の国ではそういう言葉がない」

「どこの国なんだろう？」

「アジアのどこかだな」

「そう言えば、そうだったね」

そろそろ部屋に戻ろうと僕は考えていた。絨毯に座っているのに疲れてきたせいでもあったし、部屋で待っている段ボールのことが気になっていたからでもあったが、何よりも、このままこの部屋に居座っていると、そのうち高価な壺やら簞笥やらを買わされる羽目になるのではないか、とそんな恐怖に襲われはじめたのだ。

「それで」河崎が言った。「それで、俺は辞書をプレゼントしたいんだ」

「それはいいと思うよ」まずいな、早く帰らないと、と膝を立てる。

「ただの辞書ではなくて、厚くて、立派なやつを」

勝手にそうすればいいんじゃないかな、と思いながら、腰を上げるタイミングを計る。

「広辞苑を奪ってやるんだ」

河崎がそう言うのが耳に飛び込んできた。はじめは聞き間違いかと思った。

「何をどうするって？」

彼は鼻を広げて、いくぶん興奮を見せながら、口の端を吊り上げた。「広辞苑を奪うんだ」

言葉を失った。床が抜けて、自分だけが宙に浮いているような、取り残されている感覚になる。顔の皮膚に細かい震えが走るのが分かった。

「というわけでだ」彼はさらにつづけた。「一緒に本屋を襲わないか」

教訓を学んだ。

本屋を襲うくらいの覚悟がなければ、隣人へ挨拶に行くべきではない。

◇ 二年前 1 ◇

その時、行方不明の犬を捜していたわたしは、まず轢《ひ》かれた猫に会い、その次にペット殺しの若者たちに会った。

わたしの横を、常識外れの速度で通り過ぎていった紺のセダンは、「きぃ」というブレーキ音を鳴らして、左のカーブを曲がり姿を消すと、「どん」という短い音を立てた。

きっかけさえあれば今すぐにでも、町中の桜が花を開くような、心地良い暖かさが漂っていたけれど、音を聞いた瞬間、寒気立った。

慌てて駆け出す。緩やかな下り坂を、紺の車が左折していった方向に進んだ。

夕方の五時を過ぎている。沈んでいく夕日が、町の表面を赤く染めはじめていた。

どん、というその音は、身体の内側で鳴るような独特の響きがあったので、だから、轢かれたんだ、と分かった。

「What happend?（どうしたの？）」わたしの横を走りながら、キンレィ・ドルジが英語で話しかけてきた。

「車が」自分を落ち着かせようと、呼吸を整える。「車が何かをはねたみたい」

「車、ですか」ドルジがたどたどしい日本語で言ってくる。

「うん、はねられちゃったみたい」

「クロシバ、ですか?」

わたしは首をかしげる。縁起でもない、と怒りそうになったが、口には出さなかった。

クロシバは、わたしの勤めているペットショップからいなくなった柴犬で、まさにわたしとドルジがついさっきまで市街地をうろついて、捜し回っていた犬のことだ。

黒い柴犬だからクロシバ、というのは名前としては安直かもしれないが、商品を分類するための記号としては悪くない。ただ、商品としての価値がなくなった今もそう呼ばれているだけのことだった。

「残念ながら、クロシバ。君は今日から商品ではなく、友人に格下げになった」とは、店長の麗《れい》子《こ》さんが、二ヶ月前、四歳になったクロシバに向かって言った台詞だ。それなりに愛嬌があり、それなりに賢く、それなりに価格も下げているのに、クロシバは売れなかった。おそらく、彼の鼻が生まれながらに曲がっていて、その外見的な欠点が、「それなり」の利点よりも目立ってしまったことが原因だろう。

胸が痛くなるのを感じながら、早足で坂道を下った。ドルジも後ろからついてくる。二十三歳のブータン人は、軽快だ。

世界は皮肉に満ちているということくらいは、わたしも分かっているので、半日も捜して見つからなかった犬が、その帰り道に、轢かれた姿で自分たちの前に現われることもありえなくはない、と覚悟していた。

平日の夕方、町は息を潜めて、事故の様子をじっと窺っているようだ。学校帰りの子供たちの姿も見えないのは、通学路から外れているからだろうか。似たような配色の家が立ち並んでいるだけの、新興住宅地だった。どこからか、窓が開けられる音が聞こえた。車の音に反応したのかもしれないが、すぐにまた閉まる。

道が下り坂になっている上に、慌てているせいで、つんのめりそうになった。踏ん張りながら、小走りで進む。靴が何度か脱げそうになった。

麗子さんの顔を思い出した。もし、クロシバが轢かれていたら彼女はどんな顔をするのだろう。

この世に存在してはならないような、真っ白い肌をした麗子さんは、いつだって無表情で、感情を表に出さない。以前、ある客が、麗子さんのことを店内に飾られた人形と勘違いした、と聞いたことがあるが、それもあながち冗談とも思えなかった。現実味がないほどに整った外見は、客商売をする店長というよりも、血の通わないマネキンや蠟人形のほうによほど近い。

ただ、そんな彼女だって、可愛がっていた売れ残りの柴犬が事故に遭ったと分かれば、眉のひとつもゆがめるのではないだろうか。

道を曲がると、車の姿などとっくに消えていて、そのかわりに、道路の真ん中に小さな動物が横たわっていた。補修工事の跡で盛り上がったアスファルトの、マンホールの蓋の上に、眠るかのようにその猫は倒れている。

そう、猫だった。柴犬ではない、つまり、クロシバではない。ほっとするよりも、憂鬱な気分になる。四、五歳くらいの黒猫だ。立派な体格をしている。泥がついているが、黒い毛がとても綺麗だった。首の部分が潰れていて、骨が見えている。足の先がぴくりぴくりと痙攣《けいれん》していて、痛々しい。動物独特の臭いが鼻に届く。

「可哀相に」

「不幸、ですね」後ろにいるドルジが、片言の日本語で言った。

「こういう時には、不幸と言うよりは、不運、って言うんだってば」

「ソウデスネ」ドルジが感情のこもっていない、平坦な口調でそう返事をした。

ドルジは英語については達者だったが、日本語は簡単な単語の組み合わせしか、使えない。留学生として大学に通っていても、一緒に研究をする仲間たちの大半が海外からの留学生で、もっぱら会話は英語ばかり、日本語を練習する機会はあまりないらしい。

琴美《ことみ》と話す時はなるべく日本語を使いたい、とドルジは言うのだけれど、結局は、英語に頼ることのほうが多かった。

ソウデスネ、はドルジの口癖だ。聞き取れない日本語に出会ったり、返答に窮《きゅう》した時には、たいてい、そう曖昧に答える。

すぐに猫の身体は動かなくなった。口からは舌が飛び出していて、腹からは腸が出ている。このままここで曝《さら》しものにすることだけは避けたかったので、「埋めてあげよう」とわたしは言った。

するとドルジが、自分の持っていた紙袋を開いて「(これに入れて、運ぼう)」と英語で言った。帰り道で買ったTシャツが入っているだけだったので、それを脇に挟み、袋をわたしに手渡してきた。わたしが袋の口を広げると、ドルジはためらう間もなくしゃがんで、マンホールの蓋の上に倒れている猫を両手ですくい上げた。ドルジの顔には、汚れた物を触るような不愉快さも、面倒臭そうな表情もなくて、どちらかと言えば、泥をひっくり返して農作業をするような雰囲気があった。

「(ブータン人からするとさ、こういう風に埋葬しようという考え方は変?)」英語で訊ねてみる。

「(ブータンにはお墓がないからね。火葬か水葬だ)」

「鳥葬は?」

「チョーソー?」

「(鳥に死体を処理させるやつ)」

「(ああ、そういうやり方もある。今はほとんどないけどね。やるとしても、僻地でだよ)」

わたしは、鳥葬などという儀式は大昔の野蛮な習慣だと思い込んでいたので、好奇心を刺激された。

「(今さ、野蛮人だと思っただろ?)」ドルジはまるで、わたしの胸の内側を見透かすようだった。

「(日本でも鳥葬をやればいいのに)」特に思惑があるわけでもなかったが、わたしはそう言った。

「(悪い奴らとかさ、みんな鳥に食わせちゃえばいいんだよ)」

ドルジが、白い並びの良い歯を見せて、困ったように笑った。「(鳥葬っていうのは、殺す手段じゃなくて、死んだ人の葬儀の方法だよ)」

「あ、そうか」わたしは照れ隠しに笑う。

猫を埋められる場所がないか、町をうろつくことにした。袋の底が破れてしまうのではないか、とそれが不安だったので、心持ち大股で進んだ。

「(ブータンも轢かれる猫とかはいるんでしょ? 車の数は少ないかもしれないけど、でも、運転が乱暴なんでしょ?)」

「(ブータンの運転は本当に荒っぽいよ。僕たちは生まれ変わりを信じていて、死ぬのは怖くないから)」とどこまでが本気か分からないようなことを言った。

淡々と「生まれ変わりを信じる」と話すドルジが、わたしには新鮮だった。彼はやはり、自分とは異なる世界の人間なのだな、と実感する。

ドルジとはじめて会った時のことを思い出した。

半年ほど前のことだ。深夜、一時過ぎだろうか、わたしが歩いていると、車道に突然飛び出した男がいた。信号のない横断歩道だ。それがドルジだった。

路上で眠っていた泥酔者を、助けようとしたらしい。

クラクションをわんわん鳴らした3ナンバーの車は、道ばたに倒れている酔っ払いは轢いてもよいものだと法律を誤って解釈していたのか、速度を緩めず、むしろ速めて、走ってくるところだった。

間一髪だった、ように見えた。わたしは目を瞑《つぶ》った。開いた時にはドルジが泥酔者を引き摺って、歩道に引っ張り上げていた。人騒がせな酔っ払いは無傷で済んだが、ドルジのほうはそれなりに派手な擦り傷を作っていた。

慌てて駆け寄ったわたしは、たぶん、興奮していたのだと思う。だから、頼まれてもいないのに、彼の勇気を誉め称え、無謀さを叱り、騒々しくまくし立てた。

しばらくしてから、「(こんなに騒がしい日本人には、はじめて会ったよ)」とドルジが英語で言ってきて、そこでようやく彼が、日本人ではないことに気がついたのだ。

店の電飾も消え、時折、通り過ぎるタクシーのライトくらいしか明かりがなかったのは事実だが、それを差し引いても、ドルジの外見は日本人にしか見えなかった。

「(怪我してるじゃない。病院行く?)」わたしが英語を得意とする人間だったことが、彼にとって幸運だったのか、不運だったのか、実のところ分からないのだけれど、とにかく、わたしがそう訊ねたのが最初の会話だったと思う。

ドルジは、自分がブータンから来た留学生であることを打ち明けた。

「(どうして、助けようとしたの?)」とわたしが訊ねると、彼は「(さあ。とっさに)」と自分でも分からないのだ、と首をかしげた。

「(でもさ、わたしと会えたんだから、結果的にはラッキーだったんだよ)」

「前向き、ですね」ドルジがぎこちなく言って、笑った。

「(どうせ、いつかはみんな死ぬんだし、ポジティブでないとやってられないよ)」

嬉しそうに顔を崩したドルジは、自分たちの死生観との違いを楽しんでいたのかもしれないが、何も言ってはこなかった。

そこでわたしは落ち着いたせいか、彼から鼻を曲げたくなるような臭いが漂ってくることに気づいた。「(すごく臭いよ、身体)」

彼はきょとんとした顔で「(そうかな)」などと言っている。そうかな、どころではない。

乾燥した高地に住むブータン人が、あまり入浴しないことを後になって知るが、その時のわたしはとにかく、「(シャワー浴びなって)」と彼をアパートに連れて行った。酔っ払いは結局、置き去りだったはずだ。


猫を埋めるのに適した場所が、これほど見つからないとは、思いもしなかった。日がすっかり落ちて、通り過ぎる車のヘッドライトが点きはじめた頃、ようやく児童公園を見つけた。

「ここ、ですか?」ぎこちない日本語を発して、ドルジが公園の前にある「立入禁止」の立て看板を指差した。字は読めないはずだから、彼はそれを、公園の名称が書かれた板だと勘違いしていたかもしれない。

杉林のある公園で、敷地は大きそうだった。土砂崩れ防止の工事中らしい。「立入禁止」の立て看板に、そう説明書きがある。

でも、いつまでも猫の死体を持ってうろうろしているわけにもいかず、少しくらい侵入しても、誰かを不幸にすることはないだろう、とわたしは柵を乗り越えることにした。

「ここ、入れる、ですか？」ドルジがわたしに不安な声を向けてくる。

「（ちょっとだけなら、いいみたい）」日本語が読めないドルジに、わたしは嘘をつく。

まだ七時にもなっていなかったが、夜の立入禁止の公園というのは、冷え冷えとしていて薄暗く、杉の木が揺れるシルエットを見るだけで、落ち着かない気分になった。

入り口の近くに、滑り台やブランコなどの遊戯器具が設置されていて、その先が林となっている。奥に深くつづく杉林は、暗く、不穏としか言いようがない。

高く伸びた杉が、空を突き刺す準備でもするかのように、葉を揺すっていた。

公衆便所の裏側に鍬《くわ》やシャベルが立てかけられていたのは、都合が良かった。わたしは、大き目のシャベルを持って、林の中を進む。

ある程度、奥まった場所まで行くと、「僕、やります」とドルジがシャベルを持ち、軽快に穴を掘りはじめた。慣れた作業なのか、非常に手際がいい。掘って、掘って、シャベルの先端が石にぶつかると、手でそれを取り除けて、さらに掘った。

杉の葉が揺れる音が、積み重なるように、上から降ってくる。見上げれば、空は葉で隠れていて、圧迫感もあり、心細さが増した。

五分もかからないうちに、充分な深さの穴ができた。

わたしは紙袋を慎重に持って、足元へ移動させ、そこから猫を、首の位置に気をつけながら、ゆっくりと引っ張り出した。血の臭いなのか、それとも、猫が嘔吐した餌の臭いなのか、生臭い臭いがわたしの鼻に触れる。息を止めた。

穴の中にゆっくりと下ろした。足から順番に、土に寝かすようにしたかったのだけれど、手を離すタイミングを誤って、最後は落とすような形になってしまった。

ドルジがすぐに土を上からかけた。

「(ブータンにお墓はないのかあ)」わたしはさっき聞いたことを、口にする。

「(死んだ人は生まれ変わるからね。動物も人も、みんな。シャッフルだよ。だから、死んでしまったら、あまりこういうのは意味がない)」

「(ふうん、そういう考え方もあるね)」わたしは感心したように首を振る。

「(そういう考え方しかないんだよ)」ドルジがそう言って、微笑んだ。

わたしは出会ってからずっと、ドルジにブータンの宗教について話を聞いてきたが、いまだに馴染めなかった。まさに生き方の違いだ。

穴を埋め終わると、わたしは後ろに一歩下がって、両の手の平を合わせて、目を瞑った。左手の指先に血がこびりついていたが、あまり気にしないことにした。

灰色のトレーナーとジーンズという姿のドルジも、わたしの隣で同じ恰好をした。

「(動物が死んで、いちいちこういうことをやるのは、違和感がある?)」

「(いや。分からないでもないよ)」ドルジが答える。「(それに、君にとっては、犬や猫は)」

「何?」

「チャロ、ですね」

「(それ、ゾンカ語?)」

「(友達、という意味のね)」

「正解」それを聞いて、わたしはうなずいた。「わたしはね、人間よりも犬や猫のほうが好きなの」

早口だったため、聞き取れなかったのか、ドルジが「ソウデスネ」と言った。

わたしは手を洗いたかったし、ドルジはコーヒーが飲みたかったというわけで、立入禁止の公園で休憩をすることにした。幸いなことに、立て看板には「休憩禁止」とは書いていない。水道で手を洗い、ドルジは自動販売機で缶コーヒーを購入すると、林の近くにぽつんと置かれたベンチに座った。

「おつかれ」とわたしが言うと、ドルジが「(クロシバ、見つからなかったね)」と返事をした。「(かわりに、死んだ猫を見つけたけど)」わたしは苦笑混じりに言う。それから、「(そう言えばさ)」と昼間の出来事を思い出した。「(やっぱりドルジって日本人に似ているんだよ。康子《やすこ》も全然、気がつかなかったじゃない)」

「(同じアジア人だからね)」

「(ドルジは特にそっくりなんだよ)」

日中、市営のバスで街へ向かう途中で、たまたま友人の康子に会ったのだ。彼女は、わたしが説明をするまでは、ドルジが日本人だと信じて疑っていなかった。

「(琴美に恰好良くしてもらったからかな)」ドルジは笑って、自分の前髪を触る。

会ったばかりの彼は、前髪をほぼ一直線に揃えているような髪型で、そういうのは日本じゃ流行らないのだ、とわたしは言い聞かせたのだ。

「(でもさ)」ドルジがわたしから視線を逸らした。「(あの子はブータンに恨みでもあるのかな)」

「(どうして?)」思いも寄らない言葉に、わたしはかなり驚いた。

「(ブータン人だと分かったら、急にぎこちなくなった)」

ああ。わたしは眉を下げて、首を横に振る。ドルジはいつも大らかで、瑣末なことをいちいち気にかけているようには見えないのだけれど、時折、相手のことを鋭く観察している。いや、もしかすると、ドルジは本質的には鋭敏な人間で、ふだんはそれを隠しているだけなのかもしれない。

「(ブータンだからってわけじゃない)」わたしは説明をする。「(日本人ってさ、外国の人との接し方が分からないのかも。苦手なんだ)」

ドルジが眉を片方だけ傾けた。

「(ドルジが通っている大学の研究室とかだと、いろんな国の人が留学生として来てるからそうでもないかもしれないけど、慣れていない人だと、ぎくしゃくするんだよ。悪気はないんだけどね。なぜなら)」

「(なぜなら?)」

「(島国だから)」

「(それを理由にするのは、ずるいよ)」ドルジが愉快げに言った。

「(だって、わたしなんて、ブータンっていう国があること自体、知らなかったし)」

「(それは侮辱だよ)」ドルジは頬を緩めた。「(もっと申し訳なさそうに言うべきだ)」

わたしは笑って、誤魔化した。

「(たしかに、ブータンは後れてるけどね。日本にはまったく及ばないし)」ドルジが真剣な口調でつづけた。

「(ブータンは後れてるわけじゃない)」わたしは、彼の国に行ったことはなかったけれど、庇《かば》うような発言をした。

「(そうかなあ。後れてるよ。国の文化を守るために、海外の文化を排斥しようともしていたし。最近は、少し、変わってきたけど)」

「(海外の文化なんて、いらないって)」

「(そんなことじゃ、国は豊かにはならないんじゃないかな。中途半端だよ。早く、日本みたいになったほうがいいのに)」

ドルジは、ブータンと日本の比較について喋り出すと、途端に冷静さを失う。田舎に住む青年が、都会に憧《あこが》れて力説するのと似ていた。いや、それそのものだった。

「(日本はぜんぜん駄目。馬鹿ばっかり。馬鹿と、退屈な顔した大人ばっかり)」だからわたしは、いつもこんこんと説得するのだけれど、彼は耳を貸そうとはしない。

「(馬鹿ばっかりでも、僕は日本のほうが楽しそうに見える)」

「(わたしの知り合いで、ブータンに行った男がいるんだけどね)」

「河崎さん、ですね」ドルジが微笑む。屈託のない、ブータン人の笑みは、いつだってわたしを柔らかく撫でるようだった。

「(どうして、分かるの?)」

「(琴美が、知り合い、って言う時はいつも、河崎さんのことだから)」

なるほど、とうなずいてから先をつづける。「(あの男は、ブータンはいい国だった、って感激してたよ)」

「(河崎さん、ブータンに行ったことがあるんだ?)」ドルジが目を輝かせた。

「(あるんだな、それが)」偶然とはいえ、恐ろしいものだ、とわたしは思う。

ほんのわずかの間とはいえ、わたしの恋人であった、忌々しいあの男が、今わたしが一緒に生活をしている男の母国を訪れたことがある、というのは奇妙な縁だった。

突然、背後からけたたましい笑い声が聞こえた。わたしは身体を震わせた。恐怖心や驚きというよりも、急に現われた人の気配に、無意識に反応したのだ。おかげでベンチの脚に踵《かかと》をぶつけてしまう。

ドルジが後ろを振り返ろうとするのが分かって、わたしは自分でも意識しないうちに、彼の肩に手を置いた。「(静かに)」

もしかするとさっさとその場から去るべきだったのかもしれないが、わたしはそこで身じろぎせず、じっとしていることを選んだ。

好奇心かもしれない。いや、恐怖心だ。とにかく、ベンチで身をかがめ、後ろの言葉に耳をかたむけた。

「ありゃ、最高だよな」若い男の声だった。靴が砂利を踏む音がだんだんに大きくなる。「あいつなんてさ、すげえ、ないてたし」品のない声がした。

「ないているやつを、無理やりやるのがたまらない」これは女の声だった。

ベンチにいるわたしたちには気がつかないようで、そのまま杉林に入っていく。

物音を立てないように、肩越しにそっと後ろを見る。

古臭い街灯の下で、彼らの外見が浮かび上がった。

背の高い若い男が二人と、その後ろに女が一人だ。ふらふらとした足取りで進んでいる。三人ともが、茶色い髪をしていた。男は二人ともスーツ姿で、女は色の濃いワンピースを着ている。男が、足元に生えている雑草を蹴飛ばすのが見えた。飛び散った草まで、見てとれた。

「（誰？　知り合い？）」ドルジが小声で訊ねてくる。

「（知らない。でも、何だか、怪しげな人たち）」

「琴美より、年上、ですね」

後ろ姿だけでは分からないが、それでも、彼らは二十代の半ばくらいに見えた。二十二のわたしよりは上だろう。

「何を、してますか」ドルジが目を凝《こ》らして、首をひねった。

「日本語上手くなってきたじゃない」関係なかったが、思わず、わたしは言う。

ドルジは、ブータンでは飲み屋で歌を歌ってお金をもらっていたこともあるらしく、音感には恵まれているようだった。

わたしの持っているCDも、聴いた端からすぐに口ずさめるくらいだ。わたしは、語学力というのは知識や論理ではなくて、音楽的な能力に近いと思っているので、ドルジには才能があるのだろうな、と踏んでいる。

「日本語、難しいです」ドルジがさらに言った。「（一人称の『僕』と『わたし』の違いも分からないし）」

まあね、とわたしも同意する。日本語の難易度が高いのは間違いがない。「（『僕』は男が使って、『わたし』は女が使うの）」面倒臭くて、そう答えておく。

「（『僕』という一人称だったら、絶対に男？）」

するとそこで、若者たちが戻ってくる足音が聞こえた。

わたしとドルジは同時に、身体の向きを戻し、ベンチに隠れるように先ほどよりも首をすぼめた。

「収穫なしかよ」男が舌打ちを響かせる。

「やっぱさ、もう野良猫とかもいないんじゃねえのかな」別の男が答える。先ほどの男と声の質が似ていた。

「つまんなあい」と女が間延びした声を出した。「やっぱりさ、ああいう罠とかじゃあ、なかなか捕まらないんだって。もっとさ、いっぺんにたくさん、やろうよ」

「それなら、あれだよ。店だよ、店」男が早口で言う。「店から、犬とか猫とか取ってくんだよ」

「いいねえ」もう一人の男の声がする。

「お腹減ったから、とりあえず、またいつも通り、あそこでだらだらしようか？」女が、街中にあるファストフード店の名前を口にした。

「いいねえ」男が言う。

　彼らの話し声が大きいのか、公園の静寂が極端なのか、会話はよく聞こえた。杉の木も枝を揺らすことを自重しているかのようだ。

　俺はオヤジの店を継がなくちゃいけねえんだよ、と男が嘆くのも聞こえた。「マジかよ」ともう一人が、小馬鹿にした声を上げた。

「マジだよ。マジマジ」

「いいじゃんか、店長じゃん」女の声にも嘲笑が込められている。

「そうなったら、万引きしに行ってやるよ」などともう一人が言った。

　だらだらと交わされる会話は、怠惰《たいだ》な若者たちの濁った息のようで、聞いているだけで気分が暗くなる。彼らが言葉を発するたびに木々が枯れて、花が萎《しお》れ、空が狭くなるようだ。

「でもさ、今日、またあれやりたかったよな」男が残念そうに言った。もう一人がすぐさま「ペンチ?」と訊ねる。すると女がけたけたと乾いた笑い声を上げた。「ほんと、あの猫、最高だったね。最高、最高」

猫という単語と、ペンチという単語を耳にしたとたん、わたしは急に、みぞおちを突かれたような感覚を受けた。べつだん、奇抜な言葉でもなかったけれど、その言葉の組み合わせにひどく凶暴で陰湿なものを感じたのだ。不快感が胸に充満する。耳をさらにそばだてた。

「俺はさ、あれがいいよ。足」

「足切り?」男が言うと、何が可笑しいのか、女が下品に笑った。

ベンチの背もたれにくっついたわたしの身体は、早くなる鼓動で弾《はず》みはじめた。

「(彼らは何を言っているんだい)」ベンチに寝そべるようにしているドルジが、わたしの反応に気づいて、まじまじとした視線を向けてきた。「(琴美はすごく怒ってるみたいだし)」

ドルジに顔を近づける。「(猫の話をしている)」

「(同業者?)」ドルジは声をひそめて、そう訊ねてくる。

あれがペットショップの店員とはとうてい思えなかった。わたしは否定する。「(もしかすると、猫に悪戯《いたずら》している奴らかも)」自分の想像を口に出した。吐き出せば楽になるかもしれない、と期待していたが、効果はあまりない。

「(ペット殺し?)」ドルジが何気ない顔で、とうとう、その言葉を口にした。

わたしは胃が痛くなる。と、同時に、血液に熱湯が注がれたかのような怒りを覚える。

三ヶ月ほど前から市内では、ペットが殺される事件が連続して起きている。ペットと言っても、はじめは野良猫が主だったらしいが、そのうちに、飼い犬や飼い猫も狙われはじめた。あちこちの家庭から連れ去られ、酷い方法で殺害され、捨てられている。

殺害するためになぶられるのか、虐待の結果死んだのか判然としないが、とにかく、無残な動物の死骸があちらこちらで発見されていた。

わたしが知っているだけで、二十件以上は発生している。

ペットショップでアルバイトをしているせいか、わたしはずいぶんはじめの頃からその噂は耳にしていたけれど、警察や新聞社が興味を持ちはじめたのは、つい最近になってからだった。

ニュースではそれほど詳しいことは説明されていないが、店長の麗子さんから聞いた話は、本当にひどかった。

背中を卍型にえぐられ、皮をペンチで剥がされた柴犬や、眼球を取り出された三毛猫、四脚を根元から切断されたダックスフント。信じがたい。いずれも川原に捨てられたり、コンビニエンスストアのゴミ箱に放り込まれたりしている。許しがたい。

話をはじめて聞いた時、わたしは「警察は何をやってるんですか？」と、矛先《ほこさき》が違っているのは承知しているはずなのに、麗子さんににじり寄った。

「殺人とは違うからね。警察のモチベーションは低いかもしれない」麗子さんは血が通っているとは思えない白い顔で、血が通っているとは思えないようなことを言う。

「麗子さんはそれで平気なんですか？」

「平気なわけがない」冷たいビー玉のような目で、麗子さんはわたしを見つめた。睨んでいるのか、眺めているのかも分からなかったが、たぶん怒っていた。

麗子さんが、クロシバの行方を心配しているのは、そのペット殺しの件があるからだろう。突然、店から消えたクロシバはもちろん自分の意志で消えたのかもしれない。自分にとっての自由や未来はペットショップの外にあるのだ、ということに気がついて、こっそりと逃げ出した可能性はある。そうであるのなら、問題はなかった。ただ、そうではなくて、ペット殺しに連れ去られたのだとしたら、これほど恐ろしいことはない。

「きっとああいうのは、どこかの若い奴が暇つぶしでやってるんだ」麗子さんは何を根拠にか、犯人は子供だと決めつけていた。そして、「もしわたしの前にそいつらが現われたらただじゃおかない」と拳で宙を打った。

麗子さん、と今わたしは内心で呼びかけている。まさに、わたしはその犯人と遭遇しているのかもしれません。その思いに呼応するかのように、また杉が揺れ、低い声で歌いはじめた。「どうする、どうするのよ」と無責任に煽ってくる。

「この間のテレビ見たか?」後ろから、男の声がまた届いた。どうやらすぐに公園から出て行くのではなくて、煙草の一本や二本、吸っていくつもりらしい。ライターが擦られる音も聞こえる。

「ああ、見た見た。話題になってきたのな。これで俺たちも有名人っつうの?」

「やりにくくなるかな」女の声が言う。

「でもよ、あの泣いてた飼い主、すげえ不細工なのな」

他の二人が大きな声で笑っている。

「(間違いない)」わたしは確信しながら、そして怒りで声を張り上げそうになるのを堪えながら、ドルジに言う。「(あいつら、絶対、犯人だって)」

「(そうかなあ?)」ドルジはやはり、わたしに比べるとずっと冷めている。

そのすぐ後、ドルジの目に怯《ひる》むような色が浮かんだ。たぶん、わたしの目も同じだっただろう。足音が鳴り、彼らが慌ただしく移動するのが聞こえたのだ。

気づいた時には、わたしたちの座っているベンチが揺れていた。

背もたれが蹴られた。

わたしは反射的に立ち上がった。心臓が体内から零れ落ちるかのような、突発的な恐怖に襲われて、状況が把握できなかった。ドルジもやはり立ち上がり、目を丸くしている。

前には、若い男が二人と女が一人、睨むような険しい顔つきでこちらを見ていた。

「おまえら何してるんだよ、こんなところで」左に立つ男が、口を尖らせて言った。

教訓を学んだ。

立入禁止の場所に侵入する時には、それなりのリスクを覚悟しなければならない。

◇ 現在 2 ◇

「お、教えてほしいんだけれど」僕は、動揺と訝《いぶか》しさのないまぜになった声を出した。

「分からないことがあったら、知ったかぶりをしないで、とにかく質問をしなさい」とは、横浜に住む叔母がよく言う台詞だ。まだ若く、颯爽《さっそう》としてスタイルの良いその叔母は、僕のお気に入りの女性でもあったので、その教えにはなるべく従うようにしている。

「本屋を襲うって、どうしてそんな話になるんだい？　辞書をあげるんだったら、本屋に行って買えばいい。そうだろう？」

「本屋から広辞苑を奪っても、いいだろ？」河崎は平然としている。

「いいとか、よくないとかではなくてさ。盗む必要がないって。お金がないのなら、僕が貸すし、その外国人にプレゼントする時には、僕の名前を出さなくたっていいことにするよ」

珍しく僕は、自分が正しいことを言っている、と確信していた。

「訊いていいか？」河崎には余裕があった。

「何？」一方の僕はびくびくしていた。

「本屋を襲うことが、どうしていけない？」

冗談で言っているのかと思ったけれど、彼はひどく真面目な顔をしていた。

「ほ、法律に違反をしている」これは法学部の学生となる身としては、当然の返事だったし、誉められてもいいくらいの回答に思えた。

「こういう言葉を知ってるか？」河崎が得意げに言う。『政治家が間違っている時、正しいことはすべて誤っている』」

「え？」

「今、日本の政治家は正しいか？」

「僕には投票権がないけど」

「政治家は正しくない。つまり、法律は間違ってる」河崎は若干、興奮しているのか早口だった。「でも、少なくとも、本屋さんには迷惑がかかる」

「ああ」河崎がうなずいた。「それはある」

「でしょう？」

「でも、それは良い本屋の場合だ。悪いところは、襲われても仕方ない」

「そこは悪い本屋なのかい？」

ワイングラスを倒してしまわないか、と気にかけながら、身を乗り出した。

「悪い店だ」彼は客観的な法則を述べるかのように言った。ワインボトルにコルクを押し込んで、栓をしながら「表紙の折れた本を売っている」

僕は呆れてしまった。「だからって、悪い本屋になるわけ？」

「本屋としては、ひどい」

「でも、襲っていいことにはならないよ。折れ曲がった本なんて、どの書店にだって一冊はある。とばっちりだ」

河崎はこちらをじっと、観察するかのように見た。無言のまま、僕の意見を読み取ろうとしていた。

「だからさ」河崎は本気で僕を勧誘しているような気がしたので、自分の立場をはっきりとさせる。「だからさ、犯罪に手を出したくないんだよ。本なら、奪わずに、買えばいいだけなのに」

「シャローンの猫の話を知らないか？」

「シャローン？」

河崎はそこで息を吐いた。緊張しているようにも見えた。長年温めてきた小噺《こばなし》を披露しようとする牧師がいるとすれば、こんな様子ではないだろうか。

「シャローンは」早口になるのを抑えるかのように、ゆったりと話を進めた。「シャローンは煉瓦色のアパートの五階に、恋人のマーロンと住んでいたんだ」

「シャローンが女で、マーロンが男？」

「シャローンは部屋の窓から外を見下ろすのが好きだったんだ。いつもマーロンが帰ってくるのをそこから見ていた」

「何の話？」自慢ではないが、僕は高校生の時に、訪問販売の営業社員の口車に乗せられて、危うく数十万円の学習教材を買いそうになった、という実績を持っている。下手に耳をかたむけていると、自分が騙されるのではないか、と不安になる。あの失敗は繰り返してはならない。

いいから聞けよ、と河崎は唯一の聴衆である僕に向かって人差し指を立てた。「ある雨の日、シャローンは、窓から顔を出していると、下に子猫がいることに気がついたんだ。ずぶ濡れの子猫だよ」

「ずぶ濡れの子猫はちょっと見たくないね」

「シャローンは、マーロンにこう言った。『あそこで濡れてる子猫が欲しい。ここから見える、あの、雨に濡れた可哀相な子猫が』」

「ふうん」

「マーロンは偉かった。会社から帰ってきたばかりなのに、すぐに部屋を飛び出した。そして、猫を抱えて戻ってきた」

「マーロン万歳」意味不明な話には決して欺《あざむ》かれないぞ、とそればかり考えていた。

「びしょびしょの猫をタオルで拭いて、シャローンに渡した」

「感動的な場面だね」僕は感動しないけど。

「ところが、シャローンは怒った。『わたしが欲しかったのはここから見た、雨に濡れた可哀相な子猫よ。今、ここにいるのは、あなたに抱えられた、濡れていない、可愛い子猫でしょ。わたしの欲しかったものではない』」

「あまり気持ちの良い話じゃないね、それ」

「二人は別れました」河崎は、お伽噺を丁寧に終わらせるかのように、丁寧な言葉遣いで言った。「マーロンが怒ったんだ。で、マーロンと猫は仲良く暮らしました。とさ」

「ふうん」

話し終えた河崎はどこかほっとしたような、それでいて誇らしげな顔になった。満足感を見せていた。「それと同じだ」河崎が言ったので、僕はひどく慌てた。

「な、何が何と同じなんだい？」

「俺も同じだ。広辞苑をプレゼントしたいわけじゃない。お金で買った広辞苑はいらない。本屋を襲って、取った広辞苑が欲しいんだ」

「訳が分からないよ」

「シャローンにとっての猫と一緒だ」

「一緒って、別にそういう問題じゃないと思うけど」口ごもってしまう。「とにかく良くないことだと思う」高級学習教材の悪夢ふたたび、という文句が頭をよぎった。

「椎名がやるのは大して難しいことじゃない」

「え?」

「店を実際に襲うのは俺だ。椎名は裏口から店員が逃げないようにしてくれ」

ちょっと待ってくれないか、と言おうとするが、声がうまく出せなかった。

「裏口で待っていて、ドアを蹴るだけ」

「裏口? 蹴る?」

河崎は話を止めようとしない。

「店員に逃げられたくない」

「どうして?」強盗や万引きを行うのであれば、店員がいなくなってくれたほうが好都合にも思えた。

「それは」河崎はそこで理由を探すように、目をきょろきょろさせた。「店員が逃げて、警察を呼ばれたら面倒だ。だから、外にも仲間がいるのをアピールしておきたい」彼の「アピール」という声がとても綺麗で、思わずうっとりしてしまった。

「裏口から逃げられても、悲劇が起きるほどじゃない」僕は面倒臭くなって、乱暴に言った。顔が火照《ほて》っていることに気づく。ワインが僕の体温を上げているのだろうか。

そこで河崎は目を一瞬だけ、伏せた。「裏口から悲劇は起きるんだ」と言った。

ああ、そう。僕が聞き流すと、彼はもう一度、「裏口から悲劇は起きるんだ」と繰り返した。

ああ、そうですか。

「とにかく、そんな物騒なことに、僕は参加しない」宣言をする。

「本屋を襲うのは難しくない」宣言はあっさりと受け流される。

「難しいかどうかじゃないんだ」

河崎はそこで膝をついて立ち上がり、部屋の入り口のほうへ移動すると、小さな引出し付きのラックに手をやった。

取り出したものを見て、息を飲んでしまう。黒い拳銃だった。

「こ、これ」

「モデルガン」河崎はそっけなく言って、僕に手渡してくる。

さほど重くはなかった。恐る恐る銃口を覗き込むと、穴は中途半端にしか開いていなかった。けれど、こすれたような跡や、削《けず》れた傷がついていて、本物に見えた。

「これで本屋を襲うのかい？」

「そう」何事でもないような言い方だった。「安心してくれ」河崎は真剣な表情を崩さずにうなずく。「椎名の分だってある」

その場を怒って立ち去ることも、いいかげんな愛想笑いを見せて調子良く逃げ帰ることもできただろうに、僕はそうしなかった。

シャローンの猫の話で頭を混乱させられていたせいでもあったが、河崎が怪しい人間に見えなかったからでもあった。

これから一人暮らしの学生生活をはじめるにあたって、誰彼構わず警戒していくのは、あまりに逃げ腰で情けないようにも感じられた。

「そんなことまでして、広辞苑をあげて、その外国人は喜ぶかな」僕は壁を指差した。そちらの方向に一〇一号室はあるはずだ。

「喜ぶ」

「喜ぶわけがないよ。僕はその人と会ったこともないから、断定はできないけれど、でも、喜ぶとは思えない」

「会わないほうがいい」河崎は片眉を上げて、言った。真剣な忠告に見えた。

「どうして？」

「さっき言ったように、彼はある時から塞《ふさ》ぎこんで、部屋から出なくなった」

「彼女と別れたからだっけ？」

河崎は答えなかった。

ふと僕は、河崎が「死から復活した」と言っていたことを思い出した。「河崎は、本当に、死にそうだったの？」

河崎はくすぐられたような顔をしてから「ウィルスだ」と言った。

「何のウィルス？」

「女たらしが罹《かか》るウィルス」河崎は静かに言った。たしかに彼は、女性にもてておかしくない外見をしていたが、それでも死にそうになる、という病気が何であるのかは想像できなかった。比喩ではないのだろうか。

「さっきの話に戻すけど」僕は顔をゆがめた。「とにかく、その外国人と話すのはやめたほうがいいのかい？」

「あまり良くない」

「喋れないってわけ？」

「シッポ」河崎がそう答えた。「シッポサキマルマリが助けてくれるかもしれない」

「あの猫が？」

「あの猫は、そこの庭を通って、アパートをうろうろしている。窓を開けて、部屋に入る。だから、外人の部屋にも行くかもしれない」

「尻尾に手紙でも結んで、やり取りしろってこと？」僕は半信半疑だった。

「ってこと」河崎がにこりと微笑む。

「伝書猫？」僕は顔をしかめて首をひねった。「そんな方法がうまくいくとも思わないんだけど」

「俺もそう思う」

「何だよ、それ」僕は、初対面の人間と支離滅裂なやり取りを繰り返すことに、疲れはじめていた。

　部屋を後にすることにした。じゃあ、と立ち上がり、玄関まで歩いていく。

「ワイン、ありがとう」赤らんでいるはずの頬を撫でながら、言った。

「俺は一人でも本屋を襲うよ」河崎はあっさりとした言い方をした。

「意味がないよ」

「一緒にやらないか。気が変わったら教えてくれ」

「君こそ考え直したほうが」僕は靴のかかとの部分に手をかけた。「考え直したほうがいい」

　ドアを開けようとしたところで、呼び止められた。彼は相変わらず、勇ましくも美しい悪魔のようだ。

「そうだ、大事なことを教えておく」

僕としても大事なことは聞き逃したくなかったので、耳を向けた。

「街にペットショップがある」

「ペットショップ？」

そこで河崎は店の名前を口にして、おおよその所在地を説明してくれた。繁華街のアーケード通りと交差する小さな商店街にあるらしい。

「ありがたいけど、僕はペットを買うつもりはないんだ」

「そうじゃない。そこの店長に気をつけろ」

「え？」

「麗子という女がいるんだ。もし会うことがあっても信じるな」

「ペットショップに信じる、信じない、なんて関係するのかな？」もしかすると、悪徳ペットショップだとか、そういうたぐいのお店なのだろうか。

「会わないほうがいい。会っても信用するな」河崎はそう繰り返した。

たぶん会わないよ、と僕は心の中で思いながらも、曖昧な返事をして、肩をすくめた。

傘立てを避けながらドアを開けて、部屋の外に出た。風が、僕のことを探るように撫でまわした。どこの家から流れてくるのか分からないが、カレーを煮込んでいる香りが、僕の鼻をくすぐった。僕の胃はカレーを迎え入れる形態に変化する。それしか受け入れられないような気分になった。

河崎の部屋を振り返る。

彼が持ちかけてきた広辞苑強盗の話に首をひねりながらも、きっとまたこの部屋には遊びに来るだろうな、という予感がしていた。

「変人には二種類があるんだよね。敬遠したいタイプと、怖いもの見たさでしばらく付き合ってみたいタイプ」叔母が以前、そう言っていたことがある。実際、彼女が結婚をした男性は「生真面目で、好印象」という雰囲気からはかけ離れた人だったので、おそらく彼女は後者の変人を気に入ったということなのだろう。

僕も河崎に対して「怖いもの見たさ」の興味を抱きはじめている。

自分の部屋の鍵を開けながら、一〇一号室の外国人にどんな出来事があったんだろうな、と想像をしてみた。

◇ 二年前　2 ◇

「おまえら、何やってんだよ」長髪の男は、訝しさとからかいの中間くらいの声を出した。

暗闇の公園で、若者三人がわたしたちの正面に立っている。

三人は、後ろ姿から想像した印象通りだった。男は二人とも長身の痩せ形で、長い髪を茶色にして、細身のスーツを着ている。スラックスのポケットに両手を突っ込んでいる姿は、二人とも同じだった。女のほうは、鼻が大きくて、顎の長い、特徴的な顔をしていた。三人とも、知性が蒸発してしまったように見える点は、共通している。

わたしはばれない程度に首をひねり、左右を見る。公園の出口まではそれなりに距離があった。叫んで、通行人を呼ぶのも難しそうだ。

気づくと、長髪の男が近寄っていた。両手はポケットに入れたままだ。耳にはピアスが見える。ワイシャツは色がついているが、暗いせいで、何色かは分からない。

「いやらしいことでもしてたんじゃねえの?」男が唇をゆがめた。ドルジをちらちらと見る。

街灯がわずかに灯る暗がりと、囁き声を上げるように葉を揺らす杉林は、彼らに「意味のない暴力」というアイディアを連想させてもおかしくなかったから、わたしは、彼らが襲い掛かってくるのではないか、と構えていた。

けれど、彼らの表情にはそういったたぐいの興奮を見受けられなかった。「まあいいや」とも言った。「勝手に、仲良くいちゃついてろよ」急に面倒臭くなったように言うと、わたしたちから遠ざかった。

「そうだ、あんたたちさ」女がそこで思いついたかのように口を開いた。「そっちの林に行った？」

「行ってないけど」わたしは自分の声が震えていないことに、安堵する。

「罠に猫とかかかってなかった？」女は、わたしの返事など聞いていないのか、さらに質問をしてくる。

わたしの心臓が早鐘を打つ。

「もし、見つけたら、教えろよ」後ろにいた男が、こちらはピアスをしていないようだが、その男がつづけた。「それ、俺たちの獲物だからよ」

「獲物っていうか、おもちゃ」ピアスありの男が言う。

彼らはそれなりに現代風の外見をしているし、背広姿も様になっている。ホストクラブなどの接客業だと言われても、納得できる。

するとそこで、ピアスなしの男が、「なあ」と仲間に向かって顎を出した。名案を思いついた、という表情だ。「なあ、どうせならさ、そろそろ人間もやってみねえ？」

「人間？」ピアスありのほうが、わたしに一瞥《いちべつ》をくれた。「この女のことかよ」

「誰でもいいんだけどよ。だって、猫もいねえし、暇じゃんか」

その言葉の意味するところは理解できなかったけれど、男二人が目を輝かせて、こちらをちらちらと眺めてくる不気味さに、怖気《おぞけ》が走った。

「すみません。帰ります」ドルジが突然、声を出した。わたしの肩に手を回した。頭をぺこぺこと上下させると、じりじりと後ろに引っ張っていく。

彼らも、逃げようとするわたしたちを追いかけてまで、取り押さえることはしなかった。臆病者を嘲笑《ちょうしょう》する、品のない目で眺めてくるだけだった。からかっていただけなのかもしれない。

公園の出口まで数メートルというところまで来ると、彼らの姿はぼんやりとしか見えなくなった。わたしはどこか気が大きくなったのかもしれない。もしくは、堪えに堪えていた憤《いきどお》りが、そこで爆発したのかもしれない。そのまま退散することがどうにも我慢できず、彼らが立っていると思われる方向に向かって「あんたたちのこと、警察に言ってやるから」と声を上げていた。

「(琴美、早く)」ドルジが慌てて、わたしの腕を引っ張った。


「いまいち、すっきりしない」とわたしはこぼした。

わたしたちは、細い路地に入ったところで、小走りをやめていた。公園に比べれば、街灯の数は多くなった。それに群がる小さな羽虫が小型の竜巻を描くように飛びかかっている。

「イマイチ？」

「(どこかすっきりしないんだよね。あいつら、絶対、怪しい)」英語で言った。

「(琴美は危ない)」ドルジは心配しながらも、叱りつけてくるようだった。「(気をつけたほうがいい)」

イヌツゲの植え込みが並ぶ、通りに出た。

「(でもさ、もし、あいつらがペット殺しだったら、どうする？)」

「(どうもしない)」ドルジが笑う。

「(ブータンにはああいう若者なんていないでしょ？　だから、ドルジはぴんと来ないんだって)」

　横を行くドルジはそこで、うーん、と唸って腕を組んだ。「(若者にもいろいるよ。ただ、ブータンには宗教があるからね、少し違うかもしれない。いくら伝統を小馬鹿にする若者でも、寺院の前ではそれなりにしおらしくなるよ)」と言ってから、「(悪行を積むと、いつかしっぺ返しが来るからね)」

「そういうのいいなあ」わたしは本心からそう呟いた。

「ソウデスカ」

「(河崎がさ、馬鹿みたいにこう言ってたことがあるんだけど)」河崎の、あの憎らしいくらいに整った顔を思い出す。「(宗教もレッサーパンダも存在しない国に住む必要があるか、って)」

「(レッサーパンダ?)」

「(縫いぐるみみたいな恰好で、のろのろした、アライグマの仲間みたいなやつ。市内の動物園にもいるけど)」そう説明をしながら、別名を思い出した。「Red panda よ」

「(ああ、それならブータンにいる。間の抜けた、可愛い顔をしているやつ)」

「(誠実な宗教と野生のレッサーパンダ)」わたしはリズム良く言った。「(ブータンにはどっちもあるし、この国にはどっちもないわけ)」

「(野生のは絶滅寸前だよ)」

「(でも、いることには変わりないでしょ。ブータンはいい国なんだよ)」

「(今度、河崎さんとゆっくり話をしてみたい)」ドルジが目を輝かせた。

「(やめたほうがいいよ。あの男、外国人を見ると、親切ぶって、よけいなことを教えてこようとするから)」大学のキャンパスをうろついて、留学生を見つけては、この国のすべてを教えてあげるよ、と声をかけていた。

「(河崎さんは、僕に会うたび、日本語を教えてやるって言ってくるよ)」ドルジが眉を八の字にした。

「(ろくでもない男だから)」自分の外見が人並み外れていることをいいことに、次から次へと女性を誘い、隙あればホテルへ連れて行こうとする河崎を思い出して、わたしはげんなりとする。彼に言わせれば、あの一連の行動は「女性に愛を教える」行為らしい。「(教えたがりの、ろくでなし)」

「(そのろくでもない男と、付き合っていたくせに)」ドルジは自分で言っておいて、困惑の表情を浮かべた。

「(外見に騙されただけなの)」河崎との交際はほんの一ヶ月だった。それにもかかわらず不快な記憶がどっさりと残っているのだから、大したものだ。

ブータンという国は、男女関係について非常に大らかだ、と聞いたことがある。一夫多妻はもとより、一妻多夫というのもあるらしい。一人の女性に対して、兄弟が夫というのも少なくない。恋愛や性行為はとても普通のことで、そのためか嫉妬心も薄いし、倫理観はわたしたちの考えているものとは微妙にずれているのだろう。だからドルジは、わたしと河崎が交際していた話もまったく意に介さず、むしろ愉快そうに聞く。

十字路で信号が赤になり、立ち止まった。

ドルジは路肩に立つ交通安全用の鏡に目をやって、神妙な顔つきになった。

「(どうかした?)」わたしが訊ねると、ドルジは首を横に振った。「(いや、別に)」

「(レッサーパンダってすごく可愛いよね)」

「(Red panda のこと？　そうだね。可愛らしい)」

「(動物園から盗んで、飼いたいくらい)」

「(それは、犯罪じゃないの？)」

「(犯罪)」とわたしは答えながら、子供の頃の記憶を思い浮かべた。「(動物園って言えば、わたし、子供の頃、嫌なことがあるとしょっちゅう動物園に行ってたんだよ。家から近かったし、裏のほうにフェンスが破れているところがあって、出入りができたんだよね)」

「(そんなに動物園は楽しいんだ？)」

「(何かほっとしたんだよね。あまり覚えてないけど。いろんな動物が騒々しい社会とは関係なくさ、のんびり暮らしているのを見てると、安心できたんじゃないかな)」

「(ブータンでは犬だって、猫だって、みんなのんびりしてる。放し飼いだ)」彼は穏やかに言ってから、「(ブータン自体が動物園かも)」と笑った。

「(ある日、フェンスから入っているのを係員に見つかってね。すごく怒られて、それ以来、嫌いな場所になっちゃった)」われながら、勝手な後遺症ではあるな。

ドルジは「なるほど」と聞いているのか、聞いていないのか分からないような、生返事をする。

「(ブータンはいい国だよね)」わたしはぼんやりとそう言って、レッサーパンダの長くてふさふさとした尻尾を撫でる仕草をしてみた。公園での恐怖が少しずつ薄まり、興奮がおさまってくる。

「いまいちは、治りました？」ドルジが片言の日本語で訊いてくれる。

五十メートルほど進んだところで、ドルジが「コンビニ、行きたいです」と急に言った。

左手に、煉瓦色をしたコンビニエンスストアがあったし、わたしには反対する理由がなかったので、自動ドアを通った。とたんに、軽快な音楽が耳に飛び込んでくる。整理整頓された明るい店内は、先ほどの児童公園の鬱蒼《うっそう》とした、得体の知れない暗さとは対照的で、わたしをほっとさせた。

「何か買うの?」

ドルジは答えてくれない。入り口のところから店内をぐるりと一周し、じっくりと品物を選んでいると言うよりは、足早に、商品の棚を見ているだけのようだった。

「(何しに来たの?)」

「(これくらいだね)」ドルジは結局、入り口のところまで戻り、ドアの脇にある傘を手に取る。

「雨なんて降りそうもないけど」星は綺麗に出ていたし。

ドルジは、わたしの日本語は無視して、ビニール傘を持ったままレジに向かう。

仕方がないのでわたしは、菓子の販売コーナーへ向かい、新製品の確認を行うことにした。「チョコレートにはポリフェノールが含まれていて、健康に良いです」という素晴らしい貼り紙があり、大きくうなずく。世の中を救済するのはチョコレート菓子であると、わたしは信じている。チョコレートの愛好会を作っても良いくらいだ。

菓子を持ってレジに並ぶと、すでに支払いを終えたドルジが隣に寄ってきて「(そんなのばかり食べてると、病気になる)」と言った。どこで仕入れた知識なのだろうか。そんなことを口走ると愛好会に抹殺されるぞ、と思った。

「(晴れた夜に、傘を買うような人に言われたくないけどね)」

商品のバーコードに読み取り機を押し当てているアルバイトの店員が、英語で会話をするわたしたちを、物珍しそうに眺めてきた。

店を後にすると、バス通りまで歩いた。タクシーを利用するには中途半端な距離だったので、運賃と時間などを考慮すると、バスを使うほうが利口に思えたからだ。

安売りビデオ屋の前に、宣伝用ののぼりが幾本か並んでいて、ドルジがそれを指差した。「(いつも思うんだけど、これ、ダルシンみたいだ)」

ああ、とわたしもうなずく。

ダルシンとは、ブータンにある、経文《きょうもん》の書かれた細長い旗のことだった。町のあちらこちらに立っている。薄手の布は風が吹くたびに、ゆらゆらと揺れて、そうすることでお経を読んだのと同じ効果がある、とされている。

「(ブータン人は怠け者だから、自分でお経を読むのが面倒で、だから風にやらせてる)」わたしがからかうように言うと、ドルジは「(鋭い)」とうなずいた。「(僕たちはね、代用品で誤魔化すのが得意なんだ)」

ドルジの様子が変だな、と気がついたのはそのすぐ後だった。言葉数が減ったと思ったら、買ったばかりの傘を振り、周囲をやたらと気にしはじめた。

そして、口を開いたかと思うと「この近く、交番、あるですか?」と言った。

「(何それ、日本語の練習?)」

「(交番はこの近くにないのかな)」今度は英語だ。

「(落し物?)」

「(ここからなら、僕は一人でも帰れるから、いざとなったら、琴美は先に逃げて)」

「(何のこと)」わたしは、意味の分からないドルジの言葉に苛立つ。

「くるま」ドルジが日本語をこぼすように発声した時に、ブレーキの音がした。暗くなった夜道に鳴るブレーキ音は、癇《かん》に障る。

わたしたちを追い抜いた黒いミニワゴンが、少し行き過ぎたところで、つんのめるようにして停車した。三つのドアがほぼ同時に、乱暴な音を立てた。慌ただしく降りてくる影が見える。

「チ、ニ、スム」ドルジは小声で人数を確認した。「(三人。さっきのあいつらだ)」

ああ、とわたしは瞬間的に、思考が止まってしまった。目に見える状況は理解できるが、それが何を意味しているのか、考えることができない。

ミニワゴンから降りてきたのは、児童公園にいた、あの若者たちに間違いなかった。

ピアスをした男が先頭に立って、走り寄ってくる。街路灯が怪しく光っている。

「何、あんたたち、しつこいわね」わたしは自分自身を叱咤《しった》し、心の震えを抑えつけ、とにかく一歩足を踏み出した。精一杯、勇気を振り絞った一歩だった。後ろに下がればその瞬間、気持ちも退いて、臆病がわたしを乗っ取ると分かっていたからだ。

「ちょうど見つかるなんて、すげえラッキーだよ」男はポケットから出した両手を、ぱちぱちと叩きながら、笑った。「な」と隣の男を見る。「すげえ捜したんだよね。公園から、あちこち走ってさ」

「警察に言うって、いったいどういうことだよ」と男は寄ってきた。

よけいなことを言うんじゃなかった、とわたしは今さらになって後悔をする。

「車で連れて行こうよ」女が、口にくわえた煙草を右手で取り、面倒臭そうに言った。

「だな」ピアスなしの男がそう言う。

「やめて、ください」ドルジがそこでわたしの前に立った。

「何なの?」ピアスありの男は、鼻に皺《しわ》を寄せた。「兄ちゃん、邪魔だって」

「ドルジ、警察を呼んできて」とっさのことで、わたしは日本語で言う。

「ソウデスネ」

ああ、とわたしはその場に崩れそうになった。ドルジのいつもの相槌は、わたしたちの無力さそのものに思えたのだ。呆気ないくらい簡単に、わたしは不安に襲われた。

「悪いけどさ、兄ちゃん、口出ししないでくれる。この女、ちょっと連れて行くだけだからさ」

ピアスありの男が言った。「まあ、帰ってこないかもしれないけど」

「やめて、ください」ドルジが言った。

「びびってるんじゃねえよ」男が鼻をひくひくとさせながら、笑った。「ヤメテクダサイ、だってよ」とドルジの言い方を真似する。

片言の日本語で喋るブータン人と、怯えて口の回らなくなった日本人との区別は難しい。

「怪我しねえうちに、どっか行けっての」

彼らは、ドルジが怯えているのだと決めつけているようだったが、わたしには、隣のドルジが落ち着き払っているのが見て取れた。

「びびってんじゃねえよ」

もう一度男が言うか言わないかという時に、ドルジは買ったばかりのビニール傘を逆さに持って、取っ手の部分を相手に向けると、そのまま突き出した。

音も鳴らないし、誰の声も出なかったけれど、傘は振られていた。

ピアスなし男の顔を殴った。鼻の頭に当たった。反撃など予想もしていなかったためか、男は突然のことに驚いて、何が起きたのかも認識できなかったらしい。目をしばたたいていた。ワンテンポ遅れて、「痛《い》てえ」と顔をしかめて、座り込んだ。

「何すんだよ」もう一人の男は鼻から血を流し、呻《うめ》き声をこぼしている仲間を見下ろしてから、怒声を上げた。

ドルジは遠ざかるように、何歩か後ろに下がった。

そして、ふいにドルジはその場で腰を下ろした。しゃがむようにして、地面に手を伸ばし、転がっている石のようなものを拾った。

コンクリートの塊だった。鉄筋の千切《ちぎ》れたようなものが飛び出している。拳よりも一回り大きい。

車道を一台のタクシーが通過していった。そのヘッドライトが一瞬だけ、ドルジを映し出したので、わたしにはその動きがはっきりと見えた。

ボーリングの投球と似ていた。コンクリートを持った手が、鋭く動く。

勢い良く投げられたコンクリートは、ピアスをつけた男の、胸のあたりにぶつかった。鈍い音が、地面を伝って、わたしの足元から聞こえた。

男は言葉を出す余裕もなく、胸を押さえて苦しそうに目を瞑っている。

「ごめんなさい」ドルジが丁寧な言葉で頭を下げる。

「(逃げなきゃ)」わたしは無鉄砲で後先を考えないタイプだけれど、訪れた機会は逃さない性格だった。ドルジの手を取ると、そのまま来た方向へ駆けた。

「ふざ」喚《わめ》いた女の声を気にする余裕もない。彼女は、しゃがみ込んだ男たちを見ながら怒っていた。「ふざけんな」

一心不乱に走った。振り返った瞬間、ポケットから物を落としたような感じもしたけれど、気にかけてもいられない。駆けて、細い道を曲がり、ビルとビルの隙間に入り込む。ポリバケツや看板を避けながら進んだ。自分の靴が立てる、かつんかつんという音が、さらにわたしを急《せ》かす。それからマンションの駐輪場へ出た。

ようやく一息つき、人心地もつく。足が絡まって、わたしはバランスを崩してしまう。地面に片膝をついた。茶色の革靴が近くに転がった。

「大丈夫、ですか」ドルジが手を貸してくれる。靴を拾い上げて、履きなおす。

ドルジのほうは大きく一呼吸をしただけで、苦しそうな表情のかけらも見せなかった。

「結構、走ったのに、よく平気だね」

「ヘイキ?」ドルジは、その言葉を味わうように繰り返してから、「(ブータンは日本より高い場所にあるから、ずっと空気が薄いんだ。だからかもしれない。こっちで走るほうが楽だ)」

「(せっかく買った傘だったのに、もったいなかったね)」

ドルジが微笑んだ。「(いいんだよ、そのために買ったんだから)」

「え」わたしは驚きの声を上げる。「(そのためって、襲われるのが分かったの?)」

「(念のためだよ。さっき歩いていたら、道路の鏡に車が通るのが映った。誰かを捜しているみたいだったから)」

「(そのために、傘を買ったわけ?)」

「(使えそうなものって意外にないんだね)」ドルジがおどけた顔をした。

「(ブータンって、そんなふうに危機管理の行き届いている国なんだっけ)」

「(とんでもない)」ドルジがぶるぶると首を横に振った。「(僕の国はのどかで、国民はみんな穏やかだよ。仏教の国だ)」と苦笑する。

「(それなら、どうして?)」

「(琴美の影響じゃないかな)」ドルジは、まんざら冗談を言っているようでもなさそうだった。

「(本当は気が進まないんだけどね)」

「え?」

「(善《よ》いことも悪いことも、やったことは、全部自分に戻ってくるんだ。今は違っても、生まれ変わった後で、しっぺ返しがくる。こういうのはよくないんだ)」

なるほどそれは、輪廻《りんね》を信じる仏教国の青年らしい意見に思われた。

「(さっき、ドルジがやったのは善いことだって)」

「(そうかなあ)」と彼は屈託の表情になる。

「(それならさ、神様には見て見ぬふりをしてもらえばいいって。緊急事態だから。神様にはどこか見えない場所に閉じこもってもらえばさ)」わたしはいい加減に言った。

「(神様、かあ)」と彼は間延びした声を出す。彼らにとっては「神」というのはまったく違う意味を持つのだろう。仏陀を指すのか、もっと漠然としたものを指すのか、わたしには分からない。

「(とにかく面倒だからさ、神様を閉じ込めて、全部なかったことにしてもらえばいいって。そうすれば、ばれない)」

「(乱暴だなあ)」ドルジが呆れる。

「(いいんだって、日本ではそんなもんだって)」

「(そんなものなんだ?)」ドルジが真剣にうなずいた。覚えておくよ、と。

歩道橋の階段をゆっくりと登った。

「デコ」ドルジが思い出したかのように呟いた。ゲコ、と言ったのかもしれない。

「(何か言った?)」

「(ブータンにはそういう遊びがあるんだよ。もともと寺院の僧がやっていたゲームなんだけど。地面に的を描いてさ、で、石を投げるんだ)」

わたしはドルジが投げたコンクリートの軌跡を思い出しながら、「(さっきのこと?)」と訊ねた。

「(ちょうどいい大きさの石があったからね。うまかっただろ? 得意なんだ)」

それでもあんなに勢い良く投げるわけではあるまい、と思いながらわたしは、「(ブータンって本当は野蛮な国なんじゃないの?)」とからかった。

ドルジは歯を見せて笑うだけで、言い返してはこなかった。

「(さっき、怖かった?)」ドルジが訊ねてくる。

「死ぬかと思った」わざと早口にして、日本語で答える。

ドルジはうまく聞き取れなかったらしく、中途半端な表情を見せた。もう一度、同じ質問をしたがっているようにも見えたが、結局、「(僕はさ、本当に、暴力とか嫌なんだよ)」と釈明するように言った。

「へえ、そう」わたしは意地悪く相槌を打つ。

「(琴美の影響を受けただけなんだって)」

はいはいそうですか。わたしはドルジを射すくめるようにして、「(神様を閉じ込めておけば、ばれないって)」と繰り返した。ふと、ポケットから、鍵が零れ落ちそうになっていることに気がつく。

自分の部屋の鍵を触りながら、あの若者たちは本当にペット殺しなのだろうか、と想像をしてみた。

◇ 現在 3 ◇

朝の九時に目が覚めた僕は、片付けや着替えをするよりも先に、風呂場のシャワーを使った。身体を片端から、洗っていく。

シャワーの使い方に不慣れであるため、水温の調節に手間取った。排水口に黒い汚れを見つけて、指で触れてみると、黴《かび》のようだった。引っ越してきたばかりの部屋で、これはないじゃないか、と悲しくなる。水で黴を流す。

街へ行くのは日用品を購入するためだったが、どちらかと言えば、段ボールの山の解体に飽きて逃げ出したと言ったほうが近い。

頭が重い。慣れない部屋で眠ったせいなのか、それともご馳走になったワインのせいなのか、判断がつかなかった。けれど、ワインは関係なければいいな、と思った。大学生が生活を楽しむためには恋人が必要で、その恋人を得るためにはお酒とカラオケと車、あるいは蘊蓄《うんちく》、が必要だと友人から聞いていたからだ。あの程度のワインで頭を痛めるようであると、あまり見通しは明るくない。

春物のセーターを着込み、ジーンズを穿くと、部屋の外へ出た。

隣の一〇三号室のドアが目に入る。だんまりを決め込んだ口のように、閉じている。河崎はまだ眠っているのだろうか。

を押すように思う。

「一緒に本屋を襲わないか」

あの言葉が頭に浮かんだ。真っ黒いシャツとパンツを穿いた隣人は、そう言った。結局のところ、自分がそれに同意したのかどうか、すぐに思い出せない。

断ったはずだよな。おっかなびっくり思い返して、バス停へ向かう。はずだよな、もう一度念を押すように思う。

駅前まで行く市営のバスは、くすんだ青色のボディをしていた。薄ぼんやりとした中間色で、控え目な外見だ。通勤時間帯からは外れているはずなのに、空いてはいない。東京の電車のラッシュアワーに比べればマシだったけれど、幸せというものは何かと比較して満足するものでもないだろう。

窓から見える景色は、特別奇妙ではなかったが、目新しかった。坂の途中に建つ黄色い看板の薬局や、広い駐車場を構えたレンタルビデオ店、ベランダ一杯に赤い花を並べたマンションの一室、それらはごく普通の風景であるのに、僕には新鮮だった。鴨《かも》の子よろしく連なって信号を待つ、幼稚園児ですら、物珍しい。

周りの乗客は全員、僕をよそ者だと認めていて「初心者め」と見下ろしているのではないか、そんな被害妄想に襲われる。

痴漢に気づいたのは、五分ほどしてからだった。

被害者は、運転席の少し後ろで、吊り革につかまっている女性だ。ピンクのスプリングコートはとても可愛らしいのに、無造作に垂らした長髪はだらしがなく見えた。持っているバッグはお世辞にもセンスが良いとは感じられず、アンバランスな気がする。

僕の視線がちょうど彼女のところに移ったところだった。彼女が急にそわそわとしはじめた。首元に羽虫でもとまったのだろうか、と最初は疑った。背筋をくねくねと振ったからだ。気にかかって、乗客と乗客の隙間から窺うと、彼女の腰のあたりを男の手が撫でているのを見つけた。

ああ、痴漢か。

実際に、そんな状況に直面するのははじめてだったので、実感が湧かなかった。ああ、急カーブだ。ああ、幼稚園児。ああ、天気がいい。ああ、痴漢か。そんなものだった。

僕のそばの窓には、地元の居酒屋の広告が貼られていて、脇の座席には葱《ねぎ》の入った買い物袋を抱えた婦人が座っている。その葱の匂いが強かったせいか、痴漢行為を目撃しても、エロティックな気分にはならなかった。

痴漢の男はすぐに判明した。女性のすぐ後ろに立った、坊主頭の中年だ。三十代後半か、四十代か。とにかく体格が良かった。乗客の中でも、頭ひとつ背が高い。眉が薄く、気味悪い笑みを浮かべている。サラリーマンでは絶対にない。世間知らずの僕にもそれくらいは分かった。あれが平均的なサラリーマンの姿だとしたら、僕は永遠に就職できない。

暴力団の人かな、と思ったが、すぐに否定する。見た目はそういうタイプだったけれど、本物のヤクザは、混んだバスで女の尻を撫でまわすような卑小なことはしないはずだ。

僕はしばらくその光景を観察していた。いや正確に言えば、黙って観察すること以外に何もできなかった。

女性は、男の手を何度か払っている。弱り果てた顔を左右に動かしている。活発には見えない。地味な外見だ。もしかするとあの女性は、自分の冴えない外見に大革命を起こすような気持ちで、ピンクのコートを買ったのかもしれないな、と思った。そう想像すると、胸が痛んだ。

「やめてください」

路面がでこぼこしていたせいか、バスが大きく揺れて、彼女の言葉は、彼女が期待したほどは響かなかった。

ただ、僕にも聞こえたくらいだったから、痴漢にも届いたはずだ。それなのに、男は怯まなかった。むしろ、嬉しそうだった。恐ろしい表情を作ってみせると、女を睨みつけて、それからまた手を動かしはじめた。気のせいかもしれないが、それまでよりも大胆に動いているようだった。

彼女は助けを求める顔で、周囲を見回す。自分よりも背が高い乗客たちの顔を、目で縋《すが》りつくかのように、見た。

そのうちの何人かは、彼女の無言の訴えに気づいた。痴漢行為を察知して、はっとした顔になる。それから注意を与えようと、坊主頭の顔を見る。けれどそこで動作が止まる。

痴漢男は、相手を萎縮《いしゅく》させるのに効果的な睨み方を心得ていた。一言でも自分を非難することがあったら、どうなるか分かっているだろうな、と無言で威嚇したに違いない。

誰も痴漢を注意しなかった。変だな、と僕は思った。これだけまざまざと犯罪行為を見せつけられて、それでも誰も止めようとしないのは、これは変だぞ、と。

知らないうちに、鼓動が速くなっている。荒く呼吸して、葱の匂いをたっぷりと吸い込んだ。急に生まれた使命感に、僕自身がとまどっていたのだ。助けなくてはいけない、と思った。

彼女は泣きそうな顔で「やめてください」ともう一度言った。

状況は変わらない。誰も何も言わない。

彼女の目が僕のほうを向いた。そこで絶望的なことが起きた。

僕が、目を逸らしたのだ。

自分でも信じられなかった。けれど、事実だった。助けを求めて見つめてきた女性を、僕はあっさり、見放していた。使命感と正義感でいっぱいだったくせに、いざ救いを求められたとたん、尻込みをしてしまった。

自分の臆病にはじめて対面した僕は、あまりの意外さにたじろいだ。まじかよ、椎名。自分自身がそう呆れている。

「ちょっとどいて、ちょっとどいて」と後ろから声がしたのは、その時だった。背後から、乗客を掻き分けて、進んでくる人がいる。女性だ。

脇を通り過ぎた時、僕の身体に寒気が走った。ぞくぞくと、背骨に沿って、細かい震えが起きた。その女性の顔が、あまりに白かったせいだ。いや、大袈裟に言ってしまえば、ホラー映画に出てくる死人が車内を歩いてきたかのように感じた。

「どいて」

二重瞼《ふたえまぶた》のはっきりとした目に、すっと通った鼻筋、柔らかそうな髪の毛、尖った顎、部分部分の整い方からすれば、彼女はまさに美人の見本だったけれど、安直に「美人」と言ってしまうのには抵抗があった。真っ白い肌のせいだろう。発泡スチロールや豆腐のような白さのせいで、生命力のようなものを感じることができない。

長い髪はひとつに結んである。年齢は僕よりも上だろうが、二十代にも三十代にも見える。赤い半袖セーターがとても似合っていた。

「ちょっとどいてくれる」彼女は、人の隙間を縫って、前にすいすいと進んでいく。幽霊を避けるかのように、人々がどいて道を作った。

次の停留所で降りる準備だろうか、とも思ったが、そうではなかった。

「やめてよ」赤いセーターの女性が言った。バス中の誰もが呼吸をやめたように、突然、車内が静まり返った。後ろの座席で、誰かが聴いているウォークマンから漏れる音だけが、しゃかしゃかと鳴っている。

「ああ？」坊主頭の男が後ろを振り返った。離れた場所にいる僕も怯んでしまうような、堂に入った睨み方だ。「何をやめろって？」

赤いセーターの彼女は、女性としては背が高いほうに見えたけれど、それでも坊主頭とはずいぶんと差がある。「痴漢はやめろよ、エロジジイ」

ひいっと悲鳴を上げたくなったのは、僕たち乗客全員だ。葱を持った婦人が、びくっと手を震わせて、さらに匂いが散らばる。

「何のことだよ、姉ちゃん」男が怪訝な顔をした。

「さっきから、この子が嫌がってるのが聞こえてくるんだけど」彼女は、ピンクのコートの女性に目を向けた。「わずらわしいから、やめてって」

そこで坊主頭は弾けるように大声を出した。「何だと、ああ？　殺すぞ」

小柄の子供であれば、その怒鳴り声だけで、充分に殺されてしまっただろう。

無関係を装っている僕も、胃が痛くなった。まるで、自分が攻撃されているようだった。

「おまえこそ、ぶっ殺されてえのか」彼女は怯む様子もなく、そんなことを言った。言葉は乱暴だったが、口調は強弱のない一本調子で、機械が喋っているかのようだ。

「女だからって、許さねえぞ」

「男だからって、許されねえぞ」彼女は男の口調を真似た。

坊主頭の男は、屈辱に顔を真っ赤にして、鼻の穴を大きく広げていた。飛び掛るきっかけと、空間さえあったら、すぐその場で彼女に暴力を揮っただろう。

男は我慢できなくなったのか、右手を上げて、色白女性の襟首をつかもうと手を伸ばした。それを彼女が素早く、左手で払った。シラカンバの木の枝のような白い腕が、力強く動いた。坊主頭の男の顔が険しくなる。手強いと思ったわけではないだろうが、面倒だとは感じたのかもしれない。

「いいから、痴漢はやめろよ。見苦しいんだってば」と彼女がまた言う。

僕は息苦しくなって、ようやく自分が呼吸を忘れていたことに気がつく。

坊主頭が降車用のボタンを押した。「おまえ、次の停留所で降りろ」と低い声を出す。「恥かかせやがって。調子に乗るんじゃねえぞ」

「嫌だ。どうせ、わたしを殴るか蹴るかするんだろう? 体格が違うんだ。相手にならない」

「その綺麗な顔を不細工にしてやるよ。後悔しても遅い。次、降りろよ」こんなに乗客のいる中で、そんなに堂々と脅し文句を口にしていいものなのか、と僕は心配になる。

「喧嘩になったら、わたしが勝てるわけがないだろ。エロジジイ」

男の顔が赤くなる。「だったら、はじめから口出しすんじゃねえよ」

「誰かが不幸になるのは、まっぴらなんだって」思えば奇妙なもので、先ほどから彼女の声は、興奮することも震えることもなくて、感情がこもっていなかった。淡々と音声を発しているだけにも感じられた。従容《しょうよう》と言うべきか、あっけらかんと言うべきか。

とにかく、色白の、美術品と言ってもいいくらいの美人が、痴漢と対決している様子は不思議な趣《おもむき》があった。

停留所前で、バスが速度を落としはじめる。

「いいから。降りろよ」坊主頭が顎を突き出した。

赤いセーターの女性は、電池が切れたかのようにしばらく身動きをしなかったが、「分かった。降りようじゃないの」と同意した。

車内中の誰もが、悲鳴とも感嘆ともつかない溜め息をつこうとしていた。

「あの、危ないですよ、やめたほうが」そもそもの発端となった、ピンクのコートを着た女性が、おずおずと言うのが聞こえた。

無関心を装っていた周りの乗客の何人かも、深くうなずいた。僕も内心で首を縦に振り、「そうだとも。やめたほうがいい」と訴えた。

バスが停車して、ドアが開いた。

「降りろよ」と坊主頭が鼻をひくひくとさせながら、色白女性の腕を引っ張った。

「やめたほうがいいです」痴漢の被害者は、ほとんど泣き出しそうだ。

「大丈夫」血液という血液を失ったかのような顔をした美人は、振り返ると、そう言った。

おい、誰か止めろよ。僕は口には出せなかったけれど、そう叫びたかった。このまま彼女を降ろしたら、何が起きるか分からないぞ。どうして、僕自身が止めようとしなかったのかは、自分でも分からない。このままだとみんな後悔するぞ。

絶望感と焦りが僕を襲っていたが、そんな間にも、当の二人はバスの前扉のほうへ移動していく。誰かが彼女を引き止めないか、と僕はまだ期待していた。見事なまでの他力本願だった。

運賃を支払って、バスのステップを坊主頭が降りていく。

赤いセーターの色白女性は、ためらう素振りも見せず、同じように足を進めた。

するとそこで、突然、ぷしゅうという空気の音とともに、バスのドアが閉じた。あれ、と僕は首をひねる。おや、と周囲の乗客が視線を前に向ける。閉まったドアの向こう側で、坊主頭が何か怒鳴った。

バスはそれには構わずに、発進した。赤いセーターの女性自身も驚いたのか、表情は変えなかったが、運転手を振り返っていた。

何が起きたのか把握できなかったけれど、運転手が機転を利かせたのかもしれない。坊主頭だけを取り残し、発進したのだ。バスは車線を移動し、加速していく。

「おお」誰からともなく、感心するような、称賛するような、声が上がった。何もできなかった者たちの歓声、だ。色白の美人のものと思われる、化粧品の香りが鼻に届いてきて、葱の匂いが遠のく。僕たちは背負うはずの罪悪感がうやむやになったことに、胸を撫で下ろす。

見知らぬ街をうろつくことは新鮮ではあったけれど、それ以上に、自分が拒絶されているのではないか、という不安のほうが強かった。アーケード通りには靴屋、ハンバーガーショップ、パチンコ屋などさまざまな店が並んでいる。歩行者専用の通りで、左右に欅《けやき》が植えられている。ベンチも設置されていた。舗道のタイルは幾何学《きかがく》模様で、白と鼠色のツートンに色分けされている。

不思議なもので、はじめて来たはずのこの商店街が、僕には見知ったところにも思えた。昔、来たことがあるのだろうか、と疑いたくなったくらいだ。

歩いている最中に「あ、久しぶり」などと、見知らぬ女性に声をかけられたせいで、よけいに混乱してしまった。僕がぽかんとしていると、彼女は「あ、間違えました」と去っていった。たぶん、街の歩行者道路というものは、どこに行っても似ているものだし、僕のような姿をした人間もあちこちにいるだろう。

雑貨屋に立ち寄って、必要な日用品を幾つか購入した。店を出たところで、河崎のことを思い出す。彼はいったい何をやっている青年なのだろうかと考え、そして、もしかしてと思いつく。彼は、ついこの間まで「死にそうだった」らしいから、その時の保険の給付金がどっさりと残っているのかもしれない。可能性はある。

薬局から流れてくるやかましい音楽が、僕の耳に襲いかかるようだったので、振り払うように通り過ぎた。

本屋を襲う、と河崎は言った。

それを制止する義務が僕にはあるのだろうか？

「あるさ」と僕の心のどこかが言った。きっと利口な僕だろう。常識や道徳とうまくやっていこうと考えている、利口な僕だ。

「根拠はあるのか？」さらに訊ねたのは、僕の心の、ひねくれた部分だ。

「法律だ。書店を襲ってはいけない、というのはたぶん、法律で決まっている」

「法律が正しいって決まってるのかよ」

僕はどうでもいい自問自答を繰り返す。そのうち、馬鹿馬鹿しくなって、早足になる。

知らず知らずのうちにボブ・ディランを口ずさんでいた。

「風に吹かれて」だ。

英語は苦手なのだけれど、この歌だけは例外だった。歌詞を全部暗記しているし、最後まできっちり歌うことができる。なぜか？　必死に覚えたからだ。

どうしてその歌を覚えたのか、と言えば、これは僕の悲しい思い出と結びついている。

実は、中学生の時に好意を寄せていた同級生の女の子が、この曲を好きだったのだ。何かの会話の拍子でそのことを知った僕は、かなり張り切った。曲を繰り返し聴き、空で歌えるようになるまで練習をした。真面目で、努力好きの僕には難しいことではない。

そして、そう、あれは卒業式の前日だ。彼女と二人きりになる絶好の機会に恵まれて、僕は意気揚々とその曲を口ずさんでみせた。

あれは馬鹿馬鹿しかったな、と今でも思う。

てっきり感動を、少なくとも感心をしてくれるとばかり思っていたのに、僕の歌を聴き終えた彼女は予想外の反応を示した。「それって何ていう曲?」

「え?」僕は驚いてしまった。何って、君の好きな「風に吹かれて」に決まっているじゃないか。すっかり白けてしまった。

たぶん彼女は、ディランの曲など、聴いたことがなかったのだ。曲名だけ知っていたのかもしれない。

とにかく、そのために、僕はあの曲をスムーズに歌えるのだった。

僕はそれ以来、人間は必死になれば、たいていのことはできる、と楽観的に信じている。「ありえない」と否定的に物事を見る人間の大半は、自分で何かを成し遂げたことのない者だ。

「ボブだね、ボブ」

唐突に隣から声をかけられて、ぎょっとする。信号待ちをしている中年の男が、こちらを見て笑っていた。無精髭を生やした背の低い男性だった。右手に、重ねた丼を抱えている。

「ラーメン屋さん?」何とも間の抜けた挨拶を口にしたが、思えばそれがその日、はじめて発した言葉でもあった。

「蕎麦《そば》屋だよ」男が目尻に皺を作った。「田村蕎麦。駅の向こうの公園脇にあるから、よろしく」

「はあ」

「あんたが今歌ってたの、ボブだろ」男は嬉しそうだった。

「ですね。ボブ・ディラン。聴くんですか？」ボブ・ディランを「ボブ」と呼ぶのは違和感があったが、愉快な表現にも聞こえたので、文句は差し控えた。

「うちのかみさんが若かった頃はねえ。好きだったわけよ。って言っても、昔だな。ロングロングアゴー。長い顎ってな」

「曲名、分かります？」目の前の横断歩道を眺めながら、訊ねてみる。

「あー、あれだろ。『ライク・ア・ローリングストーン』」彼はためらう素振りも見せず、自信満満に答えてくれた。

違いますよ、「風に吹かれて」です、と訂正する気力もなくて、ただ、「ええ、そうです」と返事をした。そんな感じです、だいたい正解です、と。

信号が青になり、軽い会釈とともに足を踏み出して、そのまま交差点を渡った。

自分で歌を口ずさみながら、あの時の同級生の子が曲名を分からなかったのは、もしかすると僕の歌があまりに下手糞だったせいかもしれないな、と思った。

通りかかったラーメン屋から湯気が出ていて、食器を洗う音も聞こえた。メニューを見ると、「しお」と手書きの文字があるだけだった。興味深い、と僕は店内に足を踏み入れた。空いている店内で塩ラーメンを平らげる。

帰りのバスもまた混雑していたが、痴漢がいるわけではなかった。アパートに戻る頃になって、そう言えばあの色白の女性は何者だったのだろうか、ととってつけたように思い出した。

◇　二年前　3　◇

朝の六時から目が覚めてしまったわたしは、洗顔や着替えをするよりも先に、クロゼットの服を調べた。ポケットを片端から、探っていく。

はじめは少し気になった程度だった。そう言えばパスケースはどこに置いたっけ、と寝惚けながらに思っただけだったのが、もしかするとどこかに落としたのかもしれない、と思いつくと、頭から水を被《かぶ》った気分になった。

まさか、と机の上や書棚を捜す。パスケースにはバス用の定期券しか入れていなかったのだけれど、なくしたのだとすれば厄介だった。はじめのうちは、すぐに見つかるだろうと高をくくっていた。鞄の中にもないことが分かり、徐々に焦りはじめた。昨日穿いていたジーンズのポケットを探り、シャツをひっくり返してみる。

「(どうかした?)」わたしが音を立てたせいで起きてしまったのか、布団からドルジが顔を出した。「(宝くじならいつもの財布に入っているけど)」

「(そうじゃないんだよね)」

わたしたちは毎週一度、数字当て宝くじを購入するのが趣味だった。数百円の安いやつだ。いや、趣味と言うにはあまりに熱のこもっていない、地味で儀式的なイベントだったから、週に一度の事務処理と呼んだほうが正しいかもしれない。とにかく、欠かさずに買っている。四桁の数字を当てるだけの数字くじは、巨額な当選金とは無縁だけれど、それでも何億円が当たるという宝くじに比べると現実味があって、性格に合った。朝になると、二人一緒に朝刊を開いて、当選を確認する。いや、外れていることを確認し、「なかなか当たらないものだね」と確率の偉大さに感心するのだ。

「(くじを捜してるわけじゃないんだ)」わたしは言う。

起きたドルジが、カーテンを開ける。陽射しが音もなく部屋を明るくし、浮遊する埃を照らし出した。

「(嫌な感じなんだよね)」とわたしは言った。

「(嫌な感じ?)」

ハンガーにぶら下がったシャツのポケットに手を入れながら、わたしは、「(パスケースを捜してて)」と軽く説明をする。

「(パスケース? 定期券が入ってるやつ?)」

「(どこかにはあると思うんだけど)」

「(そりゃ、どこかにはあるよね)」ドルジは、真顔で言う。

「(ただ、あの時に落とした気がするんだよね)」

「(あの時?)」

「(昨日、あのスーツ姿の若者たちから逃げている時にね、ポケットから何か落ちたような気がするの。あの時は夢中だったし、気のせいかと思ったんだけど)」言えば言うほど、自分の周りに暗い空気が吸い寄せられてくるようだった。「(まあ、考えすぎかも)」慌てて笑みを作ったけれど、たぶん、引き攣《つ》っていただろう。

「(もし)」ドルジが探るように、眉を傾けた。「(もし、そうだとすると?)」

「(あのパスケースに住所が書いてあるから。ここのね)」わたしは鼻から細く息を吐き出して、呼吸が荒くなるのを抑えた。

ドルジの顔はわずかだけれど、青褪《あおざ》めた。「(彼らが拾ったとしたら、ここの場所が分かるってこと?)」

「(そうなるね)」

「(もし住所が分かったら、彼らは来るかな?)」

「(あいつらがどれだけ暇で、どれだけ怒ってるかによるけど)」

「(それは)」ドルジは鼻の頭に皺を寄せる。「(それは嫌な感じだ)」実際に、彼がどの程度、嫌な気分になっているのかははっきりしない。

「(でしょ)」わたしはうなずいてから、「(でも、考えても仕方がないよね)」と楽観的なことを口にした。

「(捜しに行こうか)」ドルジの口調は、さほど深刻さを帯びていないので、ありがたい。なくしたものは捜せばいい、と当然のように考えているだけにも見えた。「(昨日、走って逃げたルートをもう一度辿って、パスケースが落ちていないかどうかを見に行こう)」と言ってくれた。「(今日は、バイト休みでしょ?)」

ペットショップの定休日ではあった。「(ドルジこそ、研究室行かなくていいわけ?)」

「サボリ、です」

ろくな日本語を覚えてないな、とわたしは肩をすくめる。

着替えを終えた後、部屋を出る前に、新聞を広げて、くじの当選番号を確認してみたけれど、結果は、選んだ数字がひとつも当たらないという惨敗に終わっていた。「(嫌な感じだ)」と二人で声を合わせてこぼした。

嫌な感じは、ついに払拭されなかった。わたしたちは、わざわざバスに乗って昨日の町まで行き、昨晩、傘を買ったコンビニエンスストアから、その後に通った道を、なぞるように歩き回ったが、パスケースはどこにも見当たらなかった。

「あーあ、ヴィトンだったのに」わたしが半ば冗談で嘆くと、ドルジは意外な顔をして、琴美が気にしているのは値段のことなのか、と訊ねてきた。

成果を得られなかった帰路というのは、どうにもすっきりしないものだった。特にわたしは漠然とした恐怖、というのが背中にのし掛かっていたせいで、苛立ってもいた。

だから、バッティングセンターに行くことを思いついた。

むしゃくしゃしたり、鬱々とした気分になると、わたしはバッティングセンターに行くことが多い。べつだん、野球が上手であるわけでも、好きであるわけでもないのに、バットをむやみに振り回して、無駄なエネルギーを発散させるという作業が、あんがい好きだったのだ。何も生み出さない労働、という感じがして、さらにいい。

「(あのさ)」わたしが口を開くと、ドルジも先を読んでいたらしく、「(バッティングセンターに行く?)」と言ってくれた。

バッティングセンターは、相変わらず空いている。大きくカーブした国道脇の、細い一方通行を二十メートルほど奥へ入ると、小さな駐車場に着く。片隅には柳の木が二本生えている。その隣がバッティングセンターだ。今はとっくに引退した野球選手の似顔絵が描かれた大きな看板は、すでに支柱が腐り、曲がっていて、客を遠ざけようとしているとしか思えなかった。地震があれば倒れてきそうだ。

草の匂いが漂っていて、じっとしていると、虫が寄ってくる。

駐車場には白線も引かれていないので、好きな角度で車が停められた。

緑のネットに囲まれて、六つの打席が用意されている。小さな管理人室が脇にあって、野球帽を被った初老の男が、腕を組んで、舟を漕《こ》いでいた。

バットの金属音や、ボールがネットにぶつかる音が、散発的にした。聞いているだけで、心地良い音だ。

わたしとドルジは、本格的に野球に打ち込んでいるわけではないので、お互いのスウィングを見て感想を言い合う必要もなく、いつも、おのおのが好き勝手に打席に入り、球を打つ。

わたしが二十球を、見事なくらいにすべて空振りして外に出てくると、ドルジはすでに打ち終わっていたらしく、待っていた。

「(少しすっきりした)」ぜいぜいと息が上がったわたしは、その時だけは紛失したパスケースのことを忘れ、「嫌な感じ」を頭からどかすことができた。

するとドルジが、人差し指で、二つ離れたところのネットを指差した。「(あれ、河崎さんかな?)」

「え?」わたしはその名前を聞いて、目の前を黒猫に横切られたような気分になった。不吉、と言うべきか、不快、と言うべきか、縁起でもない。

痩身《そうしん》の男が、わたしたちには背を向けて、つまりは左打席に入り、バットを振っていた。特別うまいわけでもなかったが、それでも三球に一球くらいは、快音を響かせていた。

ネット越しに横顔が見えて、わたしは舌を鳴らす。「(そうね、あの男だ)」

そのまま知らぬふりをして、帰ろうと思ったのだけれど、その前に、ドルジが近づいていってしまう。

ホームベース脇の筒のような入れ物にバットを戻すと、河崎は外に出てきて、「やあ」とドルジに手を上げた。

相変わらずの中性的な顔立ちだった。細くて柔らかそうな髪は美しく、目が大きかった。くっきりとした眉毛が鋭敏な印象を作っている。

「琴美も」彼は、馴れ馴れしく、わたしに向かって手を上げた。

「呼び捨てにしないでほしいんだけど」

河崎は、長袖のTシャツを着ていた。ラフだったが、細身のパンツと合っている。「怖いな。いいじゃないか、琴美は琴美なんだから」と能天気に笑う。「下手に『さん』付けで呼ぶと、親しくない感じがする」

「親しくないんだって」わたしは鼻息を荒くした。わざとらしく周囲に目を走らせる。「珍しいね。女と一緒じゃないなんて」

「だろ」悪びれもせずに、河崎は手を広げた。「時には、一人の時もある」

「あ、そう」わたしは彼と長く喋りたい気分でもなかったので、早口で言った。「わたしたちは帰るところだから、じゃあね」儀礼的な挨拶を加えて、ドルジの腕を引いた。

河崎は、ドルジの顔をちらっと見て、「琴美とは英語で会話をしているんだっけ?」と訊ねた。

「(だいたい、そうだね)」ドルジは綺麗な発音で言う。

河崎が片眉を上げた。そうすると、疵《きず》のない美しい花が、急に萎れたようにも見える。「そんなことだと、いつまで経っても日本語は上達しないぜ。琴美も分かってるだろ。日本語のイントネーションとか発音はさ、膨大な会話の中で覚えるしかないんだって。たいてい、留学生っては聞くのはできても、喋るのが下手なんだよな」

「あのね、日本語でそんなにべらべら喋ったって、聞き取れるわけないじゃない」

「だから」河崎は語調を強めた。「そうやって、遠慮してるから、上達しないんだって」

ドルジを見る。予想通り彼は、河崎の言葉のほとんどを聞き取ることができないようで、耳を近づけながらも、首をひねっていた。「も一度、言てくれませんか？」

「『言って』だよ。『言て』ではないんだ。促音《そくおん》ってのも外国人が苦手なもののひとつなんだよな」河崎は、生徒指導に目覚めた教師のようだった。「(日本語を喋れるようになりたくないか？)」と今度は英語で言った。

「なりたい、です」ドルジが強くうなずいた。

「だろ」河崎がうなずく。それからわたしを見て、「琴美のアパートに空き部屋はないか？」と訊ねた。

「なんでまた」

「まだ先のことだけど、今、住んでいるところが取り壊しになるんだ。近くに住んだら、俺はいつでも彼に日本語を教えられる」

「一緒のアパートに？　本気じゃないよね」わたしは眉間《みけん》に皺を、これ以上ないというくらいに寄せた。「だいたい、あんたはどうしてここにいるわけ？　来たことあったっけ？」

河崎はそこで苦々しく顔をゆがめた。「いや」と珍しく口ごもり「ここでバットを振ると、不安だとか不満が吹き飛ぶ。誰かにそう聞いたのを思い出したんだ」

「どこかの女に聞いたんでしょ」

「そうだな、たぶん、どこかの女に」

彼の知り合いの八割がたは女性で、その半数以上と彼はホテルに行っている。これはわたしがざっと計算した乱暴な推測だが、たぶん、当たっている。

「一応、言っておくけど、それを教えてあげたの、たぶん、わたしだから」嫌味でねちねちと苛《いじ》めるつもりはなかったが、とりあえず、伝えておくことにした。「『どこかの女』に含めてもらえて光栄です」

案の定、彼は怯むこともなく、「ああ、そうだったかもな」と何事もないように言った。

「で、何を悩んでるわけ？　あまりにたくさんの女と付き合って、セックスをしているから、順番とかスケジュールが分からなくなった、とか？」

「相変わらず、琴美は攻撃的だなあ」憎らしいことに彼は、わたしの攻撃を楽しむようでもあった。「違うよ。下らない悩みは、俺にもあるんだって」

「河崎さん、ウワキショウですか？」ドルジがたどたどしい日本語で言った。「琴美、よく、言います」

河崎はすぐにくすくすと笑った。「そんなことを教えなくてもいいじゃないか」

「この国の汚点を、彼に伝えておきたかったの」

「違うって。これが普通なんだよ。ブータンなんて、寛容なもんだよ。なあ」河崎がドルジに言う。

「ソウデスネ」ドルジが答える。

「男っていうのは、女性が好きなんだよ。それが普通なんだ」彼はドルジに同意を求めているようだった。その表情や仕草は、女性を魅了する色気がある。と、認めざるをえない。「俺は突出して好き、というだけだ」

「いけしゃあしゃあと」とわたしは口を挟む。

「鼻の長い象は、鼻をホース代わりに使う。キリンは高いところの木の実を食べる。アリクイはあの口だから、蟻を食う。ようするにさ、授《さず》かった能力は使わなくちゃ駄目だってことなんだ。俺は見てのとおり、外見に恵まれた。それなら、この世の中の女という女に声をかけて、可能な限りセックスをするべきだ。そう思わないか？」

「絶対に思わない」わたしは言い切る。

するると彼は退く様子もなく、逆に胸を突き出すようにして、「あのさ、『政治家が間違っている時、その世界の正しいことはすべて誤っている』という言葉を知らないか？」と言ってきた。

「知りたくもない」

「つまりさ、間違っているかどうかなんて、一概には決めつけられないってことだよ」

流暢に喋る河崎の台詞は、ドルジにはほとんど把握できなかっただろう。瞬《また》きを多くして、怯えているようでもある。

わたしは簡単に、河崎の話を英語に訳してから、「(女たらしの言い訳だから、聞かなくていいよ)」と言ってやる。

「(いや)」ドルジが笑う。「(僕は河崎さんの意見に近いよ)」

ああ、そうかもしれない、とわたしも気がつく。ドルジは穏やかで礼儀正しいが、性的なことには無頓着で奔放《ほんぽう》な印象があった。ブータン人の気質なのだろうか。

「英語で喋ったら、駄目なんだって」河崎が嫌な顔をする。「真面目な話さ、俺が日本語を教えてやるよ」と彼はドルジに向き直った。「考えておいてくれ。言葉が片言だと馬鹿にされるんだ。この国の人間は日本人に対してだって冷たいからな、外国人なんてそれ以上に冷たく扱われる。極寒だよ。極寒。今のまま、下手な日本語を使ってると、馬鹿にされるのがオチだ」

「ソウデスネ」ドルジが、河崎の勢いに気圧《けお》されている。

「そういう曖昧な返事がさ、舐められる原因になるんだよ」河崎がすかさず、指摘をした。

「舐められ、ますか」

「舐められるね」河崎はじっと見つめるようにしてから「人気のソフトクリームより舐められる。貼りなおしの切手より舐められるぜ。間違いない」

「それ、よくわかんない譬えなんだけど」わたしは文句をつけた。

「ブータンはいいよなあ」河崎は両腕を上げて、伸びをする。

「行ったこと、ある、ですね」ドルジは、わたしが昨日話したことを覚えていたようだった。

「十日くらいしかいなかったから、偉そうなことは言えないけど」河崎の数少ない長所のひとつは、自分に不足しているものは不足していると認めることだ。「でもね、レッサーパンダと宗教が存在する国なんて、すごく羨ましいよ」

ドルジは耳をかたむけていた。どうにか単語を拾うことができたらしく、「(宗教を信じるの?)」と訊き返していた。

河崎は困ったように眉毛を下げた。彼が何と答えるのか、私も少しだけ興味があった。

「難しいな」河崎がそう答える。「君たちにとっては、宗教というのは信じるとか、信じないとか、どうせ、そういうものではないんだろう？　君たちにとっては、宗教はそこに『ある』ものなんだろ。はじめから、ある」

「ソウデスネ」

「ブータン人は蠅も殺さないんだぜ」河崎は自分の自慢話をするかのように、わたしに言った。「生まれ変わりを信じてるから、その蠅が自分のおじいちゃんじゃないか、おばあちゃんじゃないかって思って、だから、殺さないんだ」

わたしはドルジに英語で説明をしてから、確認する。「そうなの？」

「ソウデスネ」とドルジが嬉しそうにうなずいた。

「な。チベット仏教というのはそういうものなんだ。だから、ブータン人はあんなに大らかで、穏やかで、優しいんだ。因果応報というのもあるし。善いことをすれば、いつか報《むく》われる。悪いことをすれば、いつか報いがある」

「日本でもよく言うじゃない」

「違うんだって。日本人は、その報いをすぐに欲しがるだろ。ブータン人はそうじゃない。今じゃなくていいんだ。生まれ変わった後に、それが返ってくるかもしれない。そう思っているんだ。日本人は即効性を求めるから、いつも苛々、せかせかしている。それに比べれば、ブータン人は優雅だよ。人生が長い」

「それならさ、ブータンには殺人ってないわけ？」わたしは素朴な疑問を口にする。

「そりゃそうだ。少なくとも俺は聞いたことがない」河崎は偉そうに、語調を強めた。

ところが、話を聞いたドルジが、残念そうに、「(いや、ブータンにだって殺人はあるんだ)」と答えたので、可笑しかった。

「あ、そうなんだ」河崎が目をしばたたいた。

「（滅多にないけど、でも、時々はある）」ドルジは悔しそうだった。その矛盾に照れているのかもしれない。

わたしは大きく笑って「ほら、あんたの言ってることは間違ってる」と指を向けた。

河崎はそこで怒った顔を見せた。「違う。どんなことにだって、例外はある。そうだろ。殺人があると言っても、日本とは比べ物にならない。ブータン人の穏やかさと優しさは、紛れもない本物だ」

「知った風なことを言うじゃない」わたしは言ってやる。

「俺はあの国が大好きだからね」

「河崎さん、信じますか？」ドルジが首を伸ばすようにして、訊ねた。宗教を信じるか、という問いかけだったのだろう。

「俺はね、目に見えないものは信じないことにしているんだ」

「ああ、そうね」彼がよくそう言っていたのを思い出し、わたしはむかむかとする。

「どこかの半島で食料がなくて餓死する子供が何百人いようと、見知らぬ大陸の森で動物の大虐殺が行われていようと、それを見ない限りは信じない。目で見るまでは、何も存在していないのと同じだ。俺はそう思う」河崎は淡々と言う。

「（この男が何て言ってるか、分かる？）」わたしは顔をしかめながら、ドルジに確認をするが、彼は恥ずかしそうに、首を横に振った。

「これくらいの日本語なら、すぐに聞き取れるようになるって」河崎が口を挟む。

わたしは、河崎が喋っていたひどく下らない内容を、わざわざ要約しつつ英訳した。聞き終えたドルジが感心するかのように、「（面白い考え方ですね）」と言った。

「(でもさ、目に見えるものしか信じないなんて、よく考えれば、目が見える人の傲慢《ごうまん》にも聞こえるよね)」わたしは攻め込むような口調になった。

するとと河崎はこう言った。「琴美は、目が見えないのか?」

「そうじゃないけど、目が見えない人のことを想像することはできるでしょ」

「安易な想像は、誰にとっても迷惑だと俺は思う」

「じゃあさ」こうなるとわたしは喧嘩腰である。「目の見えない人が困ってても、助けないわけ」

「話がずれてないか?」河崎は言い合いを楽しんでいるようだった。ずれているのは承知なのだ、とわたしはむすりと答える。かかってこい、と。

「分からないな、そんなの。明らかに困っていたら、助けるかもしれないし。ただ、これだけは言えるよ。見えもしないことを、勝手に想像して、行動するような真似はしない」

「駄目人間」わたしはすでに、口喧嘩をする子供に成り下がっていたので、怖いものはなかった。

「それなら琴美は、困っている人間がいたら、頼まれもしないのに、いちいち救うか?」

「もちろん」考えるより先にまくし立てる。「迷っている人がいたら、道を教えるし、飢えてる人には、食事を出す」言ったもの勝ちである。「誰もが歩きやすいように、道だって作る」

「道を作るのは、政治家か神様の仕事だ」

「わたしの仕事でもあるのよ」われながら、感心するくらいの放言だった。

「それこそ、傲慢だよ。思い上がりだ」河崎は微笑んで、子供の不平を宥《なだ》めるように、言った。

「あんたって、本当にむかつく」

河崎は笑みを崩さなかった。いかにわたしが無謀なことを言っているのか、ドルジに英語で解説したりしている。河崎も、わたしよりは劣るが、それなりに英語は使える。

ドルジは、「(他人を救うことで、自分も救われるんだよ)」と言った。

「だから、俺はさ」河崎は真剣な目のまま、ゆっくりと顎を引いた。「愛も信じないんだ。目に見えないから。それが、『女』とか『セックス』という意味でなら信じてるけど」

「馬鹿じゃないの」わたしは、嘔吐する真似をした。

「ああいうのは目に見えるだろ」

「そうやって恰好つけて、冷静ぶってさ、クールなつもりかもしれないけど」言葉を選び、テンポを気にしながら喋らないと、彼への不満が機関銃のように飛び出しそうで、わたしは苦労する。

「クールというのが、泰然自若《たいぜんじじやく》という意味なら、俺はそうだろうね」

「わたしが言いたいのは、とにかく、少しは熱いところも見せたらどうなのかってこと」

「熱いってどういうことだよ?」

「欲しくて高い本があったら、書店を襲ってでも手に入れるとか、川に飛び込んで、溺れそうになってみっともなく足掻《あが》くとかさ」

河崎はどういうわけか、急にしおらしい表情を浮かべた。「足掻くか」とぽつりとこぼすように言う。「なるほど。たしかに俺は、大事な時に足掻かないで、恰好つけて、沈んでいくタイプだ。なりふり構わず、というのが苦手かもな」

「かもな、じゃなくて、絶対にそう」わたしは断言して、彼を指差した。今すぐ、近くの川が氾濫して、この男を溺れさせないものだろうか、と本気で願った。ただ、わたしの本気が届いて、洪水が起きたら困るので、「行こう、ドルジ」と出口へ向かうことにした。

「河崎さん、面白いですね」追いついてきたドルジが言う。「ブータン、分かてくれました」と心なしか声を弾ませた。「恰好いいです」

「(あれは特殊な日本人だから)」念のため、そう補足する。

「(そう言えば)」ドルジが首をひねる。急に英語になっていた。「(彼の尻のポケットに、保険証が入ってたね。病気なのかな)」

「え?」わたしは訊き返した後で、すぐに気がついた。「(病気の人が、バッティングセンターになんて来ないよ)」

「(でも、あれ、前に見せてもらった保険証と似ていた。もしかして彼も、不安を吹き飛ばしに来たのかもしれない。病気の不安を)」それはドルジの思いつきのようだったが、彼の勘が鋭いのも事実だった。

「(どんな病気に罹ったって、あの男は気にしないんだから)」わたしは言ってやる。「(恰好つけて、悪化させるだけ)」そう答えながら、バッティングセンターを振り返り、河崎を見て、脱力感に襲われた。「(ほら、見てよ。いい気なもんだ)」

先ほどの場所で、河崎が二人の女子高生と喋っているのが見えた。

「(あ、あの女の子たち、どこから現われたんだろ?)」ドルジが驚く。

「(あれはあれで、一種の病気だけどね)」まったく、どこから引き寄せた女なのだろうか、とわたしは呆れ返る。「(病院じゃ治らない)」

帰りの道でもまたパスケースを捜したが、見つからなかった。アパートに戻る頃になって、やっぱり「嫌な感じ」は消えないものだな、と感心するような気分になった。

◇　現在　4　◇

　部屋に帰り、空になった段ボール箱を畳んでしまうと、やるべきことは何もなくなった。散々な成績でペナントレースを終えた、中継ぎ投手の次シーズンのように何もなくなってしまった。映りの良くないテレビの微調整をやり直してから、リモコンについた埃を神経質に取っていたら、いつの間にか夜になっていた。時計を置いた場所がわからずに、部屋中を捜し回った。見つけた頃には、午後の七時だった。窓ガラスから外の景色は見えなくなって、かわりに、僕自身の姿が映っている。カーテンを閉めた。

　河崎の部屋以外にも挨拶をしたほうがいいんじゃないかな、と急に思い立った。すぐに立ち上がる。「気が変わらないうちに行動しなさい」というのは、子供の頃に、叔母から聞かされた言葉だ。「飽きたり、嫌になったり、怖くなったりする前に、思いついたことは、すぐにやったほうがいいわよ」

　それで僕は、トレーナーを着て、鏡で身だしなみの確認を行うと、ゆっくり考えることもしないで外に出た。

　偶然にも階段の手前で、河崎とばったり会った。「よお」彼は嬉しそうに歯を見せた。

「あ」僕は、理由は分からないが、気まずい気分になる。

「ちょうど今、行こうと思っていたところだ」河崎は横広の唇の端を緩やかに、持ち上げた。

「いや、今から他の部屋にも挨拶に行こうと思って」小声で言う。

「挨拶?」

河崎が身体を傾けて、階段の方向を指差そうとした。偶然だろうが、そこにちょうど、人がやってくるのが見えた。

アパート前のなだらかな坂を、青年が上から小走りで下りてくる。年は僕と同じくらい、スマートな身体をして、スーパーマーケットの袋を持っている。暗い顔つきをしていた。僕と河崎のほうに一瞥をくれたものの、関心を見せることもなく、肩をすぼめたまま、一番端の自分の部屋にそそくさと入っていった。

「あの人が、一〇一号室の人?」

「ああ」河崎がぎこちなくうなずいた。心なしか、彼自身はあの住人と顔を合わせたくないようにも見えた。

「外国人なの?」正直なところ、日本人にしか見えなかった。

「小さな国だよ」彼自身はその国がどこであるのか分かっているようでもあった。

「へえ」

「ああやって普通の恰好をしていると、俺たちと違うようには見えないだろ?」河崎は何が可笑しいのか、頬を緩めた。「でも、喋るとすぐに分かる」

「挨拶をしてこようかな」

すると河崎は険しい顔になった。「彼に?」と言った。「やめたほうがいい」

「え?」

「前にも言っただろ。彼はひどく塞ぎ込んでいる。殻《から》に閉じこもっているんだ」

そう言われれば、先ほどの男性の顔には明るさが欠けていたかもしれない。「彼女を失ったから？」

「失った？」河崎はそこで下を向いた。思い屈するような顔を見せてから「そうだ、彼は恋人を失った。可哀相に」

その時の僕は、彼の発する「可哀相」にとても感情が込められていたので、あの青年はもしかすると通常とは異なる状況で、恋人と別れてしまったのではないか、と想像を巡らせた。それからさらに、河崎自身がその「可哀相」な出来事に関係しているのではないか、とも疑った。

「河崎とあの外国人の間に何があったの？」

「大した関係はない」大したことはあるのに、あえてそれを素通りするような言い方だった。

「それなのに、広辞苑を渡そうとしているわけ？」

「俺はいい奴だから」河崎の目の端に可愛らしく皺ができる。

僕はそれ以上、詰め寄らなかった。及び腰になったというよりは、単に面倒臭かったのだろう。

「俺の部屋に来いよ」河崎がそう言う。

僕は断る理由を思い浮かべることができなくて、首を縦に振っていた。他の住人への挨拶はまた先延ばしになる。叔母の教えに背いた後ろめたさが胸に残った。


相も変わらず、河崎の部屋は整然としていた。冷たさを感じるくらいに、無機質な印象がある。ワインではなくて、今回は、紅茶を出してくれた。それを啜《すす》りながら河崎と向き合う。

「どうだ？　街には行ってみたか？」

「まあ」僕は小さくうなずいた。「慣れないけど」痴漢に会ったし、臆病な自分を知った、ということはわざわざ言う必要もない。

「気持ちは変わったか?」河崎は微笑んだ。

「本屋のこと?」

「一日くらいじゃ何も変わらないよな」彼は、僕の答えを先回りする。

「そうだね」

「俺の気持ちだって変わらない」

脈略のない、支離滅裂な会話ではあったが、何時間ぶりかで他人と話ができて喜んでいる自分に気がついた。蕎麦屋の男と二言三言、言葉を交わしはしたものの、それ以外には誰とも口を利いていないのだ。一人暮らしが、ここまで「一人」だとは知らなかった。

視線を逸らすと、積まれたCDが目に入る。

「ボブ・ディランを聴くんだ?」

ケースを手に取りながら、訊ねた。中学生の僕が何よりも一生懸命に覚えた、あの曲の収録されたアルバムもある。

「好きだよ、ボブ・ディラン」河崎はにこりともしない。

「こうやって見るとさ、河崎はディランに似てる」

僕は別のCDケースのジャケット写真を、河崎と並べるようにして、見比べた。しゃがんでいるボブ・ディランとよく似ている。どちらも、頭の切れそうな、悪魔で、不良。そういう顔をしている。知的だけど、上品じゃない。愛想がないけど、恐くはない。

「似ている?」困惑しながらも、河崎はまんざらでもない顔をした。

「瓜二つというほどではないけど。雰囲気が」

「え？」

「雰囲気だよ」

「椎名は声が似ている」

「声が？」はじめて言われた。

「最初に聞いた時、分からなかった。後で気づいた」

「似ているかな？」

「ああ」河崎が言う。

「なのに、どうして、あの女の子はそれに気づいてくれなかったのかな」僕は口に出していた。片思いだったあの子はどうして僕の歌声に感心してくれなかったんだろう、と。

「女の子？」

それから二人でひとしきり、ボブ・ディランの曲について話し合った。河崎は、興奮して早口になるかと思えば、急に黙り込んでうなずいたりした。何枚かのCDを聴いた。曲が河崎の部屋に溶け込むように感じたのは、きっと壁が殺風景だったからだろう。

「俺は」河崎はふいに自分を指差して、言った。「俺は明後日、本屋を襲う」

まるで、次の選挙に立候補する、と宣言されたような気がした。

「選挙に出られるのは、三十過ぎてからだ」僕は思わず、口走る。ん、二十五歳だっけ？

「え？」河崎が訊き返してくるので、僕は「何でもない」と言ってから、取り繕《つくろ》うように、「僕は明日から学校だよ」と口にした。それが断りの理由になってくれればいいな、と思った。

「大学生というのは、はじめは暇だろう？」

「どうなんだろう」大学の生活がどのようなものであるのか、僕には見当がつかなかった。そもそも学生の毎日は、いつと限らず暇であるような予感もあった。

「本屋へ行くのは夜なんだ」と彼はすっかり僕が参加するものだと思っているようだったので、慌てる。「誤解しているようだけど、僕は行かない」

河崎はちっとも挫けなかった。「時間はまだある。明日の晩、もう一度、椎名の部屋に行く」

僕ははっきりと拒《こば》むことができなかった。どちらにせよ、明日の夜に部屋にいなければいいのだ、と安易に考えてもいた。

河崎の部屋を出た。一〇一号室に目をやる。先ほど姿を見かけた青年のことを思い出した。猫背で暗い顔のあのアジア人。挨拶に行こうかと足を向けかけるが、やめた。挨拶に行く気勢を削《そ》がれてしまった。


翌日になって、市内のイベントホールへと、バスを乗り継いで向かった。大学の入学式というものは期待していたよりもあっさりしていたが、予想以上に、奇妙な緊張感が漂っていた。着慣れない背広を着た若者たちが、警戒心を押し殺すようにして笑みを浮かべ、どことなく不自然に挨拶を交わす。

第一印象はとても大事だ、と誰もが知っていたのだろう。僕も充分に承知していた。だから、それぞれが自己紹介を兼ねながら、当り障りのない会話をして、様子を窺っている。そんな感じだった。

「どこに住んでるの?」「どこの出身?」「バイト先見つけた?」

気がつくと、僕だってそういうやり取りの中に入っている。話しているうちに、たぶん彼らも不安なんだろうな、と思った。中には平然として、気取っている男もいるが、内心では同じに違いない。

そして、河崎との出会いがいかに異常だったのかが分かった。「シッポサキマルマリが来ただろ?」「本屋を襲わないか?」

友人になろうという初対面の者同士が、発する台詞ではとうていない。

そうだとも、あれは異常だった。これからが正常な学生生活だ、と僕は嬉しく思いはじめた。

入学式が終わった後、その足で大学の書店へ向かい、必要な教科書を数冊購入した。それから、僕は二人のクラスメイトと街へ出かけた。山田という関西人と、佐藤という車好きの男だ。特別、その二人と意気投合したと言うよりは、何となく近くにいたのでそういう流れになった、と言うほうが正しい。

出会ったばかりで、趣味や嗜好《しこう》も分からない相手と、お互いのカードを探り合う。そんな感じだった。自然体を装いながらも、失態やマイナスポイントを見せないように、戦々兢々としている。新鮮と言えば新鮮だったし、楽しいと言えば楽しい。疲れると言えば疲れる。

山田は、しきりに地元とこの土地との差異をあげつらっていた。「うちのほうはな」という台詞を枕詞《まくらことば》に掲げて、早口でまくし立てる喋り方は、どこか攻撃的だった。

彼の話を聞いていると、彼の地元、関西はとてつもない楽園に思えてくるのだが、とりあえず話半分に聞くことにした。

一方の佐藤は、地元出身の男で、どうやら遊び人と認識されたがっているのか、しきりに「女」と「飲み屋」と「車」の話をしたがった。

「へえ」と僕はそれぞれに相槌を打ちながらも、取り残された気分になった。前へ前へと出ていくタイプではない僕は、相手の話を聞くのに精一杯で、敵地で戦うサッカーチームのように守備的だった。下がれ、下がれ、引き分けで上出来だ、とそんな気持ち。

　三人で地下鉄に乗っていると、外国人が座っていることに気がついた。民族衣装のようなものを着ているので、おそらくはインドかそちらのほうから来た人なのだな、と想像する。

「外人って何か嫌やなあ」と僕の耳元で言ったのは、山田だった。

「ああ、俺も俺も」と佐藤が言う。

「そうかな」僕が咄嗟に反論するような声を出していたのは、おそらくアパートに住んでいる外国人のことが頭に浮かんだからだろう。それに僕は、今まで相手の国籍を意識するような環境にいなかったので、実際のところ、他人の姿や考え方には無頓着だった。

「何考えてんか分からへんやろ」山田が口をゆがめた。

　そんなことを言ったら日本人だって同じだ、と思ったけれど言わなかった。もしあれがアメリカ人でも君は同じことを言うのか、と問いただそうとしたけれど、それも口には出さなかった。ただ言い方を変えて、「もし、僕が外国人だったらどうする？」とだけ訊いてみた。

「え、ホントに？」そう言う佐藤の顔はひどく不愉快そうだった。その反応を受けて、僕も不愉快になる。「いや、たとえばだよ」

　彼は、僕のことを上から下までじっくり観察するように見た。「まあ、好んで喋りたくはないよな」

「どうして？」

「面倒臭いだろ。日本人同士なら説明しなくても分かるような、暗黙の了解みたいなのがあるじゃないか。それを共有しない外国人とわざわざ話をするなんて、面倒臭い」

　引っかかるものを感じたけれど、どことなく納得できる意見のような気もした。山田と佐藤の話に交じりながら、とにかく一人きりでいるよりはよっぽどマシだな、と思った。

彼らと街を目的もなく歩いていると、河崎に会った。偶然だ。会った、ではなくて、見かけた、だ。

僕たちは、駅と高架歩道でつながるデパートの周りを歩いていたのだが、その数十メートル先に彼がいたのだ。

街路樹の並んだ、中央分離帯のある大通りの、歩道だった。煽《あお》るような歩行者信号の音や、パチンコ屋からの音楽がうるさい。ポケットティッシュを配る男性から、ひとつ受け取った。

河崎に声はかけなかった。声が届くような距離ではなかったし、僕の両隣には知り合ったばかりの友人たちがいたので、駆け寄っていくわけにもいかない。

あの奇妙な男が自分の知人だと分かったら、きっとこのできたばかりの友人たちは、僕を白い目で見るだろうな、という確信もあった。

そして何より、河崎は歩きながら、歩道に停まっている自転車を蹴飛ばしていた。声をかけたくても、かけられない状況だった。

がしゃんという音がして、自転車が転がる。歩道と車道の間に駐輪場が設けられているのだが、そこにその自転車が倒れ掛かる。

何が行われているのか、まるで理解できなかった。

目をしばたたいていると、河崎はまた足を出した。靴の裏で押し倒すようにマウンテンバイクを蹴った。

別にその自転車が、歩道の真ん中に置かれているわけではなかった。駐輪場からはみ出てはいたが、他の歩行者が歩けないこともない。

それなのに、河崎は次々と自転車を蹴った。がしゃん、がしゃんと派手な音を立てて、自転車が転がった。その脇に停められていた自転車が二、三台、ドミノ倒しのように倒れた。

「なんや、あいつ」山田が言った。「頭おかしいんちゃう？　自転車蹴りたい症候群やな」と冴えないことを言う。僕は、儀礼的に笑う。

「よっぽど腹が立ってるんじゃないか？」と佐藤。

「うちのほうには、あんな奴はいてないで」山田はそんなことにまで、地元を引き合いに出した。

僕は茫然としたまま、声が出せなかった。その光景を眺めているだけで、精一杯だった。山田の言う「あんな奴」が、自分の知り合いだとは言い出せない。

また、自転車の転がる音がする。

河崎には、突発的に荒っぽい行動を起こす癖があるのかもしれない。そんな憶測が生まれた。書店を襲って広辞苑を盗む、だとか、街に停めてある自転車を片端から蹴り倒していく、だとか。常識外れのことばかりやろうとする病気が彼にはあるのかも。

ふとそこで僕の視界の端に、男性の姿が映った。

杖をついている。立ち止まったままの僕たちを、追い越していった。

白い杖だ。それから男性がサングラスをしているのを見て、この人は目が見えないのかもしれない、と気がつく。

痩せた身体で、杖をリズム良く左右に振り、地面を叩きながら進んでいく。危なげに思えたが、でも、慣れたやり方だった。

まっすぐに進んでいく。

杖の男性の足元に目をやり、僕はそこで、はたと気がついた。

杖の男性は、歩道の端を歩いていた。その部分だけが色がついていて、凹凸があるからだ。点字ブロックと呼ばれるやつだ。視覚障害者を誘導するためのタイルで、杖をついた男性はまさにその上を選んで歩いている。

ああ。僕は不思議な爽快感に包まれる。パズルの解法を見つけたような、そんな心地良さだ。河崎が蹴飛ばしていた自転車はどれも、点字ブロックの上に停めてあったものだった。もしかすると彼は、目の見えない男性が杖をついて歩いてくることに気がついて、それで、邪魔な自転車を蹴飛ばしているのかもしれない。

いや、きっとそうだな、と僕は確信する。河崎は、杖の男性のために、道を作っているのだ。そしてすぐに、滅茶苦茶だ、とも思った。

自転車が邪魔なのならば、乱暴に蹴るようなことはしないで、持ち上げて移動させればいい。白い杖の男性に声をかけて、誘導してあげるのだって、有効だと思う。

何も自転車を、恋人の敵のように蹴飛ばす必要はない。

河崎の姿に目を戻す。彼はまた、目の前にある別の自転車を蹴り倒した。がしゃん、と音がする。さらに進んでいく。

「何だろうな、あれ」佐藤がぽつりとこぼす。

僕はと言えば、爽快感と訝しさの混じった不思議な気分のままだった。これは、あの隣人との今後の付き合い方についてじっくり検討しないといけない、と思ったりもした。


ところが、検討する時間などまったくなかった。

その日の晩に、河崎が僕の部屋にやってきたからだ。開けたドアの前に彼は立って、「やあ」と歯を見せた。部屋の前の蛍光灯が弱々しく光っている。その向こう側にある夜の暗さは、彼が背負っているもののようにも見えた。「ちょっと待って、僕は今まさに、君とどのように関わっていくのかを慎重に考えている真っ最中なんだよ」と追い払うわけにもいかない。目の前で快活に挨拶をする河崎に、「今日、君が自転車を蹴っているのを見かけたけれど」とも言い出せない。

おどおどしている僕に構わず、河崎は口を開いた。「さあ、行くぞ」

「サアイクゾ？」

「本屋だ。本屋を襲うんだ」河崎はにっこりと笑みを浮かべて、黒いジャケットの内側からモデルガンを取り出し、振ってみせた。「車を停めてある。出発だ」

あまりに急なことでかなり動揺した。「だって、本屋を襲うのは明日のはずじゃないか」今日はその出欠を確認するだけのはずじゃなかったのか。

「生きるのを楽しむコツは二つだけ」河崎が軽快に言った。「クラクションを鳴らさないことと、細かいことを気にしないこと」

「滅茶苦茶だ」

「世の中は滅茶苦茶」河崎は心から嘆き悲しむかのようでもあった。「そうだろう？」

◇ 二年前　4 ◇

翌日、ペットショップへ出向くと、パスケースのことなどどうでもよくなった。とっくの昔に見限ったロックバンドの新譜と同じくらいに、どうでもよくなってしまった。

「これ、可愛い」ドルジが、ケージに入ったポメラニアンの子供をガラス越しに眺めながら、言っている。「可愛い、ですね」

大学の講義が、教授の都合により休みになったらしく、ドルジは暇を持て余していた。暇を持て余すと、映画館に行き、その帰りに、わたしのバイト先に顔を出す、というのが彼の行動パターンだった。ブータンでは、犬や猫は堂々と放し飼いにされていて、お世辞にも綺麗とは言えない状態で生活をしているらしいので、こうやって清潔な環境で並べられている動物が珍しいようでもあった。

わたしの働くペットショップは、アーケード通りから小道に入ったところの、煉瓦が敷き詰められた洒落た場所にある。店舗自体も、敷地は広くないが、清潔感があった。外壁と看板は美しい白色で、それは、麗子さんの外見の白さにちなんでいるとしか思えない。

「欲しいなら、売ってあげるよ」麗子さんが、抱えた柴犬の歯茎を調べながら、ドルジに言った。

「琴美ちゃんは店員なんだから、店員割引が利くし」抑揚のない、いつもの喋り方だ。

「店員割引ってあったんですか?」聞いたこともなかったので、わたしが声のトーンを高くすると、麗子さんは「今、作ってみた」と無表情に答えた。

どこまでが冗談なのか分からない。「でも、うちのアパートって動物飼っちゃ駄目だからなあ」わたしはドルジの脇に並んで、ケージを覗き込む。

転がる小さなボールを必死に齧《かじ》りながら、横になっている子犬は無邪気な顔をしていた。

「犬は本当に可愛い」麗子さんは数学の公式を発表するかのように、断定的な言い方をした。彼女は、一日に十回はその台詞を口にする。言外には、「わたしだけがそれを知っている」という思いが込められているような気がするのだけれど、それは考えすぎだろうか。

「その犬を虐待するなんて、わたしは信じられないけど」麗子さんは、そうつづけた。

はっとして、曲げていた腰を戻す。麗子さんと向かい合う。音を立てて、血が下がっていくのが分かる。

「虐待って、あの、例のペット殺しのことですか?」口にするだけで、怖気が走った。

いくら、忘れ去ったつもりでも、苦痛や恐怖の記憶というものは消えないらしい。児童公園の杉林で騒いでいた男女の姿が、瞬時に頭に甦った。

記憶の中のあの公園は、実際よりも暗かった。若者たちから感じた、不気味で乾いた悪意が反映されているのかもしれない。気がつくと、痛みを堪えるように、わたしは奥歯を嚙んでいる。

反射的に、店の隅にあるケージに目が行った。クロシバが入れられていた場所だ。今は空っぽのままで、わたしも麗子さんもなるべく、そちらを見ないようにしているのだけれど、どうしても気になる。クロシバは無事だろうか。ペット殺しとは無関係だろうか。便りのないのは良い便りなのだろうか。二人とも、話題にしなかった。

「昨日もあった、らしい」麗子さんの口調は、まったく感情がこもっていない。人形のよう、とはありきたりの比喩かもしれないが、麗子さんはまさに人形そのものに見える。色気や肉感的な魅力というものはなくて、あるのは観賞物としての美しさだった。

白さが強烈な印象を与える。三十代半ばであるはずなのに、肌には皺ひとつない。まるで白い陶器だ。

叩いたら割れるんじゃないか、と心配にもなる。そして、華奢な体格が、いっそう、人形を思わせる。七分袖の春物セーターから出る手首など、わたしの力でも折れてしまいそうで、そんな身体で、活発なゴールデンレトリーバーや、オールドイングリッシュシープドッグと格闘したりするのだから、驚くほかない。

くわえて麗子さんには表情がない。二年も一緒に働いているわたしですら、彼女が「楽しい」と口にしなければ、犬のブラッシングを嫌々やっているのか、疲れているのか、それとも喜んで行っているのか、その区別もつかないのだ。

「昨日も？　どこでですか」

麗子さんは、少しだけ間を空けた。言うべきかどうか、悩んだのかもしれない。けれど、結局は説明をしてくれた。「街から一キロほど離れた川原で、四つ足が切断された猫が発見された」

わたしは息を吸い込んだまま、吐き出すのを忘れる。「ひどい」としばらくして言う。

「ひどいね」麗子さんは、ちっともひどいと感じていないような声で言う。「しかも、生きているうちに切断されたのかもしれない」

「う、嘘ですよね？」

麗子さんがそんな嘘をつくと思ったわけではなかったけれど、あまりに信じがたかった。

「野良猫ですか？」

「いや」麗子さんは首を振った。「店の猫」

「店？　ペットショップ？」わたしは慌てて、店内を見回した。鍵の壊されたケージや、ガラスの割られた扉がないか、そして、怪我をした動物がいないか、見渡す。

「うちじゃないんだ。和久井《わくい》さんのところ」麗子さんはそう言った。大通り沿いにある、〈オードリー〉というペットショップを経営する女性の名前だ。

ビルのオーナーの一人娘だ、と聞いたことがある。商店街の中心にある細長い建物の、一階から五階までのすべてを、ペットショップに使っている。県内ではもっとも有名で、もっとも大きく、そして、おそらくはもっとも儲かっているペットショップのはずだ。ただ、派手な外観と、幅広い宣伝活動の割に、動物への愛情が感じられず、わたしはあまり好きではない。ついでに言えば、和久井さんは野良犬を蹴っただとか、和久井さんは猫を川に流していただとか、和久井さんは柴犬に似た男にフラれただとか、和久井さんはああ見えても元陸上選手で百メートルを十二秒台で走ったとか、「和久井さんは」ではじまる噂は山ほどあった。

和久井さんの店では、流行の犬種ばかりが大量に仕入れられて、売れ残った動物たちは、あからさまに邪険に扱われている。伝え聞いたところ、つまりは信憑性《しんぴょうせい》のない情報によれば、彼女は「お洒落な自分の店を持ちたい」という、実際的で、非文学的な動機から店をはじめたそうだ。喫茶店でも、ブティックでも良かったのだけれど、たまたま、テレビに映った犬が可愛らしかった、という理由でペットショップを選んだらしく、そのことがさらにわたしは気に入らない。

「あそこのお店から、猫が盗まれたんですか？」店主は嫌いだが、猫に罪はない。

「さっき、うちに来て、そう言ってた」

「和久井さんが来たんですか？　麗子さんのところに、何しに？」

「さあ」麗子さんは淡々と喋る。「愚痴を言いたかったんじゃないの。悲しそうでもなかったし」

自分のところの猫がそんな残虐な方法で殺害されても悲しがらない、という神経は信じがたかったが、和久井さんであればありえなくもないな、と思った。

「猫、殺され、ますか」ドルジが振り返って、首を傾けた。断片的にだろうが、話は聞こえたのだろう。

「ねえ、ブータンでは鳥葬というのがあるって言ってたよね」わたしは思い出した。「(許しがたいペット殺しはいっそのこと鳥葬にしちゃえばいいのに。そう思わない?　裸で木に縛りつけて、鳥や獣に食わせちゃえば)」

「(だから、この間も言ったけど、鳥葬は葬儀の一種で、殺し方とは違うんだって)」ドルジがほとほと困った、という顔をした。

「(いいの。生きたまま鳥に突かれればいいんだって)」わたしは下唇を突き出す。

麗子さんは、英語が得意ではないので、わたしたちの会話には入ってこないが、嫌な顔もしなかった。犬猫のなき声と同じだと把握しているのかもしれない。

そうこうしているうちに、入り口のドアが開いた。

麗子さんが「いらっしゃいませ」と、客商売とは思えない無感情な挨拶をした。わたしは、二人分の温かみを込めて、同じ台詞を発する。

けれど、入ってきた客の顔を見て、「げ」と言う。

「奇遇だなあ」店内に足を踏み入れた客は、驚いた顔を見せながらも、わたしに微笑んだ。

細身のジーンズを穿いて、丈の短いジャケットを羽織った河崎だった。その腕には、化粧の濃い女がしがみついている。わたしよりは年上だが、二十代ではあるだろう。

「知り合い？」麗子さんが、わたしの顔を見る。ただの質問でも、表情なく問われると、尋問されているような気持ちになるから不思議だ。

「河崎さん」ドルジが、嬉しそうに手を上げた。

「やあ」河崎が相好を崩した。

「何しに来たわけ？」わたしは、むかむかとした気分を言葉に混ぜる。

「いや、これは本当に偶然なんだ」河崎が弁明するように、手を顔の前で振った。「たまたま、彼女が犬を見たいって言うから、寄ったんだ。琴美が働いているのがここだなんて知らなかった」

「何、この女？」化粧をした女は露骨に嫌な顔で、わたしを睨んできた。

おお怖い。わたしは内心で、両手を上げて、降参の姿勢を取っている。無実です、と叫びたかった。わたしはこの男とは無関係ですから、そんな怖い目で見ないでください。言ってしまえば、あなたとわたしは被害者の会の会員同士にあたります、と。

「ああ、彼女は、知り合いだよ」河崎はこういう時の対処にはずいぶん慣れているので、落ち着いて、わたしのことを紹介した。

「元、知り合い。現、他人」わたしもうなずいたが、それでも化粧女は気に入らないようで、納得のいかない顔のままだった。

「どんな犬がいいの」抱えていた犬をケージに戻すと、麗子さんが近寄ってきた。

「店長の麗子さん」わたしは、そう紹介した。

「すごく綺麗な人だなあ」河崎は自然にそういうことを口にできる。

麗子さんは顔色を変えず、眉間に皺を寄せることもしなかったが、わたしのほうは見た。目の前のこの美男子は突然何を言い出すのか、と訝しがっている様子だった。

「ええと」わたしは指を出しながら、「彼は、世界中の女性を自分のものにしようとしている、若者です」と説明をした。セックスを繰り返すことで、真理に近づくと信じている、勇者です、と言ってやっても良かった。いや、愚者か。

「何で他の女を誉めてるの？」腕に巻きついている女が、不機嫌に言った。

「綺麗な人、と言っただけじゃないか」

「信じられない」女は横を向いた。頬の膨らませ方が、芝居がかっている。

河崎は相変わらず、女の機嫌には鈍感だった。興味がないのだろう。気にせず、犬の入ったケージに近づき、「これは可愛いなあ」などと目を細めたりしている。「カバリアキングチャールズスパニエルだ」

「よく知ってる」麗子さんが言った。

「あんた、本当に知ってるわけ？」

「知ってるとも」河崎はしみじみと言った。横に立つドルジに目を向けて、「こいつ、イギリスのチャールズ国王が可愛がってたんだぜ」

「チャールズ、ですか」ドルジが片言で答える。

「ねえ、どうせ、買わないんでしょ。さっさと帰れば」わたしは口を挟んだ。

河崎は怒らなかったが、隣の女が声を荒らげた。「何、この子、すごく腹が立つんだけど。店員のくせにさ」

どうせこの女性も、近いうちに河崎に捨てられるのだ、と思うと、怒りよりも同情のほうが先に立ち、わたしは仏の心を持ったかのように、彼女の言葉にも腹が立たない。

「それに、この男は日本人じゃないでしょ」女は早口になって、ドルジを指差した。

「よく気づいたね」河崎が感心した。

「だって、見た目じゃ分からなかったけど、何か、喋り方変だし」

そこで、わたしの仏の心に罅《ひび》が入る。

「彼はブータン人だ」河崎がさらに説明をした。

「はじめまして、です」ドルジが言葉を探しながら、言う。

すると女がとても嫌そうな顔で、ドルジをじろじろと眺めて、こう言った。「どこ、その国？何かさ、田舎っぽいよねえ」

「ちょっと」さすがに、わたしも怒りを感じた。体当たりのひとつでも食らわしてやろうかと思ったが、その前に河崎が動いた。

素早い動きだった。しがみついている女を腕から引き剝がすと、くるりと身体を反転させた。女の両肩をつかんだ。

そして間髪を容れずに、右手を大きく振って女の頰を平手打ちにした。

小気味良いくらいのぱちんという音が響いた。突然鳴った音に合わせて、調音でもするかのように、ケージに入った犬や猫が、長い鳴き声を発した。

「何すんのよ！」驚きから覚めたのか、女が怒鳴った。

「俺の友達を馬鹿にするなよ」河崎が言った。

「ちょっと」わたしはそこで言葉を発しようとするが、なかなか割り込めない。

「早く出てけよ。帰れ」河崎は女を引っ張って、無理やり出口に連れて行く。そして、女を追い出すと、清々した顔で戻ってきた。

「ちょっと、待ってよ。ドルジはあんたの友達じゃないでしょ」やっと言えた。

「大丈夫、ですか。あの人」ドルジが当惑しながら、ドアを見ていた。

「え、誰かいたっけ？」河崎は、本当に女のことを忘れたように言うから怖い。

「あんたも早く出て行きなさいよ」

河崎はわたしの言葉など、聞いていない。再びケージに顔を戻し、ドルジを呼ぶと、「このチャールズスパニエルはさ、宮廷で可愛がられてたから、飼い犬にかかる税金も、この犬種だけは払わなくて良かったんだってさ」と、のん気に話している。


麗子さんが休憩時間を早めてくれたので、わたしたちは近くの喫茶店で、コーヒーを飲むことにした。きっと麗子さんも、犬を眺めてちっとも帰ろうとしない河崎を、追い払いたかったに違いない。

アーケード通りへ出て、ビルの一階にある喫茶店に入った。小さな窓がついているだけで、しかもそれにはカーテンがかかっているから、密閉されている気分になる。カウンターには店長らしき中年女性がいるのだが、注文の品を出した後はずっと文庫本を読んでいるだけだった。芳香剤が置かれているのか、人工的な柑橘系《かんきつけい》の匂いがかなり充満していて、コーヒーの味を邪魔している。

「あんたさ、あの女の子、追いかけないで良かったわけ？」まずは、河崎にそう言った。

予想通りではあったけれど、彼は聞き流すだけだ。「でも、嬉しいよ」などと、的外れな返事までした。

「嬉しいって、何が」

「琴美が俺を喫茶店に誘ってくれて、だよ。てっきり嫌われていると思ってたからなぁ」

「いや、嫌ってるって」わたしは素早く訂正をする。誤解をされたら困る。

「僕が、話したかたんです」ドルジがわたしの隣で、嬉しそうにうなずいた。

「俺も君と話したかったんだ」教師が教えるように、促音をはっきりと発音する。

「純粋なブータン人を騙さないでほしいんだけど」

「俺だって純粋な日本人だよ」河崎はそう言ってから、「そう言えばさ、さっきの麗子さんはとても綺麗な人だったな」と顔をほころばせる。登山家が、霧の向こう側に新しい山を見つけたような、そんな表情だった。

「あのね、麗子さんは美人だけど、あんたになんて興味ないからね」

「分かってる」と言う彼の顔は、まったく分かっていない者の顔だ。

「年上だし」

「関係ない」彼は、綺麗な髪を触りながら、余裕のある喋り方をする。「蠟人形のような感じの人だったな。綺麗なんだけど、作り物みたいで」

「恰好いいでしょ」わたしは鼻息を荒くしたかもしれない。麗子さんはわたしの自慢だからだ。

「どういう女性？」

「無表情、冷静沈着、『明日から一日ひとつずつ核兵器を爆発させていきますので、地球はちょっとずつ滅んでいきます』なんて言われても、動揺ひとつしない」

わたしの懇切丁寧な譬え話のどこが可笑しいのか分からないが、河崎は聞いているそばから笑い声を上げて、それはそれで様になっているので癪《しゃく》なのだけれど、とにかく、はしゃいだ声を出した。「大丈夫、俺と交際をすれば、麗子さんも表情豊かになる」

「あんたのその、高慢な自信がどこから来るのか、知りたい」

「自信は、経験と実績から来るんだ」言った後で、河崎の表情が濁るのを、わたしは見た。自分の発言によって、刺し貫かれたようでもあった。

「違うって」わたしは、目の前の水を振りかけてやりたいのを我慢しながら、「それは過信でしょ。不安をともなわない自信は、偽物だ」

「こう見えても、俺はさ」

「『ベッドで女を幸せにすることに関しては、自信がある』でしょ」わたしは先に言ってやる。それは彼の昔からのスローガン、もしくはキャッチフレーズのようなものだ。

「よく覚えてるなあ」

「でもね、麗子さんは仮にあんたとセックスしても、眉ひとつ動かさないから」根拠はないが、自信はあった。経験と実績なしの、自信だ。

「最近、俺はようやく大事なことに気づいたんだ」

「何？」

「人の一生は短い。ありとあらゆる女性と抱き合うにはあまりにも短すぎる」

「大発見ね」わたしは、ドルジのほうを向いて眉毛を下げた。

「だから、できる限り、出会いを大切にしていきたいんだよ。さっきの麗子さんもそうだ」

「ようは会った女とは片端から抱き合っていく、ってことでしょ？」

「俺はね、付き合った女性の誕生日で、三百六十五日を埋めるのが夢なんだよ。元日から大晦日まで、ありとあらゆる誕生日の女の子と交際する」

「意義ある夢だと思う」わたしは根負けをして、やけくそな気分になった。身を乗り出して、河崎に握手を求める恰好をする。「応援する。頑張って」

「ドルジというのは、ブータンではよくある名前なの？」河崎はわたしと話すことに飽きたのか、それとも本来の目的を果たそうというのか、ドルジへ話しかけた。

「よくあります」

「そうなんだ」カップに口をつけてから「どう、日本語、俺に教えてもらいたくなった？」

「（こんな男に教えてもらえるのは、ろくでもない言葉ばっかりよ。女を口説く文句ばっかりだし）」

「おい、英語を使うなよ。そうすると慣れないんだって」

「女の子、僕、好きです」ドルジが言って、笑った。

河崎の顔に光が射した。同志を見つけたかのような明るい調子で「だよな」

「ドルジとあんたではレベルが違うよ。程度が違う」

「そんなことはない」河崎は口を尖らせる。

「ソウデスネ」ドルジが嬉しそうに返事をした。

「あ、そうだ、ところでさ」河崎が急に、わたしを真正面から見た。

わたしの胸がどくんと弾んだ。鼓動が強くなった。この期に及んでも、河崎の外見に惹かれている、ということなのだろうか。まさか、と気を引き締める。「何なの？」と強く返事をした。

「琴美、何か、悩み事でもあるんだろ？」

「え？」

「昨日、会った時から思ってたんだ。顔に不安が出てる」

何て鋭い奴、とわたしは驚くが、それを外に出すことはしない。「へえ」とそ知らぬ顔で、水を飲む。

「琴美はさ、動揺すると、水を飲む癖がある」

「喉が渇いた時も飲むんだって」

「でも、バッティングセンターに行く時は、たいてい、不安を吹き飛ばすためだろ？」

ドルジがもじもじと身体を動かしはじめた。「実は」と言って、日本語を探している。彼が、例の若者たちのことと落としたパスケースのことを、河崎に相談しようとしているのが、わたしにも分かった。だから慌てて、「何もないって」と言葉を挟んだ。机の下で、ドルジの腿《もも》を左手で叩き、強引に話を止めた。

かわりに「そんなことよりも、あんたこそ、病院に通ってるらしいじゃない」と反撃の手を打った。

攻撃は最大の防御、という理屈は、身勝手に他国へ攻め込む軍事大国の言い分のようにも聞こえるし、いくら攻撃が得意でも、投手陣が崩壊した野球チームが優勝できるとも思えないことから、わたしはいまいち信用していないのだけれど、でも、時には有効なこともある。

「あんた、まずい病気なんじゃないの」と意地悪く訊ねた。

「ど、どうして」河崎の狼狽を久しぶりに見た。

「あんたは、動揺すると、目が泳ぐ癖がある」と言い、溜飲《りゅういん》を下げる。

ただ、思っていた以上に、河崎がたじろいでいるので、わたしは拍子抜けをしてしまい、「ドルジが、あんたのポケットに保険証が入っていたのを、見たんだって」と種明かしをした。

「すみません、でした」ドルジが謝る。

「ああそうか」河崎は納得がいったようだったが、依然として顔色は悪かった。

「もしかして、本当に、具合悪いわけ？」

「実はさ」河崎はそこで、顔を下に向けて、深刻な声を出した。悩みを打ち明けるべきかどうかを思い悩んでいるのか、手を顎に当てた。

「ごめん」わたしは急に心苦しくなる。「茶化しちゃって」

河崎はそこで顔を上げ、苦しげにゆがんだ口から、「実はさ、可愛い子が受付にいるんだよ。内科のさ。声をかけるにしても、少しは顔なじみになってからじゃないと、難しいだろ。だから、通うことにしたんだよ」

「あ、そう」この男とは口も利きたくない、と決意を改める。

「でも、あれだぜ、健康診断には保険が適用されないなんて、知らなかったよ」河崎が頬を膨らませた。

溜め息をつき、肩を小さくすくめ、「こんな馬鹿、放っておいて、もう行こう」とドルジのほうを向いた。

腕時計を見る。休憩時間がだいぶなくなっていた。

「ドルジはまだ平気だろ。もう少し、喋ろうじゃないか」河崎が言う。

「はい。平気、です」ドルジは、どういうわけか河崎に親しみを抱いているようで、楽しげだった。「まだ、話、したいです」

「やめたほうがいいって。こんな男と一緒にいるとさ、軽薄が伝染する。浮気怪人が乗り移るよ」わたしはドルジの肩を叩く。

ドルジはきょとんとしていた。たしかに「軽薄」や「怪人」などという日本語は、難易度が高いかもしれない。「ソウデスネ」と答えてきたものの、席を立とうとはしない。

「そうそう」河崎は別に、わたしを帰すまいとしていたわけではないだろうが、さらに話し掛けてきた。「琴美は、最近のペット殺しの事件をどう思っているんだ?」

まさにその事件こそがわたしを苦しめている問題であったので、危うく悲鳴を上げてしまいそうになった。コップの水で、悲鳴を流し込んだ。

「あれはどうなんだ」河崎が訊ねてきた。

「どうって何が」

「新聞で読んでいるだけでも、二十件くらいは起きている。犬や猫ばかりだろ。ペットショップでは話題にならないのか」

「なってるよ」昨日は、そのペットショップから盗まれた動物が被害に遭ったくらいなのだ。

「本当にひどい。あんた、退治してよ」

「ゴキブリを退治するような言い方だな」

「ゴキブリのほうがまだいいよ」わたしは話しながら、自分の内側で怒りがふつふつと湧き上がってくることに気づく。コップをもう一度つかむが、持ち上げようとしたところで、その手が震えていることに気がついた。怒りが原因であればまだいいが、たぶん、恐怖心だろう。脳裏には、あの若者たちの姿が浮かんでいた。「どういうやつが犯人だと思う?」

「若者だろ」こともなげに河崎が答えた。「ああいうのは、若者に決まってる。退屈しのぎだ。もしくは、鬱屈した欲求の発散だよ」

「かもしれないね」

「許しがたい」

「あんた、意外に、動物好きなんだっけ？」わたしは、河崎がそういうたぐいの人間だとは知らなかったので、意外だった。告白してしまえば、彼のそういう面を知ることもできないような、ごく短い期間しか交際をしていなかった、というわけだ。

「俺はね、人よりもよっぽど犬猫のほうが好きだ」

「それ、琴美も、同じです」ドルジが陽気に言って、わたしを指差した。

「いや、この男の場合は、犬は犬でも、好きなのはメスのほうだけだよ。きっと」

「琴美は俺を何だと思ってるんだよ？」

「素敵な男性だと思ってるって」棒読みをした。

そうしている間にも、右隣にいる制服姿のOLたちが、ちらちらと視線を寄越してくるのが分かった。河崎の顔を気にかけている。

「いまだに、ディランを聴いてるの？」わたしは話題もなくなってきたので、最後に、ふと訊ねた。

「ボブ・ディラン？」河崎は首を縦に振って、「いまだに聴くよ。まずいか？」

「僕も、好きです」ドルジが割り込んできた。

ドルジはわたしに会ってから、聴きはじめたのだ。

「そうか」河崎は同志を見つけたかのように、喜ぶ。「あの声は最高だ」

「そう？　しわがれてて、怖いけど」あえて否定的なことを口にしてやる。

「人を慰めるような、告発するような、不思議な声だろ」河崎は自分の声を自慢するかのように言って、「あれが神様の声だよ」と人差し指を立てた。

わたしは河崎との短い交際期間の中でもたびたびその表現は聞いていたので、飽き飽きしていた。「神様ねえ」

「神様、ですか」ドルジが感心するように言う。

「こんな男、放っておいてさ、さっさと行こう」と席を立つことにした。苦笑する河崎を尻目に、そのまま出口へ向かう。

レジのところで、伝票を忘れたことに気づいた。けれど後ろを見ると、河崎が隣のテーブルに移動して、ＯＬたちに話し掛けているところだったので、馬鹿らしくなった。代金は払わずに、店を出た。

「僕、日本語、教えてもらいたいです」アーケード通りを進みながら、ドルジがぽつりと言った。

「(あんな奴に教わるくらいなら、辞書でも買ったほうがいい。広辞苑がいいよ。分厚い奴。よっぽど頼りがいがある)」

「コジエン、ですか」ドルジが新しい言葉を新鮮そうに呟いた。「誰か、くれますか?」

◇ 現在 5 ◇

「椎名は、ボブ・ディランが歌えるんだよな?」河崎は友人から借りてきたという旧型のセダンを運転しながら、助手席に座っている僕にそう訊ねてきた。

「『風に吹かれて』だけね。それ限定」

河崎が黙ったまま僕を見るので、あらためて強く言う。「『風に吹かれて』だけだよ」もし、僕の片思いの相手がビートルズファンであれば、そっちが歌えるようになっていたはずだ。

夜の道は比較的、空いていた。国道脇の裏道だからかもしれない。両脇は民家ばかりで、せいぜいが小さな酒屋か郵便局くらいしかない。夜なので、それも閉まっている。十字路の信号が次次と青になり、スムーズに進んでいく。一度だけ、横の道からRV車が強引に割り込んできたので、急停車をしたが、それ以外は停まらない。むしろ、僕の決心が鈍るのを避けるためなのか、河崎は速度をどんどん上げていく。少し先に浮かぶ信号機の明かりが、暗い風景の中にじんわり染み入るようだ。

「本当に、書店を襲うわけ?」現実味がないから口に出してみるが、やはり現実味はない。

「椎名は裏口で立っているだけでいいんだ」

「立っている?」

「そう。それなら、店員が裏口から逃げることはない」

「逃げられたら、好都合じゃないか。誰もいなくなれば、本は盗み放題だし」疑問を口にした。

河崎は答えない。ハンドルをぐいと動かした。車は勢い良く右に移動した。

あまり意識していなかったが、横から眺める彼は、男性の僕から見ても、惚れ惚れする凜々《りり》しさがあった。勇み肌というか、毅然として見えた。

「裏口のドアにはガラスがある。だから椎名が立てば、店内から影が見える」

「店の中へは、河崎一人で行くわけ？」

「小さな店で、店員はアルバイトが一人。俺たちが行くのは閉店直前だから、客はたぶんいない」

「詳しいね」

「調べた」当然だろう、という顔をした。「長い間、練ったんだ」

「練った？」

「作戦を」河崎は遠くに視線をやった。

「もっと有意義なことをやればいいのに」

「三十分経ったら逃げる」

「三十分もかかるの？」

「三十分経ったら、椎名は逃げてくれ。俺も逃げる」

「実は、時計を持っていないんだよ。持ってくるのを忘れた」セーターの袖口をめくって、運転席に向けてやった。わざとではなかったし、持ち物の指示までは出されていなかったのだから、非は僕にあるわけではない。ただ、時計もないことだしもう引き返そう、とは言いたかった。

「それなら、ボブ・ディランだ」しばらく考えた後で、河崎が声を弾ませた。

「は？」

「『風に吹かれて』は三分くらいだ。あれを十回歌って、逃げる」

ボブ・ディランを歌いながら本屋を襲う？

やけくそになった詩人だって、そんなことは言い出さないだろう。僕は怒りたかったのだけれど、怒る手順が分からなかった。無言で立ち去るにしても、走行中の車にいるのでは無理だ。

「ほ、本気で言ってるわけ？」

電柱が次々と後ろへ流れていく。街路灯に群がる虫が一匹、ガラスにぶつかってきた。

「椎名はモデルガンを持って、ガラスの前で、見せる。店員を脅すためだ。そして、時々、ドアを蹴る」

「ドアを蹴る？」

「人がいるのを分からせるためだ。『風に吹かれて』を二回ということにする。二回歌ったら、一回、ドアを蹴る。それを五回。どうだい？」

「ここで、『それでいいです』って答えられる人がいたら、尊敬するよ」

「尊敬しなくていい」

「広辞苑を盗むのに、わざわざそんなことをする必要はないんじゃないかな」

「どんなことにも手順はいる」

河崎は、僕が何を言っても決断を翻《ひるがえ》さない頑固さを見せた。

「僕がいなくてもいいじゃないか」せめてもの抵抗だった。僕はもう学生生活の第一歩を踏み出して、友人らしき者もできつつあった。巻き込まないでほしかった。「一人で行って、一人で逃げてくれればいい」

「裏口から逃げられるのが、嫌なんだ」

「どうして？」

「嫌だからだ」またそういう答えだ。河崎はまるで、屁理屈を盾にして突き進んでくる兵隊のようだった。意外にその盾が強固なものだから、僕は簡単に弾き飛ばされる。

しばらく僕たちはお互いに口を噤《つぐ》んだ。車は静かに進んでいく。時々、左右に並ぶ誘蛾灯に引き寄せられるように、右へ左へと進行方向が変化したが、速度だけは落ちなかった。

「僕は本屋なんて襲いたくない」

「分かってる。椎名は気が進まない。でも、俺は頼んでいる」河崎の声は爽やかだったが、強い意志が漲《みなぎ》っていた。「椎名のやることは難しくない」

助手席に身体をもたせかける。埃が混じったシートの匂いがして、むせた。

「ひとつ訊きたいんだ」信号の赤でようやく車が停まり、そこで僕は訊ねた。

街路灯が減ってきたのか、暗さが増してきた。

「何を？」

「実は今日、駅の近くで君を見たんだ。君は狂ったように自転車を蹴っていた」

通り過ぎたバス停の看板のライトが、運転席の河崎の顔を浮かび上がらせる。彼は少しだけ驚いた顔を見せていた。

「自転車？」彼は、まるでそんな覚えはない、とでも言うかのようだった。

「どうしてあんなことをしたのか、教えてほしいんだ」

「あんなこと？」

「あの時、白い杖をついた、目の不自由な人が近くを歩いていたのを見かけたんだ。もしかすると君は、その男性のために、道を歩きやすくしようと自転車を蹴っていたんじゃないのかな？」

「もしそうだったら？」

「河崎は意外に親切なんだね」

「考えすぎだ」河崎は言葉を選ぶように言った。

「でも、河崎は、あの男性のために道を作ってやったようなものだよ」僕が思ったとおりにそう言うと、彼は目を丸くした。面食らった様子もある。

しばらくして彼は、「道を作るのは、政治家か神様の仕事だ」とぽつりと言ったけれど、その口調は何かを懐かしむようなトーンで、奇妙にも感じられた。

「実はさ」ついでというわけではなかったけれど、僕は自分の恥を、それも発生したばかりの新鮮な恥を、明かすことにした。「昨日、バスの中で痴漢を見たんだ。女の人が困っていたのに、何もしてあげられなかった。きっと河崎なら、あそこで黙ってはいなかったんじゃないかな」

「俺は何もしない」河崎は、静かに言った。「ひとつだけはっきりしているのは」

「はっきりしているのは？」

「俺は車の免許証を持っていない、ということだ」

非難するよりも先に、シートベルトをしていることをたしかめた。


さらに、北に一本外れた細い道に車を進入させていくと、脇にある空き地に停車した。ブロック塀に囲まれた、砂利の敷かれた場所は、車が乗り上げた時にこそ派手な音を立てたけれど、エンジンを切ると、しんと静まり返っている。家が一軒建つくらいの広さがあった。

隅の一角に解体されかかった車が積まれている。ひっくり返ったものもあれば、まだまだ走れそうなものもある。原動機付きのバイクもあった。それらが幾つも重なっていて、夜の暗闇の中では、不細工な要塞のようにも見えた。

土地の真ん中に看板が立っていた。暗くて見えなかったけれど、目を近づけると「管理地」の文字と、不動産屋の名前と電話番号が読めた。夜の十時過ぎに無許可のまま入ってきた、僕たちの車すら阻止できないくせに、いったい何を「管理」しているのだろう、と素朴な疑問を感じる。

「車がたくさんあるね」僕は隅の要塞を指差した。

「壊れてるやつだ」

「乗れるやつもありそうだけどね」そう言うと河崎が微笑んで「そのとおりだよ」とうなずいた。「でも、まざると分からない」

ああ、そうだね。僕は静かに答えた。

「すぐそこの本屋だ」河崎が歩道の先に、指を向けた。

「でもさ、免許もないくせに運転したのかい?」

「政治家の免許がないほうが怖い」言葉を探るようにゆっくりと河崎は言った。そして「さっき言ったとおり。本屋に行って、三十分経ったら、ここに戻ってくる」

「ここで集合ってこと?」

「そう」

「その袋、何?」僕は、河崎が持っているビニール袋を指差した。彼は「これに広辞苑を入れる」とだけ答えた。

準備がいいことで、と僕は感心する。

認めたくはないが、その時点で僕はすでに、書店を襲うつもりになっていた。

力ずくで説得された覚えもなく、拒否する手段はまだいくらもあっただろうに、受け入れる気持ちになっていた。

いや、白状しよう。たぶん僕は、興奮していたのだ。無意味で、馬鹿馬鹿しくて、法律にも違反することなのに、誰も為さないことを為すんだ、という興奮があったのだ。子供の万引きや高校生の喫煙と変わらない。旅行先で、売春婦を違法に買うのにも似ているのかもしれない。

これくらいなら問題ないんじゃないか、と僕は甘く考えていたし、もしかすると誰かに自慢できるかもしれない、という愚かな期待もあった。

遠くから犬の遠吠えが聞こえるが、それもすぐに夜に溶けていく。電柱にぶら下がった雀荘の看板が、風でがたがたと揺れた。ずいぶん離れたところで、車が通過するエンジン音がする。けれど、それ以外には静かなものだった。

「椎名のやることは難しくない」河崎は、車内で言った台詞をそっくり繰り返す。

夜の暗さは人の感覚をおかしくする。叔母がこう言っていた気がする。「夜は人を残酷にするし、正直にもするし、気障《きざ》にもする。軽率にするのよねえ」

浮き足立った大学生を、犯罪へと駆り立てることもあるだろう。

僕は河崎を追って、地面を蹴っていた。

そして僕は今、書店の裏口に立ったまま、足を振り上げている。

引っ越してくる直前に買ったスニーカーの裏で、木目模様のドアを蹴った。

共鳴するかのように、心臓も跳ねた気がした。頭の上に垂れ下がってくる木の枝も、揺れたように見える。

もう一度蹴る。どん。音が鳴り、僕の心臓もまたどくんと響く。ドアに止まっていたのか、小さな羽虫がひらひらと飛んで、僕の鼻先を過ぎていった。

河崎は、書店の正面から店内に飛び込んでいった。「動くな」と大声で叫んだのは、僕にも聞こえた。空を見上げる。真っ暗だ。月の位置がなかなか見当たらず、心細い。モデルガンを握る手に汗が滲んだ。店内から、物が転がる音がした。店員が平積みになった本の上に倒れこむ光景がとっさに頭に浮かぶ。

小声で歌うボブ・ディランは、五回目に入っていた。ガラスの向こう側で誰かが動いているのは分かった。河崎か、それとも店員か。

ぼんやりとしか映らない曇りガラスをじっと見ていると、全部が幻覚のようで、立ち眩《くら》みを起こしそうになる。

地面に立っていることをたしかめるために、靴の裏でこすってみた。土は乾いている。小石を踏む。尖った感触を楽しむように、何度かその石を靴で撫でた。それから、その場をうろついた。

店の中が静かになった。呪文のように口ずさむ歌、頭のほうで風に揺れる葉の音、それから僕の鼻息、それらだけが聞こえる。

気がつけば、ドアの前から離れて、書店の壁の端まで歩いていた。顔を出すと、駐車場が見えた。店員のものだと思われる白いセダンが、ぽつんと残っている。

あ、と声を出しそうになる。

助手席に人が見えたのだ。はじめは、街灯の明るさの関係で目が慣れていないのか、と思ったが、何度まばたきをしてみても、消えない。消えないからにはそこにいるのだ、と思い至る。

目を凝らすと、助手席の男は眼鏡をかけているように見えた。サングラスかもしれないが、夜にサングラスはないだろう。

一瞬、男の顔が動いたように見えた。錯覚かもしれないが、ぎょっとして建物の裏に顔を引っ込める。

誰だ。店員だろうか？　いや、助手席ということは、誰かを待っているのかもしれない。

胸騒ぎがした。胃が痛くなる。はじめは、マッチ棒に灯った火のように小さかった「臆病」が、いつの間にか身体中の臓器や骨に燃え移って、轟々と音を立てんばかりになっている。

とにかく河崎に伝えるべきだ、と思った。

裏口のドアに小走りで戻る。曇りガラスの向こう側は、はっきりとは見えない。

ドアノブに手をかけた。そのノブが予想していたよりも冷たくて、驚いた。触れたとたん、くっついてしまったかのようで、慌てて手を離した。再度、つかむ。ドアを開け、店内の河崎に「逃げろ」と叫ぶつもりだ。

椎名のやることは難しくない、とは言われたが、難しいことをやってはいけない、とは釘を刺されなかった。

ドアを手前に引こうとした瞬間、車の発進する音が耳に飛び込んできた。

さっきの車だ、と思った。振り返り、駐車場のところへ確認に行こうと足を踏み出したのだけれど、そこで「ドアを蹴らなくてはいけない」という役割を思い出した。

「風に吹かれて」の六回目が終わっている。

僕はドアの前まで戻り、右足で蹴った。大きくはないが、僕をおののかせるには充分な音が鳴る。

間髪を容れずにもう一度、蹴った。先ほどよりも力みすぎたのか、みしっと木材に罅が入るような音がしたが、気にかけている余裕もない。閑静な町全体が、僕の蹴る音に耳をそばだてている気がした。

それから回れ右をして、駐車場の様子を見に、急ぎ足で移動した。屋外に設置されているエアコンの室外機が邪魔だ。頬に近寄ってきた蛾を払う。壁の端から顔を出し、駐車場に目を向けた。

案の定、セダンは消えていた。先ほどまで停まっていた車は煙も残さずに消え去っていた。走り去った音は、あの車のものだったのだ。

歌を口ずさむのをやめていることに気づいて、はっとした。慌てて裏口へ戻る。壁に沿って設置されている雨どいにつまずいて、転びそうになる。

何秒経ってしまったのか、すでに分からなかった。六回歌ったのは間違いがない。帳尻を合わせるために、少々、テンポを速くして、また歌いはじめた。

残り四回をとにかく歌い終えた。焦りのせいか、しまいのほうは尻切れトンボのようになった。すでに時計の代用という役割を失っていて、ただの歌でしかない。

自棄《やけ》を起こしたかのように、ドアを蹴った。最後までやり終えると、踵を返した。その場を後にする。恐怖と不安で、僕の足は自然と速くなる。もうやめだ、やめだ、と。

車を停めてある空き地に戻ると、河崎の姿は見当たらなかった。僕のほうが先に到着してしまったのだろうか、と思っていたところに河崎が姿を現わした。

思ってもいない場所から走ってきた。真夜中を背負って立つ河崎は、はじめて会った時と変わらない黒ずくめの服装で、夜の保護色になろうとしているかのようでもある。

さすがの彼も興奮しているのか、呼吸が荒かった。ぜいぜいと息を吐きながら「早かったな」

と言った。額から汗が流れているのが見える。

どういうわけか、シンナーの匂いがした。左右を見る。この近くに、壁に落書きをする人間でもいるのだろうか。

「歌うテンポが速かったのかもしれない」僕は言い訳をした。

「行こう」河崎は言う。

「広辞苑は?」

「ばっちりだ」と彼は、抱えていた分厚い本を僕に向けた。

暗闇に目を凝らし、その表紙を見て、僕は声を上げる。「『広辞林』だよ、それ。『広辞苑』じゃない!」

河崎は驚いたように、本を持ち直す。背表紙をじっくり見てから「そうか」と、疲れた声を出した。

間の抜けた終わり方だな、と僕は思った。せっかく手に入れたのに、一字違いの別物だったなんて、地味で下らないオチだ。

気づいた時には、河崎は運転席に向かっている。僕も助手席のドアに飛びつく。置いていかれたら、たまったものじゃなかった。

「大したことはなかった」車をバックさせながら車道に出ると、ギアを替えて、河崎はそう言った。

「そうだね」僕もうなずいた。「でも、僕がやったのは強盗とはとても言えない。ただ立っていただけだし。でもまあ、とにかく、無事に終わって良かったよ」

「大事なのはこれからだ」

「広辞苑を渡さないといけないからね」

夜はまだまだ深くなるようだった。黒い布が街を幾重にも覆っていく。上から上へと厚く夜が重なっていく。車は速度を上げる。パトカーが追ってこないだろうか、とそればかりが気になった。

自分で思っている以上に高揚していたせいか、僕は、駐車場から発進していったセダンのことを伝えるのを忘れていた。

河崎も動揺していたのだろうか、運転の仕方が来る時よりも乱暴だった。わざと荒々しく、走らせているようでもある。

僕をアパートに降ろすと河崎は、「車を返してくるよ」と、また夜の道を進んでいった。心なしか、声に強張《こわば》りがあった。

悪魔が、朝が来る前に隠れ家を探しに行くような、そんな後ろ姿に見えた。

◇　二年前　5　◇

「昨日来た、あの河崎君というのは面白い子だね」麗子さんは、客から預かってきたという三毛猫の爪を切りながら、床を掃除しているわたしにそう言った。

午前中の開店後の時間帯は、表通りも空いているし、店の仕事ものんびりと進められる。店の前で、陽射しに唆《そそのか》されたわけでもないだろうが、普段はいないはずの土鳩が、日向を選んで、三羽ほどうろついている。

「もしかして、ここにまた来ました？」

「さっき」麗子さんは、相も変わらぬ無表情で、「一時間くらい前。開店と同時に入ってきて、それを置いていった」

ドア近くにある、玩具や首輪を並べた商品棚の上に、可愛らしい白い花の鉢植えが置かれていた。

「何か下らないことを言ったんじゃないですか？」

「『花が世の中を豊かにするなら、麗子さんは花ですよ』だって。可笑しい」と言いながら、くすりともしない。

「訳が分からなくて、すみません」まるで河崎の保護者にでもなったような気分だった。

「ああ臆面もなく言われると、愉快だけど」麗子さんの真っ白い顔は、愉快さのかけらも浮かべていない。

「麗子さん、まさか河崎のことを、素敵な青年だとか思ったりしていないですよね」

「彼は何をしている青年なわけ？」

「肩書きは学生ですよ。大学院の二年目とかで。でも、ほとんど、偽学生ですよ。理科系の大学院と違って、忙しくはないみたいだし」

「将来は教授？」

「さあ」何度も言うことになるが、わたしは河崎の人生設計などを聞かされる前に、交際を終えている。

「あんなに綺麗な顔をした男は、はじめて見たけど」

「見かけに騙されたら駄目ですよ。最低ですから」

「琴美ちゃん、騙された経験者なんだ？」麗子さんの口が動く。鮮やかな赤色をした唇は、白い肌の上ではとても目立つ。ゆらゆらと色っぽく、動く。

「経験者ではなく、被害者と呼んでください」

麗子さんは、三毛猫を小さなケージの中に戻す。無防備な猫だ。抱かれるがまま、太った身体を弛《ゆる》ませている。それから、麗子さんは丸椅子に腰掛けた。「なるほど。被害者ね」

「あの男はですね、二股とか三股とか、そういうレベルの話じゃないんですよ。とにかく会った女性には端から声をかけてくんですから」

「数を競うタイプ？」

「数、というわけではないですね」わたしは考えながら喋る。「何だか、使命感みたいなのがあるみたいです」

「使命」麗子さんはぽつりと言う。愉快に感じているのか、下らないと受け止めているのかははっきりしないが、「あれくらい外見に恵まれていたら、そういう生き方もありかもしれない」

「でもでも」わたしは必死でつづけた。被告に有利な証言が飛び出して、そうはさせじと必死に反論をはじめる検事の気持ちが、完璧に理解できた。「麗子さんは美人だけど、あの男のようには生きないでしょ」

「わたしは女だから」麗子さんが平らかな声で言う。「いろんな男に手を出していたら、妊娠が怖い。そういうところがすでに女は損なんだよね」どこまでが本気か分からなかった。「それにわたしは、他人に興味がない」と寂しげに髪を掻き上げた。そういう仕草がいちいち美しい。

わたしは曖昧にうなずく。自分以外の人間が困っていようと、苦しがっていようと関係がない、とは麗子さんがよく言うことだった。他人が困っていても、たとえば痴漢に遭っても、見なかったふりをするらしい。他人は他人、自分は自分、というわけだ。そのせいか麗子さんは私の住所や電話番号も知らなかった。むしろ知りたくない雰囲気すらある。

「そう言えば、約束していたお客さん、なかなか来ないですね」時計を見てから、話を替えた。

「客じゃないよ」麗子さんの声には、温度も湿度もない。

「ですね。客じゃないですよね」わたしも同意する。

その女性は、つい三十分ほど前に電話をかけてきた。挨拶もほどほどに、横柄な口調で「半月前に買ったダックスフントが気に食わないんだけど」と言ってきたのだ。「返品するわ。引き取って」

その憤然とした口調がわたしはひどく気に入らなくて、危うく、「あなたこそ息を、引き取って」と返事をしたくなった。

すぐに店に行くから、と女は一方的に電話を切った。麗子さんの店では、事情によっては売った動物を買い取ることもしているのだけれど、やはりいい気持ちはしない。

「そんな家に飼われてもどうせ幸せじゃないから、犬はうちで引き取るよ」と麗子さんは何事でもないかのように言った。

大人の対応だな、と感心しながらふと見ると、麗子さんは立ち上がって、無表情ながら、綺麗なファイティングポーズを作り、左右の拳を素早く繰り出したりしていた。

何をしているのか、と首を伸ばすと、前の棚にボクシングの教則本が開かれているのが見えた。右ストレートの打ち方、という頁を見ながら練習をしている。

殴る気満々じゃないですか、とわたしが苦笑混じりに言うと、麗子さんは、「どうして分かったの？」と言ってきた。

「う、訴えられますよ」

「訴えられないように殴るから」

言い方は淡々としたものだったが、本気にしか聞こえなかった。

「でも」とわたしはうなずく。「非常識な相手にはそれなりの態度を示していくべきですよね。変に気を遣って遠慮していると、相手は図に乗ってきますし」

「それは河崎君のこと？」麗子さんは察しが良かった。

ええ、とわたしは認めた上で「彼はたぶん、まだ幼児の時に、生まれて初めて鏡で自分の顔を見た瞬間に、図に乗ったんですよ。俺は何と素敵なんだろう、って」

「世界中の女は俺のものだ、って？」

「まさに」

「でも、良さそうな青年だった。礼儀正しいし」

「それも戦略ですよ、戦略。だいたい、詐欺師は礼儀正しいじゃないですか。お年寄りを騙す人なんてそうですよ。慇懃《いんぎん》無礼って言うんですかね」

「慇懃無礼はそういう意味じゃないし、わたしはお年寄りじゃない」麗子さんはむすりとしているので、怒っているのかな、と不安になったが、「あ、これ、別に怒っているわけじゃないから」と付け足してくれた。

「河崎のやり方は、それこそ詐欺師の手口ですよ。騙されないでくださいね」

「琴美ちゃん、その顔を見ると、本当に彼のこと怒ってるんだね」

「怒りは憎しみに変わり、そして、報復に向かうのです」わたしは右手を顔の横に持ち上げて、ぎゅっと握った。「ぎりぎり」

「それは歯軋りの音ね」麗子さんが言う。

「めらめら」

「それは、怒りの炎だ」麗子さんは静かに言って、しばらくは右ストレートの反復をやっていた。

それから麗子さんは、また椅子に腰掛けた。黒いフレームの眼鏡をかけて、パソコンの画面に向かった。業者への連絡事項の整理や、得意先から送られてきたメールの確認をはじめる。

わたしは再び、落ちている犬の毛を掃除器具で取りはじめたのだけれど、目の端に、空いたケージが映り、気分が重くなる。クロシバのケージだ。

クロシバが見つからないことに一番心を砕いているのは、もちろん麗子さんだった。表情に変化はないが、それでもどことなく顔に疲れが浮かんでいるのは、わたしにもわかる。

推測するに、麗子さんは店を閉めた後で、クロシバを捜し回っているのではないだろうか。跡をつけたわけではないけれど、本来の帰り道とは正反対の方向で、麗子さんの姿を見かけたことがあった。わたしのいない間に、電話で保健所に問い合わせている形跡もあった。

堪えきれずわたしは、「和久井さんのところの、〈オードリー〉の猫って、本当に、盗まれたんですか？」と訊ねてみた。

「ああ」麗子さんは顔を上げ、かけていた黒ぶちの眼鏡を外した。「だろうね。そう言ってた」

「その猫が、ペット殺しにやられたんですか？」

「そう言ってた」

「和久井さんって、虚言癖がありそうじゃないですか。大言壮語って言うか。針小棒大って言うか」

「四字熟語が流行ってるの？」麗子さんは冗談とも本気ともつかない声で言って、「そうか、琴美ちゃんは、和久井さんのこと、嫌いなんだ？」

「嫌いってほどではないですけど、あの人の悪口なら一時間くらい言えます」

麗子さんが一瞬、言葉を失ったように黙り、わたしをまじまじと見た。もしかして、笑うのかな、と構えてしまったが、そうはならなかった。「それって嫌いってことじゃないの」と言っただけだ。

「いやあ、嫌いってほどじゃあ」と空とぼける。

わたしは、「動物好きのための店」などと看板に書いておきながら、ブルテリアは醜いから扱わない、と平気で言うような人間を好きにはなれないのだ。

「でも、盗まれたのは本当みたいよ。店の裏口のドアが、窓を割られて開けられていたらしいし、警察も来てたみたい。つまり、誰かが忍び込んで、猫を連れて行った」麗子さんの声はさっぱりとした口調で、悲しみや憤りは少しも含まれていない。

「それなら」わたしは少々短絡的だったが、声を明るくした。「うちとは違いますね。クロシバがいなくなった時、この店は荒らされていなかったですもんね」

うーん、と麗子さんは間を空けて、「ただ、うちの場合は、裏のドアの鍵が開けっぱなしだったから」

「わたし、ちょっと和久井さんの話を聞いてこようかな」麗子さんの顔を窺う。「ちょっと、休憩もらっていいですか？」

「駄目だと思うけど」

「駄目？」

「実はね、昨日の夜、わたしも行って、話を聞いたんだ」

「和久井さんに？」麗子さんもじっとしていられなかったのか。

「そう。ぜんぜん喋ってくれなかった」

「でも、最初は、自分で言い触らしに来たんですよね」

「そう。ただ、こっちから会いに行くと、馬鹿にされてると感じるみたい」麗子さんは言った。

和久井さんは、ペットが盗まれたことを自分の失態や汚点だと感じはじめたのかもしれない。はじめは、同情を引こうとしていたけれど、そのうち、嘲笑されるような気になった。ありえないことではない。

それに、彼女は麗子さんに競争心を抱いているのだ、とわたしは踏んでいる。

年齢も同じくらいであるし、未婚である点も一緒だった。置かれている状況が似ていると、仲間意識が芽生えるか、反撥心が生まれるか、そのどちらかだと思うのだけれど、和久井さんの場合は、明らかに後者だった。麗子さんは美術品のような美しさを備えているにもかかわらず、男には興味がなさそうだし、無表情で冷たい応対しかしていないように見えるのに、実は客からの評判が良かったりするので、和久井さんとしては気に入らない点はいくつもあるのだろう。

「でも、ちょっと聞いてきます」ライバルではないわたしには、もう少し話をしてくれるのではないか、と期待していた。「いいですか?」

「そう、だね」

「軽く聞き出してきますよ」わたしは自分の右腕に力瘤を作って、叩いてみせた。それを見ながら、麗子さんは冷静な声で、「和久井さん、手強いから。無理せずに」と言った。

予想以上の手強さだった。もし、心の中に、白旗が用意できたとすれば、話をはじめて一分後には、わたしはそれをぶんぶんと振っていた。

和久井さんはビルの一階にある、店内の応接用ソファに座って、客でもやらないくらいの角度でふんぞり返っていた。不機嫌そうな顔で、電卓を叩いている。

わたしの顔を見ると、「あら、わざわざ、来てくれたの?」と口調は穏やかだったけれど、露骨に嫌な顔をした。

「え、ええ、大変だったと聞いて」

「大変よ。本当に。で、大変だと、何か、あなたに関係があるんでしたっけ?」

麗子さんとは逆に、これだけ感情の分かりやすい喋り方をしてくれると楽なものだな、と思う。

「実はうちの柴犬もいなくなったんです。だから、和久井さんのお店の件と関連しているのかな、と思って」正直に目的を打ち明けることにした。ひねくれた敵と相対した時に、正面から裏表なく闘うやり方は効果的にも感じられた。

　和久井さんは頬をぴくりぴくりと痙攣させて、「だからね」と言った。「だからね、昨日も、麗子さんにそう言われたんだけれど、うちのは少し違うのよ。そういう柴犬なんかとは違うんだから」

　なんか、とは何だ。なんか、とは。「そうですね。猫だって聞きました」

「そうじゃなくてね」彼女は、気を遣ってはいるのだろうが、憤りが声から伝わってくる。「うちのは本当に盗まれたのだと思うの。値段が値段で、欲しいという客も多かったし」

　なるほど、とわたしは思った。それに比べればクロシバは、「欲しい」と願う客が一人もいなかったがために、値段もつけられなくなり、商品から格下げされたような犬だ。

「でも、犯人は、動物を殺すのが目的ですし」

　わたしの言葉に、和久井さんは右手を口の前にやり、目を見開いた。何て恐ろしいことを、と呆れる顔だ。大袈裟にすぎる。

「だから、商品価値とか関係ないと思うんですよ」わたしはつづける。

　うるさい女ね、と喋らずとも彼女の目が言っていた。

　和久井さんもさぞかし不安でしょうね、と機嫌をとるように言うと、こんなことで不安がってるから女は駄目だって甘く見られるのよ、と怒られた。そういう問題ではないだろうに。

「何か、犯人の残していった手がかりとか、ないんでしょうか？」

「あなた、警察ではないわよね？」

「ペットショップ店員ですから」

「警察でもないのに、そういうことを根掘り葉掘り訊いてくるのってどうなのかしら？」

どうなのかしらってどうなのよ、と思いながらも、わたしは、結局、けんもほろろに追い出されてしまった。

店に退散してくると、麗子さんははじめから期待していなかったせいか、報告を聞く前から「お疲れさま」と労《いたわ》ってくれた。

例の「返品」希望の客はまだ来ていないようだ。

わたしは少々、意固地になっていた。和久井さんがそれほど重要な情報を持っているとも思えなかったけれど、このまま引き下がるのは癪に触る。

「麗子さん、電話かけてきます」わたしは持った携帯電話を振った。

「いいけど、どこにかけるの」

「毒を制するのには毒ですよ」


河崎の活躍ぶりは、期待していた以上だった。

「俺がわざわざ訊きに行く必要なんて、なかったんじゃないか？　あんなに気さくで、何でも喋ってくれる女性もなかなかいないぜ」

〈オードリー〉から戻ってきた河崎は、事情を知らないこともあって、心底不思議そうであった。

「ちょっと、くつろがないでくれる」わたしは、椅子に座ろうとした河崎に言う。

心外、という顔を彼はした。「俺はわざわざ、琴美の依頼に応えて、あの和久井さんと喋ってきたんだぜ。少しくらいの図々しさは許されてもいいんじゃないかな」

「さっさと報告してよ。和久井さんは、情報を教えてくれた？」

「こっちから訊いてもいないことまでいろいろ教えてくれた」

わたしは麗子さんと顔を見合わせて、肩をすくめた。わたしたちには敵意を剥き出しにしていたくせに、河崎が相手だと態度が違うらしい。期待していたとはいえ、釈然としない。

そして残念ながら、河崎が入手してきた情報は、さほど目新しくはなかった。

朝、和久井さんがビルにやってくると裏口の窓が割れていた。店内のケージの位置が変わっていて、そこからアメリカンショートヘアが二匹、いなくなっていた。客から注文を受けて仕入れた、血筋のしっかりした高級品だった。警察に連絡をして、たっぷりと時間を奪われた。

「それから?」

「高校生の時は陸上部で百メートルを十二秒台で走った、とか」

げ、その噂は事実だったのか。「それから?」

「男友達は大勢いるけれど、これぞという魅力的な男性がなかなか現われない」

「何それ」

河崎が苦笑しながら手を上げた。「あれは俺を誘っていたんだろうな。ペットが盗まれて、怖くて怖くて、誰かに支えてもらいたいと、可愛らしい声も出してきた。ペットの話の次は、ベッドの話だ」

そんなことだから女は駄目だと言われるのだ。

「支えてやればいいのに」わたしは言ってやる。

河崎は、「まあな」と平然と答えた。「さっそく、明日、彼女とデートだよ」

「それはそれは」もはや驚くこともない。「で、それだけ?」

河崎は記憶を辿るような顔つきになり、「とっておきが残ってる」

「早くその、とっておきを教えてよ」

「もっと丁寧にお願いをしてくれよ」

「早く教えろよ。馬鹿王子」わたしは半ば本気で、そう罵《ののし》ったのだけれど、河崎はジョークだと思ったらしく、楽しそうに顔をほころばせた。「目撃者を見つけたんだ」と言った。

「目撃者？」麗子さんが鸚鵡《おうむ》返しに言う。

「そうなんだ」河崎は、麗子さんには愛想が良い。「あのビルの裏に、パン屋があるんだ。深夜に開いている焼き立てのパン屋が」

わたしもその店は知っていた。深夜営業専門のパン屋というのは珍しい。真夜中に、焼いたばかりのパンの匂いを漂わせるその店は、テレビなどでも紹介をされたし、いつも、それなりに賑わっている。

「だから俺は、そこの店員が目撃しているかもしれない、と睨んだわけだ」

「どうせ、レジにいたのが女の子だったんでしょ」

「正解」彼が悪びれるわけがない。「見事に大当たりだった」

「店員が可愛かったってこと？　それとも、目撃していたってこと？」

「どちらも大当たりだった。夜中、午前二時頃らしい。ペットショップから出てきた男たちを、その店員は見ていたんだ」

「嘘でしょ」わたしはすぐに言った。

「本当に？」麗子さんも同時に声を出した。

「俺は、何を喋っても、信じてもらえないのか？」河崎が、世界中の不幸が詰まったリュックを背負わされたかのような、そんな顔をした。そしてジーンズの尻ポケットから紙を取り出して、開く。

「何それ」

「店員の子がうろ覚えながら、絵にしてくれたんだよ」と紙に描かれた絵を指差した。「美大の卒業生なんだってさ。いいよな、美術系の大学なんてさ。美しい術と書いて、美術、というのがいい」

わたしはふと、その紙の端に、十一桁の数字の羅列があるのを見つけた。それが何であるかを訊ねようとしたが、すぐに気づいてやめた。どうせその女の子の電話番号だろう。

正直なところ、紙に描かれた似顔絵は、全身を描いた大雑把なもので、犯人の特徴を表現しているとは言いがたかった。曖昧で、煙が描かれているのと大差ない。ただ、「犯人は、男が二人に、女が一人だったそうだ。男はホストっぽくて、女は露出度の高い服を着ていた」という河崎の説明を聞いた瞬間、わたしはその場に座り込みそうになった。

背中にひやりと氷が落ちたような感覚がして、その後で胃が痛んだ。足が震える。腿に力を込めて、それを止めるが、また震える。仕方がなくて、商品棚に寄りかかる。

あいつらだ。やっぱり、と思う。やっぱり、あの時の三人がペット殺しだ。

はじめて会った時から疑ってはいたが、わたしは心のどこかで違うことを望んでいたのだろう。

唐突に、と言うべきか、それとも芋蔓式《いもづるしき》に、と言うべきか、わたしは三日前の夜の公園で、彼らがこう言っていたのを思い出した。「店から、犬とか猫とか取ってくるんだよ」

あれは、野良猫を捕まえるだけでは飽き足らず、ペットショップからごっそり盗む、という意味だったのではないか。

「おい琴美、怖い顔をしてるぞ」河崎が、わたしを気遣ってくるけれど、それを払いのける元気もない。

わたしは返事をしようとしたが、声も出せず、足の震えを見抜かれないように、少し退いた。

店のドアが開き、鈴が鳴った。わたしは、「いらっしゃいませ」と弱々しい声をかろうじて出した。

入ってきたのはサングラスをかけた女だった。濃いグレーのジャケットを着ていて、胸の膨らみが目立つ。顎が張って、我の強そうな顔つきをしている。ヒールで床を叩きながら、まっすぐに、麗子さんに近づいた。「電話で言ったけどさ、この犬、引き取って」と右手に抱えていた籠を突き出す。中には、黒色の子犬が入っている。「この犬、ぜんぜんイメージと違うし、好みじゃないの」

麗子さんは無表情のままだった。陶器のような顔でうなずくと、その籠を丁寧に受け取り、そのまま河崎に手渡した。「持っていてくれる」

「何か、他にいい犬いないの」

わたしの嫌いな喋り方だった。

次の瞬間、麗子さんは身体を回転させていた。スムーズに、流れるようだった。腰が回り、腕が伸びる。

腕を真っ直ぐに振り切った右ストレートが、女の顔に入っていた。女の顎が、がくんと斜めに傾くのが見えた。

「意外にできるものだ」麗子さんはにこりともせず、自分の拳を撫でた。

本来であれば、快哉を叫ぶべき場面であったのかもしれないが、わたしはペット殺しのことが頭から離れずに、それどころではなかった。

悪魔が、わたしの背中に寄り添って頬擦りしているような、そんな寒気が走る。

◇　現在　6　◇

布団から出ると、それを見計らったように目覚し時計が鳴りはじめた。

起きてから鳴り出す時計にどれほどの価値があるのか、考えたくもない。

カーテンの隙間からでも、天気が良いのは分かった。時計は、朝の八時十五分を示している。僕の設定通りに鳴ったわけだから、文句は言えない。

正直なところ、前日の晩に強盗をやったという実感はなかった。主犯ではなくて、その共犯だったということもあるだろうし、実際の犯行現場に参加していなかったということもあるのだろうが、ようするに思い出したくなかったのだ。

本屋を襲った。

本屋を襲う手伝いをした。頭では考えられても、感触はまるでない。

雀がどこかで鳴いている。カーテンを開けた瞬間に、わっ、と陽射しが部屋に流れ込んできた。窓を開けてみる。風が吹いていないせいか、外の気温は、室内とさほど変わらない。窓の脇に、雑草が生えていた。日頃は草になど興味がないはずなのに、その茎に産毛《うぶげ》のようなものが生えているのを見つけると、どうしても触れてみたくなった。おっかなびっくりに撫でる。くすぐったいような、ざらざらとした感覚に、手を引っ込めた。自分とはまったく無関係のこんな雑草の茎を肌で感じることはできるのに、昨晩の出来事にはまったく現実味が感じられない。何だろうな、これは。

けれど、あれは実際にあったことだ、と自分に言い聞かせる。ボブ・ディランを歌いながら、県道沿いの真っ暗な場所で、書店のドアを蹴っていたのは、他ならぬ僕だ。

深呼吸をひとつしてから、「僕は犯罪者ですか?」と口に出してみた。そしてすぐに、「いいえ、違います」と自分で返事をする。「僕は取り返しのつかないことをしたんでしょうか?」「いいえ、大丈夫です」下らない一人芝居を繰り返し、自分を安心させようとする。

いても立ってもいられなくなり、僕は電話機に手を伸ばした。

登録した電話番号で、まず山田に電話をかけてみる。けれど、留守番電話につながるだけだった。次に、佐藤にかけるが、こちらは何度呼び出しても出ない。

キッチンの水道で顔を洗い、それから着ていたトレーナーや下着を入れて、洗濯機を回した。テレビの電源を入れる。見慣れない地方番組が映ったが、新聞をとっていない僕には、それがどこの放送局のものかも分からない。

大学へ行く準備をはじめる。入学式の時にもらった案内に目を通す。新入生のやるべきスケジュールと、サークルの紹介がずらずらと並んでいた。

そこで、電話が突然鳴った。

てっきり警察や新聞記者からだと思ったので、おそるおそる受話器を手に取ったが、出てみれば何ということはない、相手は山田だった。僕がかけた電話の着信履歴が残っていたらしい。「便所に入っててん」あっけらかんと言う山田が、僕を「書店強盗」から「大学一年生」へ引き戻してくれた。

たわいもない会話がだらだらとつづき、そのおかげで僕も、少しずつ、回復していく。

大学の正門前で、佐藤も含めた三人で待ち合わせる約束をして、電話を切った。

僕は自分の気分が萎れないうちに家を出ようと、新品のトートバッグを抱える。

猫の鳴き声がしたのはその時だった。窓は開け放しのままだ。あ、まずい、と思った時には、シッポサキマルマリが抜け目なく、部屋に入ってきていた。

ふてぶてしさを見せながら、シッポサキマルマリは部屋を歩き回る。追い出そうと思い、手を伸ばすが、効き目はない。シッポサキマルマリは部屋の角へ移動して、それから走ったり、止まったりを数回繰り返した。

尻尾に紙切れが結ばれていることに気がつくのには、さほど時間はかからなかった。折れ曲がった部分に結《ゆ》わえられているのが見えた。シッポサキマルマリの、まさにシッポサキマルマリたる箇所に、というわけだ。

目の前を通り過ぎたタイミングを狙って、紙をつまむことに成功する。念入りに結ばれたものではなく、二回ひねると、簡単に取り外せた。

シッポサキマルマリは、突然シッポをいじられたことに驚いたのか、不快感を感じたのか、棘のある声を上げると、窓から出て行った。僕は大慌てで、窓を閉める。

手に残った紙切れを、あらためて確認する。手の平におさまるくらいの小さな紙だった。折り畳まれているのを開いていくと、数字当てのくじだ、ということはすぐに分かった。

四桁の文字が印字されている。

買ったことはなかったが、町中で売っているのはよく見かける。購入者が三桁や四桁の数字を選んで、抽選番号と同じだと当選金がもらえるというやつだ。

一般の宝くじに比べれば、賞金額は少なかった気がする。せいぜいが十万円とか、百万円とか、そんなものじゃなかっただろうか。

河崎の話を思い出した。

シッポサキマルマリがアパートの外国人との間を仲介してくれるかもしれない、と彼は言った。

これはもしかするとその仲介の一種なのだろうか。でも、メッセージの託された手紙であればまだしも、くじを結びつけるのに意味があるとは思えなかった。

数字くじを振って、顔を扇ぎ、頭をひねってみるが、答えは見つからない。

分からない時は知っている人に訊くほうが手っ取り早い。これも、僕の叔母の教えだ。

それならばと、知っていそうな人間に教えてもらうことにする。


チャイムを鳴らしてもすぐには返事がなかった。もう一度、じっくりと感触をたしかめるように、親指大の黒いボタンを押すと、河崎が現われた。

「おはよう」眠っていたところだったのか、パジャマに限りなく近い軽装で出てきた河崎は、眩しそうに目を細めた。目頭のほうには目やにも付着している。

つい半日前に、犯罪行為を共にした仲間の姿を見ても、僕には動揺がなかった。こみ上げてくる罪の意識に涙を浮かべることも、押し寄せる罪悪感に膝をついてしまうこともない。

彼の部屋に上げてもらう。殺風景な彼の部屋には、相変わらずボブ・ディランが流れていた。まるで壁に、歌声が染み込むように感じた。

ひとつ発見をした。ディランの声は、普段はのどかに聞こえるけれど、悪事を起こした人間にとっては、罪を責めたててくるようにしか聞こえない、ということだ。すべてお見通しだぞ、と懇々《こんこん》と説教をされているような気がする。

「広辞苑はもう渡した？」腰を下ろしてから、僕は訊ねる。正確には「広辞林」だけど。

「広辞苑？」河崎は首をひねった。

おいおい。腰が砕けるような思いで僕は、「隣の隣に住む外国人に広辞苑をプレゼントするんだろう？　そのために僕たちは本屋に向かったんじゃないか」

「隣の隣の外国人？」

河崎の表情はとぼけているようにも見えず、少し慌ててしまう。「全部、忘れちゃったとか言うんじゃないよね」そうなると、覚えている僕の、一人損ではないか。

「ああ」河崎がようやく明るい声を出した。「渡した。渡したよ。渡しました」と慌てたように言う。

「何か言っていた？」

「何って、別に、ありがとう、くらいだ。Thank you」

「それだけ？」

「very much もついたかもしれない」

「そんなものなのか」

特別な期待をしていたわけでもないが、僕はやはりがっかりした。自分の人生に傷をつける覚悟で、書店を襲ったにもかかわらず、手に入れたのがそんな簡単なお礼だけとは情けない。「もう少し何かあってもいいんじゃないかな」

「何か？」

そこで僕ははたと閃《ひらめ》いた。右手の中にある紙を、河崎の前に出した。「もしかするとさ、これがお礼かもしれない！」

「お礼？」

「今、部屋にいたら、猫が入ってきてね」

「シッポサキマルマリだろ」

「シッポサキマルマリだね。で、尻尾にこれがついていたんだ」

「それは何だ？」

「くじだよ、くじ。数字があるだろ。これが当選番号と同じなら、お金がもらえる」

「猫も金が欲しいのか？」河崎はどこか上の空にも見えた。

「たとえば、例の外国人がこれをつけたんじゃないかな。広辞苑のお礼に。本当はお金をくれたかったんだけど、足りないから、それならくじにしようと思ったのかも」言いながらも、これは嘘臭いぞ、と自分で気づく。

「なるほど」河崎はそこで唇の端を吊り上げて、目を輝かせた。「で、その正解の数字はどこで分かるんだ」

「今日の朝刊に載っている」すでに、紙切れの裏の注意書きを読んで、調べてあった。「新聞あるかな」僕はまだ、新聞の購読については契約をしていない。

「あるよ」河崎はラジカセの隣にある新聞紙を手に取ると、それを僕のほうに放り投げた。「好きに見てくれ」

さっき起きたばかりのくせに、どうしてそんな場所に新聞があるのだ、と少しだけ僕は気にかかったが、とにかくすぐに紙面をめくることにした。

テレビ欄の裏をめくったところで、見つけた。「当選数字」とある。「あった」

「どうだ」河崎の声はあまり興味があるようではなかった。

持っている紙と新聞の数字を交互に見た。呆気ないものだった。見た瞬間に、外れと分かった。これほど清々しい不発もないのではないか、と思えるくらいの不一致だった。

「どうだ」河崎がもう一度、意地の悪い顔で覗き込んでくる。

「猫が当たりくじを持ってくるわけがないんだよ」僕は肩をすくめて、うなずいた。

「外れか」河崎が笑っている。「そういうのは当たらないんだ」

「でも、どうして、こんなものが結んであったんだろう」

「椎名の言うとおり、お礼のつもりだったのかもしれない。たまたま外れただけで」

「自分で言っておいて何だけど、そんな都合のいい話はないような気がする」

「昨日のこと、新聞に載っていそうか?」河崎は急に真面目な顔になって、僕の手元にある新聞を指差した。

「まだじゃないかな」昨晩の事件が今朝の朝刊にすぐさま載るとも思えない。

「見てくれ」

「自分で読めばいいじゃないか」と僕が面倒臭そうに言うと、河崎は怒ったような声で、「ついでだから、いいだろ」と答えた。

もう一度新聞をめくってみるが、今度は手が震えた。くじの当選結果を探す時とはまるで違う緊張感が、僕を包んでいた。

本屋、強盗、犯罪、広辞苑、などのキーワードを頭に浮かべて、それが紙面にあるかどうか、目を走らせる。自分の名前も探す。

テレビ欄まで見終わってから、僕は息を吐いた。「ないよ」

「そうか」

「新聞に載っていないついでに、事件も起きていないってことになればいいな」僕は呟く。「それにもしかすると、結果的には広辞苑を盗んできただけなんだから、万引きと変わらないんじゃないかな。だから、ニュースにもならないし、店の人もそんなに気にしていないのかも」

「万引きと変わらない」河崎はその言葉を舌でたしかめるように言ってから、噴き出した。「椎名は愉快だな。そうか、あれは万引きと同じか」

「結果だけ見るとだよ」モデルガンを振り回したことを大目に見てもらえれば、少々派手で開き直った万引きと同じかもしれない。「ところで、このくじはどうしたらいいんだろう」とりあえずは、一番身近な、目の前にある問題を口に出した。

「もらっておけばいい」

「一〇一号室に直接行って、説明を求めようかな」

「怪しむかもな。それに、あの外人は留守が多い」

「留守が？」

「チャイムを押してすぐに出てこなければ、留守だ」

僕はうなずいてから、時計を見た。山田と約束した時間が近づいている。「そろそろ学校へ行かなくちゃいけないんだ」と腰を上げた。

玄関で、河崎の靴が目に入った。無造作に置かれた赤いバスケットシューズが泥まみれになっている。千切れた草や土もついたままだ。元からこうだったのかもしれないが、覚えていない。書店を襲うのにこんなに汚れてしまったのか、と感心してしまった。一緒に行った僕の靴はそこまでは汚れていなかったので、たぶんそれは活躍や熱心さの違いのあらわれなのかもしれない。

大学の売店前で山田と佐藤と合流し、他愛ない会話をはじめると、僕の身体に太平楽な思いが広がりはじめた。まるで日干しにされた布団が乾くように、僕の中の後ろめたさが蒸発していく。新年度がはじまったばかりのせいか、構内は学生で溢れていた。

壁にはサークルの勧誘チラシが貼られているし、そこここで、新入生が声をかけられている。盗んできたと思われる、酒屋の看板に紙が被せられ、サークルの名前が大きく書かれたりもしていた。

幼稚だ、ということは僕にだって分かった。けれど、たぶん、大学生活はこの幼児性を満喫するための場所なのだろう、という予感はある。

構内の食堂で、板張りの安っぽい長机に三人で座り、カレーライスを食べる。

「講義、どれを取る？」と、カリキュラムの一覧表を広げて、佐藤が言った。彼の白いジャケットは洒落ているが、明らかに買ったばかりのものに見えた。

そうやな、と山田が顔を寄せてくる。真似をするように、僕も一覧表を見たが、どうも目が文字を上滑りする。

とりあえず僕たちには、「いかに講義を受けないで、単位を取得するか」というひどくありふれた方針しか設定されていなかったので、友人から情報を仕入れてきた、と鼻を膨らませる佐藤の言葉に従って、目ぼしそうな講義を選んでみることしかできなかった。

「でもな、こういう他人の前情報って、あんま、当てにならへんもんな」と山田がぽつりと言うと、佐藤がむくれた。

食べ終えると、本屋に教材買いに行こか、と山田が言った。昨日、教科書を何冊か買ったものの、まだ足りない。買っても買っても揃わないのは、大学教授たちの陰謀ではないか。

本屋、という言葉に反応し、僕はその瞬間だけ、昨晩襲った本屋のことを思い出した。あの店は今、どうなっているのだろうか。ニュースはどうだろう。新聞や、噂や、騒ぎは、警察は、いったいどうなっているのか。

正面に座る山田が「大丈夫か？　何考えてんねん」と怪訝な声を向けてくる。

僕は首を横に振る。「何でもない。教材を買うお金のことを考えていたんだ」

山田が売店の店員の悪口を連発し、佐藤が地元の飲み屋での失敗談をとうとうと話し、それをたっぷりと聞いた後、僕たちは食堂を後にした。

屋根のついた通路を横切ったところで、佐藤が僕の腕を、肘でつついた。「おい、あの女、学生じゃないよな」

うわっ、と声を上げたのは山田のほうだった。「すげえ美人やな」

「大人の女ってああいう感じかな」佐藤が言うが、十代後半の僕たちから見れば、すべての女性は「ガキ」か「大人」に分類できるような気もした。「学生じゃなくて、事務の人かな」

「でも、白すぎやわあ、あれは」山田が顔をゆがめる。「能面かうどんやで」

「うどんはそれほど白くないだろ」佐藤がつまらないことに、むきになる。

僕には、彼らのやり取りはあまり耳に入っていなかった。それどころではなかった。

彼らの指し示す方向、十メートルほど離れた場所にある、講義棟前のベンチに座っていたのは、僕が一昨日にバスの中で目撃した女性だったのだ。

痴漢と果敢に対決をして、停留所で降りて喧嘩をはじめる勢いすら見せた、あの色白の女性。その彼女が、丸太を横にして作ったベンチに、腰を下ろしている。

山田と佐藤が書店へと歩いて行くので、僕は「別行動を取るよ」と声をかけた。

「どこに行くんだよ」

「あの女の人に用があるんだ」そう正直に話すと、彼らは憮然とした表情で、「おまえって、結構、行動派なんだな」と目を丸くした。


「あの」と声をかけると、相手はゆっくりと僕を見上げた。「あ、あの、この間、バスで見かけたんですけど」

「バス？」表情がまるで変わらないので、不愉快なのかどうかも、僕には判然としない。

「バスに痴漢がいましたよね」その時の痴漢が僕です、とでもつづくような言い方になってしまい、焦る。「で、そこに僕もいたんです。乗客として」

ああ、あれ。彼女は興味もなさそうに言う。「痴漢ね。そんなこともあった」

僕はその答えに、少なからず失望を感じる。あのバスの中での出来事は僕にしてみれば、書店を襲ったことには劣るにしても、かなりの大事件だったのに。

「すみません。突然、声なんてかけて」

「別に構わないよ」彼女はむすっとして言う。「座る？」と自分の隣を指差してくれたのは、まったくの予想外だった。「い、いいんですか」と声を弾ませながら、腰を下ろすのだけれど、どうしてこの女性と話をしたがっているのか、僕自身が分かっていない。

「わたしの喋り方って、怒っているように聞こえるかもしれないけど、気にしないで。別に怒ってるわけじゃないから」

「そ、そうなんですか」

「怒った時は、怒ってる、と言うから」

「はあ」そう返事をするほかない。「あの、僕は椎名と言います」それから名前のほうも名乗る。

「わたしは」と彼女も自己紹介をしてくれた。苗字はともかく、「麗子」という名前は僕をかなりびっくりさせた。河崎の話に出てきた名前だからだ。「麗子さん、ですか」

「幽霊の霊という漢字ではないから」今までにからかわれたことでもあるのだろうか、先手を打つかのように彼女は言った。

河崎から言われた台詞を思い出していた。『麗子という女がいるんだ。もし会うことがあっても信じるな』

ゆっくり隣に顔を向ける。彼女の肌の色が目に入る。怖くなって、また視線を逸らす。透き通ると言うよりは、浮かび上がるような白さだった。

河崎の忠告はいったい何だったのだろうか。

無表情で、やけに落ち着いていることを除けば、麗子さんは悪人や奇人には見えなかった。むしろ、河崎のほうが常識を外れている。

そこで僕は唐突に、食堂での山田の言葉を思い返していた。「他人の前情報って、あんま、当てにならへんもんな」という、あれだ。だから、「あの」と話をすることにした。自分自身で見極めるべきだ。「あの、唐突ですみません。一応、訊くだけなんですけど、ペットショップをやっていたりなんかしませんよね」気味悪がられるのは覚悟の上だった。

麗子さんがくるりとこちらを勢い良く振り返ったので、僕もそこでまじまじと向き合った。唇が赤くて、幻想的だった。

「いや、実は」と僕は慌てて、説明を足す。「僕のアパートの部屋の隣に、河崎という男が住んでいるんです。で、前に、ペットショップの店長の麗子さんという人の話を聞いたんで、もしかしたらと思ったんですが」言い訳が必要なくらいに、僕の言い訳は怪しかった。相当、怪しい。

「河崎君！」彼女はそこで、声を裏返しにして訊ね返してきた。僕はびっくりする。興味深いことに、彼女自身が、生まれてはじめてこんな声を発した、というように目を白黒させている。

「河崎を、知ってるんですか」やっぱりそうだ、と僕は興奮した。妙なところで、人と人とは繋がるものなのだ。「河崎って変ですね。昔から、ああだったんですか？」

麗子さんはじっと僕を見つめた。まるで、僕の嘘を見抜こうと、視線で洗うように眺めてきた。本当に洗浄されるような気がして、僕はぶるぶると身震いをする。

「で、その、河崎君は、何と言っていたの？」彼女は表情を変えなかったけれど、それでも、探ってくるようだった。

僕は言いよどみながら、「ペットショップの店長に気をつけろ、って」

麗子さんは、僕が映画のタイトルでも口にしたのかと思ったのかもしれない、赤い唇を小さく開けたまま、反応しなかった。

「そう言ったんですよ。信用するな、気をつけろって」

「河崎君が？」

「変な隣人ですよね」

「あのさ」麗子さんは言葉を選んでいる。「彼の、病気のことは聞かなかった？」

僕はすぐに思い至る。「はじめて会った時にそう言われましたよ。病気で死にそうだったけれど、蘇ったんだって」

「なるほど」彼女はまたしばらく黙り、それから、「彼には、変なところはない？」

全部だ、と即答しそうになった。全部が変です、と。初対面の時の挨拶だっておかしかったし、書店を襲うと言い出したのだって奇妙だった。ただ、河崎と麗子さんの関係も分からないのに、不用意な発言をするべきではないと思えたので、「少し」という表現を選んだ。「少し変わってる」

ふうん、と彼女は表情をそのままにして、言う。不思議なもので、僕はいつの間にか女性と話をしているという感覚ではなくなっていた。美しいが、「性」を感じさせない、植物と向き合っている心地がする。

「それなら、ブータン人のことは聞いた？」麗子さんは次に、そう問い掛けてきた。

「ブータンジン？」それが何を意味するのか分からず、眉間に皺を寄せた。「それって、僕のアパートに住んでいる人のことですか？　アジアの国から来たと聞きましたけど」

「会ったの？」そんなことはあってはいけない、というようなニュアンスだ。

「河崎から少し話を聞きました。挨拶はしていないんですけど、ちょっと見かけました。日本人そっくりで」

なるほど、と麗子さんはまた言った。彼女は、真っ白い能面のような顔をしていて、無能のようにも、聡明にも見える。もしかすると、とてつもなく頭の回転の速い人なのかもしれない。僕の話からさまざまなことを想像し、分析し、結論を出そうとしているようだった。

そしてたぶん、これは僕の勘だけれど、彼女はその結論を僕には教えてくれないのだろう。きっとそうだ。どうせ置いてきぼりだ。

「ブータンというのは、ヒマラヤのほうにある小さな国でね」

「地図に載ってます？」

「君は今、相当、失礼な発言をしたぞ」麗子さんが言う。冗談なのか、本気なのか分からない。

「わたしは今、そのブータン人を捜しに来たとこなの」麗子さんは、講義棟の脇にある管理室を指差した。

「ブータン人を？」

「彼の住所も電話番号も知らないから学校に来れば、見つかるかと思ったんだけど、どうやら、最近は来たり来なかったり、らしい」

「僕のアパートに来れば、いますよ」と言ってすぐに、彼が部屋に閉じこもりがちだ、ということを思い出した。だから、麗子さんも会えないのかもしれない。「あ」

「どうかした？」

「もしかして、そのブータン人が交際をしていた女性というのが」と僕は語尾を濁し、麗子さんに手の先を向ける。

「違う」彼女は、言葉で空気を切るような言い方をした。「わたしじゃない。それは別の子」

「はあ」調子に乗りすぎたようだ。「そうですか」

麗子さんが下を向いた。とうとう怒ったのだろうか、と不安と後悔がよぎる。「大丈夫ですか？」

ずいぶんしてから、彼女は顔を上げた。表情は変わらないが、目が充血しているのは見えた。泣いたんですか、と訊くほど僕も図々しくはなかった。

目を瞑り、その後で、周囲を見渡してみる。乳白色の空だった。切れ目なく、薄い雲が広がっていて、太陽の場所はすぐには見つからないけれど、それでも陽射しは暖かかった。鼠色の箱を積み重ねたような安普請の食堂も照らされていたし、キャンパス内の木々、たぶん欅、にも太陽の光は射している。けたたましい笑い声を上げて、女の子が前を通り過ぎていった。それを追いかけて、茶色い髪をした男が二人、走り寄っていく。彼らにも太陽の光が降り注いでいる。それなのに、僕と麗子さんのベンチだけは暗く取り残されているように感じられた。

「河崎と麗子さんは仲が悪いんですか？」

「悪くはなかった、とわたしは思う」

「過去形の言い方ですね。今は、仲はどうなんですか？」

河崎は、どちらかと言えば毛嫌いしているような口振りだった。

「難しい質問だね」

「じゃあ、麗子さんとそのブータン人の関係はどうなんですか？」

「悪くはないと思う」

今度は過去形じゃない。

「河崎君とブータン人の関係なら、説明が簡単だけど」彼女が言った。

「え？」僕は頭の中で、人物の関係図を整理する。河崎と、麗子さんと、ブータン人を結ぶ三角形を思い浮かべてみた。

「河崎君はブータン人の日本語教師だった」

僕は言葉を失う。

河崎は、あのブータン人とはそれほど交流がない、と言っていたではないか。

「仲が良かった。河崎君は優秀な教師だったし」

「そ、そうなんですか」

「でもいったい、何を考えているんだろう」麗子さんは、僕に言うのではなくて、自分自身に問い掛けているようだった。

結局、その後の彼女はめっきり言葉数が減って、無言で暗算でもしているかのような雰囲気になってしまった。

頃合いを見計らって、僕はベンチを立った。「また話をさせてください」と言うと、彼女は「ぜひ」と淡々と答えた。「話す必要がある」

「必要、ですか」その強い言い方に少し怖くなる。

社交辞令だろうか、と思っていると、彼女はポケットから名刺を取り出して、くれた。ペットショップの割には、犬や猫の絵もない、素っ気ないデザインで、それはそのまま、真っ白い人形のような麗子さんに似合っているようにも思えた。

僕は一人で、その場を立ち去った。

ねえねえ君ラクロスに興味ないかい、と巨体の男性に声をかけられる。「いや、ラクなのかクロウするのか分からないものはちょっと」としどろもどろに遠慮をすると、今度は、「君、いいねえ」などと落語研究会の人が寄ってきた。どうにかやり過ごし、敷地の外へ出る。

その時になって、先ほどの麗子さんが、過去形で話していた部分を思い出した。

河崎君はブータン人の日本語教師だった。

つまり、今は違う、ということだ。今は、日本語教師ではない。

いったい、彼らには何があったのだろう。

僕はいかにも自分が主人公であるような気分で生きているけれど、よく考えてみれば、他人の人生の中では脇役に過ぎない。そんなことに、今さらながらに気がついた。

河崎たちの物語に、僕は途中参加しているのかもしれない。

自分で自覚している以上に、僕は間が抜けているから。

◇　二年前　6　◇

テレビを消して眠ろうかと思っていると、それを見計らったかのようなタイミングでドルジが帰ってきた。

「(起こしちゃった?)」音を立てないように部屋に入ってきた彼は、布団で横になるわたしを見ると、申し訳なさそうに言った。

「(ちょうど、アイスを食べる夢を見ていたところ)」わたしは立ち上がり、台所まで歩いていく。冷凍庫の中から、アイスクリームのカップを二つ持ってくると、ひとつをドルジに手渡した。

「(琴美は、夢を現実にした。すごい)」ドルジはそう微笑むと、一度カップをテーブルに置き、服を脱ぎにクロゼットまで移動した。トレーナー姿になってまた戻ってくる。

「(今日、お店でさ)」わたしは蓋を開けながら、麗子さんが、客を殴った話を聞かせた。映画のシーンを語るように、身振り手振りをつけて、説明をする。

麗子さんに殴り倒されたあの女性は、はじめは呆気に取られていたが、すぐに顔を憤怒《ふんぬ》で赤らめて、迫力のある目つきで立ち上がった。事情さえ許せばすぐその場で、弁護士や法廷や手続きを省いて、損害賠償を請求してきそうな迫力があった。

ただ、彼女はそうはしなかった。河崎が「大丈夫ですか」と素早く歩み寄り、彼女の顎を撫でたりしたからだ。その瞬間、彼女の怒りは消えた。綺麗さっぱり、見事に消えた。しかもさらに、

「大丈夫ですよ。綺麗な顔のままですよ」と河崎が言い足すと、サングラスの彼女は顔を綻ばせて、「でも痛いわ」と甘えた声を出した。さらにさらに河崎が、「心配ですから、家まで送りますよ」と因果関係のまったく分からない申し出をすると、「そうね。お願いするわ」とくねくねと身体をよじった。

「(さすが、河崎さんだ)」ドルジは嬉しそうだった。「(頼りになる)」

「(ああいうのは、頼りになるとかそういうものじゃないと思うんだけど)」

「(そうかなあ)」

わたしは、それ以外のことはドルジには言わなかった。つまり、ペットショップから二匹の猫を盗んでいった犯人が、男二人の女一人という三人構成で、先日公園で会った彼らと非常によく似ている、ということは教えなかったのだ。

食べ終わった後で、ドルジは風呂場に向かうために、服を脱ぎはじめた。

「(すっかり、風呂に入る習慣がついたね)」わたしは自分の功績を誇るように言う。

「(僕はきっと、影響を受けやすい性格なんだ)」とドルジは肩をすくめた。

「そうだ」ドルジはそこで思い出したように、「これ、見てください」と鞄から厚い本を取り出した。表紙を向けてくる。顔を近づけると、国語辞典だと分かった。

「どうしたの、それ」

「大学の友達、くれました。コジエンでない、けど」

「コジエン?」と訊き返してから、それが「広辞苑」を指していることに気づく。

「これ、あると、安心ですか?」

「ドルジは日本語、読めないじゃない」からかうように言った。「意味ないよ」

彼は目を細め、その後で噴き出した。「差別だ」と大袈裟に怒ってみせた。引き込まれるように、わたしの頬が緩む。

それだけで、重い気分がほんのわずかではあるが、ほぐされた。

どんなに憂鬱な状況であっても、顔に無理やり笑みを浮かべれば、良いホルモンが分泌されて、それだけ長生きできますよ、と誰かに聞いたことがある。真偽は分からないが、一理あるのかもしれない。

「(僕は日本語が読めないけど、でも、この本に大切なことが書いてあると思うと、心強い)」ドルジが流暢な英語を使う。

「そういうものかなあ」わたしは首をひねり、空になったアイスクリームの容器を脇に置いた。チョコレートの甘い匂いが、わたしから遠ざかる。名残惜しい香りだ。辞書を受け取ると、「(じゃあ、教えてほしい日本語があったら、言って。調べてあげるから)」

「そう、ですか」ドルジが顔を明るくする。「では、『ずば』って何ですか?」

「ズバ?」

「ずば抜けて、と友達、言いました。『ずば』、分かりません」

わたしは、「(それは嫌だ。他の言葉はないの?)」と乱暴に却下する。ずば、だなんて調べたくもない。

「では、『ちょんぱ』って何ですか?」

「ちょんぱ?」嫌な予感がする。

「首ちょんぱ、と誰か、言いました」

苦笑する。「(それも駄目。そんな言葉、使う機会なんてないって)」

「(琴美は厳しいなあ)」ドルジは怒る風でもなく、楽しんでいるようだった。「では、アヒルと鴨、どう違いますか」

わたしは辞書を一ページも開かないうちに、「(アヒルは外国から来たやつで、鴨はもとから日本にいるやつ)」と答えた。そう聞いた覚えがあったのだ。

「本当、ですか?」

「(違うかもしれない)」念を押されると自信がなくなる、というのはわたしの性格だ。そこでようやく、辞書をめくりはじめる。「アヒル」を調べて、次に「鴨」を引く。

期待していたような答えは書いておらず、わたしはがっかりした。どうということもない、鳥としての特徴が書かれているだけだ。

ただ、アヒルは中国のほうで改良された鴨だ、とはあったので、それをもってドルジに説明をした。「(とにかくさ、アヒルは外国の鳥で、鴨は日本のだと思ってれば間違いはないから)」

「(怪しい)」とドルジは疑ってくる。「(もしそうなら、僕と琴美は、アヒルと鴨だけど)」

アヒルと鴨か。悪くない表現だな、とわたしは思った。よく似ている動物にも思えるけど、その実、ぜんぜん違う。そんな関係だ。

実際の酸素の量とは関係ないかもしれないが、わたしは室内が息苦しいように感じ、窓を開けた。待っていたのか、黒猫が飛び込んできた。

ひゃっ、と短く悲鳴を上げてしまう。猫じゃなくて、人間だと思った。ペット殺しのあの若者たちが、わたしに暴力を揮うためにわざわざ裏庭から侵入し、窓が開いたのをいいことに、飛び込んできたように感じたのだ。

黒猫は、怯んだわたしになどお構いなしで、部屋の中を縦横無尽に駆けていた。折れた尻尾を、アンテナのようにして左右に振っている。カーテンの裾に隠れては顔を出し、走っては急停止を繰り返す。

「(能天気だなあ)」わたしは呆れていたのではなく、羨ましがっていた。

「この、尻尾、変です」ドルジが、黒猫を指差して言う。

「そうだね。先が曲がってるし」

「おみくじ、ですね」

ドルジがそう言ったが、わたしは一瞬何のことか分からなかった。でもすぐに、神社の木におみくじを結ぶのをイメージしているのだな、と把握した。「たしかに、この折れたところに結べそうだ」

「くじ、どうですか？」どうやらドルジは、河崎の助言に従うつもりなのか、できうる限り日本語を使うつもりらしい。

「くじ？」

「いつもの、くじ、です。あれ、つけます。誰か、見つけます」

わたしたちがいつもやっている数字くじのことだろう。あれを結んでみてはどうか、と言っているのだ。「見つけた人は、不思議がるだろうねえ」わたしは自分がその立場であったら、と想像をしながら、「(新聞を慌てて引っ張り出して、当たってるかどうか必死に調べるよね)」

「英語、駄目です。日本語、使います」

「はいはい」わたしは面倒臭くて、手をひらひらさせた。

「誰に、渡します？」

「くじを渡す相手？　猫に任せればいいじゃない、そんなの」

「河崎さん、あげますか」

「あの男には、たとえ外れくじだってあげたくない」不愉快そうに言ってやる。

「あの猫はいつも、何するので、来ますか？」

テレビの前で、脚を上げて、膝のあたりを舌で舐めはじめた猫を、ドルジが指差した。

「暇つぶしじゃないの」

「潰す？　何、潰しますか？」

「暇をつぶすのよ」

「叩いて、潰しますか？」ドルジは冗談を言っているような顔ではなかったので、おそらくは本当に分からなかったのだろう。

電話が鳴り、黒猫が真っ先に反応を見せた。首をびくっと動かして、電話機を睨みつけるようにした。舌を出しっ放しにしているのが、愛らしい。

わたしも同じように、身動きをせず、電話を眺めていた。すぐに受話器に手を伸ばさなかったのは、不吉な予感のようなものがあったからだ。

「出ないですか？」ドルジがわたしの顔を、怪訝そうに見る。

部屋の電話は、ドルジではなくてわたしが取ることになっている。田舎の両親からの電話だと、面倒だからだ。

ためらっているうちに、留守番電話に切り替わった。録音されたわたしのメッセージが流れている。

他人の部屋を外から眺めている、そんな感覚があった。参加している気がしない。自分はサスペンス映画を観ているただの観客で、劇中で悲劇的展開に巻き込まれそうな主人公とは無関係である。そう思い込みたくて、だから、他人事のふりをしていた。

録音開始の音が鳴る。

はじめは無言だった。声は発せられず、雑音がかすかに聞こえるだけ。相手は屋外からかけているらしい。バイクの走り抜ける音や、車のエンジン音、信号点滅時の音などが、混じっている。ドルジと顔を見合わせたところで、「おい」と男の声が電話機から発せられた。

わたしは身体をすぼめて、無意識に胃のあたりに手をやった。

「琴美ちゃん、待ってろよな」それは先日、あの児童公園の暗い闇の中で聞いた声と同一のものだった。わざと受話器に口を近づけて、荒い呼吸音を吐き出している。

「待ってろよ」女の声だ。甲高い笑い声がつづく。それから、女は受話器に向かってと言うよりも、隣にいる仲間に喋るように、「あのさ、あたし思いついちゃったんだけど、犬とかと違ってさ、人って喋るから楽しめそうじゃない？」

「ああ、言えてる。犬は、『許してくれ』とか言わないもんな」

「許しを乞わせたいんだけど」女が笑う。

彼らの声は、興奮したものと言うよりは、カラオケで愉快に騒いでいるものに近く、ぞっとしなかった。それだけに現実味がある。

「では最後に一言」男が言うと、そこでがさごそと音がした。おいおまえが受話器を持てよ、俺が持ち上げるからよ、こっちだよ、とやり取りが漏れ聞こえる。「琴美ちゃんに逃げられたので、かわりに捕まえた猫ちゃんです」と声がした。

猫を抱きかかえているのだろうか。小さく、のんびりとした鳴き声が、受話器の向こうから聞こえた。

わたしは何か喋ろうとして、口の中が異様に乾いていることに気がつく。内側に貼りついているように、舌が動かない。

その直後、ぎゃーという猫の叫び声が電話から響いた。同時に、毛づくろいをしていた黒猫が飛び上がった。比喩ではなく、フローリング床から四足を浮かせて驚いているのを、わたしは見た。

そのまま黒猫は、窓から一瞬にして姿を消した。

わたしはドルジと顔を見合わせたまま、言葉が出せなかった。気づくと、電話は切れていて、録音終了を示す機械的な音が鳴った。赤ん坊が上げる泣き声だったようにも思えた。いや、猫の鳴き真似を誰かがしたのかもしれない。

けれどわたしにはあれが、本物の猫が耐えがたい苦痛に叫んだ声だ、と分かっていた。認めたくないが、きっとそういうことなんだろう、と。

「(いったい、何の電話なんだい?)」ドルジが英語に戻して、言った。わたしほどは、動揺していない。

「(わたしを、脅したんでしょ)」口内から舌を無理やり剝がすようにして、どうにか喋った。

「(猫の声がした)」

「(本物なのかな?)」わたしは言うが、答えが欲しいわけではなかった。

わたしとドルジはしばらく黙ったままになる。

メッセージが残っていることを示す電話機のライトが、点滅している。わたしは手を伸ばし、ボタンを押す。録音を消去した。

身体が震えていた。自分の周囲が水で囲まれたような不安に襲われている。息を止めて、取り乱すのを堪えた。その一方で、自分の頭の中で泡が湧き上がってくるのも分かった。怒りが泡となり、沸騰した湯のように、次々に破裂している。少しして、「(警察に行くべきかな)」ドルジが口を開いた。

「(そうだね、でも)」とわたしは言葉を濁す。特に被害があったわけではなかった。「(そんなに大事《おおごと》じゃないよ)」言い聞かすようにした。こんなの大したことじゃない。

息を吸って、尖らせた口からゆっくりと吐き出した。深呼吸を二度、三度と繰り返す。今のわたしを輪切りにしたら、怒りと恐怖が半分半分に流れ出てくるに違いない。

自分で自覚している以上に、わたしは怯えていた。

◇ 現在 7 ◇

そのまま家に帰ろうか、それとも山田たちを探そうか、と考えた結果、必要な教科書を買いにいくことにした。

大学構内の書店へと足を向けた。歩きながら財布の中を覗き、書籍代があるかどうかをたしかめた。「いいか、おまえへの仕送りは、俺がこの小さい靴屋で必死に稼いだ金だ。が、それは気にせず使え」と言っていた父の顔が思い出される。何が気にせず使え、だ。よけいに気になるってば。

イチョウの木が並んだ道を抜ける。書店は空いていた。教科書が平積みにされた売り場へと移動する。本をひっくり返すと、裏表紙に、冗談としか思えないような金額が印字されていて驚いた。CDよりも高い本が存在するなんて、はじめて知った。経営の厳しい靴屋の息子は勉強するな、ということなのかと疑いたくなる。

レジには、人当たりの良さそうな中年女性が立っていた。紺のシャツの上から、白いエプロンをしている。たるんだ顎の肉が、愛嬌にもなっていた。

教科書の入った籠を、台の上に載せる。彼女がバーコードを読み取ろうとした。

「あ」

「どうかしたの?」婦人は手を止めて、首をかしげた。

「あ、それ、ちょっと待ってもらってもいいですか？」僕は一番上に置かれている、薄い本を指差した。「それ、昨日、買ったような気がするんです」

「あら、じゃあ、いらないわね。ダブリね」彼女は手際良くその本をどかそうとするが、事態はそれほど単純ではない。

「いえ、はっきりとは分からないんです」僕は昨日、買った教科書のタイトルを思い出そうとする。「何冊か買ったんで。もしかすると、この本は家にあるかもしれない。ただ」

「ないかもしれない」婦人が物分かり良く、つづけてくれる。後ろに客が列を作っていないことが幸いだった。

「買って帰って、二冊になったら悲しいですよね」

「三冊になった時よりはマシだろうけど」

「やっぱり、やめておきます」

「おうちに電話をして、あるかどうか誰かに確認してもらったらどう？」婦人は助言をしてくれた。太い指が僕の前で、ひらひらと動いた。状況を把握して、もっともリスクの少ない方法を指示する司令官のようだ。

「残念だけど、僕は一人暮らしだから」

「彼女とか、大家さんとか、部屋に入ってもらえる人、いないの？」

彼女がいない、と返事をすることは屈辱的なことにも思えた。僕は顔をしかめて、否定を表現する。

「隣の人とは仲良くないの？」

そう言われて、真っ先に浮かんだのはシッポサキマルマリで、その次が河崎だった。隣人。たしかにあれが、僕にとっては唯一身近な隣人だ。

「出直してきます」

残りの本の代金だけ支払いをして、僕はその場を後にした。

「そうね。出直してきなさい」婦人が言った。顔を洗って出直してこい、とからかわれている気がした。


そのまま家に帰ろうとしたのだけれど、たまたま構内に公衆電話があったので、電話をかけてみることにした。うろ覚えの番号を押す。先日、聞いたばかりの河崎の部屋の電話番号だった。なかなか相手が出る様子はなくて、そろそろ諦めようかと思いはじめたところで、「はい」と声がした。

「君はさ、毎日何をしているんだい?」名乗る前にそう言った。

「椎名もいずれは、俺のようになる」河崎はすぐに僕だと気づいたらしい。

「突然、電話をして、ごめん」

「びっくりした」と彼はまったく驚いていない声で言う。「隣なんだから、電話してこなくてもいいだろ」

「今、学校にいるんだ。頼みごとがあって」

「頼みごと?」

自分で言うのも何だけど、僕は図々しい性格ではないほうだと自覚している。相手にずけずけと「頼みごと」をするようなことは滅多になかった。

けれど河崎にはすでに、「書店襲撃の共犯」という大きな貸しがあるので、少しくらいは我儘を聞いてもらおうかな、という考えがあった。一括でその貸しを返してもらえるとは思いにくかったので、分割で少しずつ、と。

「僕の部屋に入って、調べてほしいものがあるんだけど」

「部屋に？」

「鍵なら、部屋の外にあるんだ。ドアの横に消火器がぶら下がっていてさ、その底に、合鍵が貼りつけてあるんだ」

「消火器って、火を消す？」

「他に何を消すんだい」

「ちょっと待っててくれ」河崎はそう言うと、がさごそと受話器を置く音がした。かすかに、足音が洩れてくる。

ドアが開閉する音がつづいて、それから再び、受話器を持ち上げる気配がした。「あった」河崎の声だ。

「もう、取ってきたんだ？」あまりの早い行動に、たじろぐ。「それなら、それで僕の部屋に入ってもらうと、右側に本が並んでいるから」

「本？」河崎は警戒するように言った。もしや、書店を襲っただけに、本の呪いでも気にしているのだろうか。

「今、本屋で買おうと思った本が、家にあるかもしれないんだ」と僕は、自分の置かれている状況を話す。

「どこにあるか分からない」

「大丈夫。すぐに分かるよ。本はそこにしか置いてないんだ」

「絶対、そこにあるんだな」

河崎は、僕の頼みごとをよっぽど引き受けたくないのか、嫌味なくらいに念を押してきた。

「絶対、そこにあるって」

「そうか」不承不承、という声を出す。

少し、無言の間ができる。

「そんなに難しいことじゃないだろ？　こんなことを頼むなんて悪いとは思うけどさ」だからって、そんなに嫌がることはないじゃないか。書店を襲うことに比べれば、はるかに穏やかなお願いだ。

「ああ、難しくない」

「それじゃあ、少ししたら、もう一度電話をするよ。今、公衆電話からなんだ。今度は僕の部屋にかけるから、それに出てくれないかな」

「分かった」河崎は、渋々という調子で了解をした。

電話を切る。公衆電話から離れて、時間が経つのを待った。

窓ガラスの向こう側を眺める。自転車置き場の脇で、カラスが二羽、落ちている木の実の取り合いをしていた。

判官贔屓の僕は、ひとまわり体格の小さいほうを応援していたけれど、やはり大きいやつが勝った。嘴《くちばし》をリズムよく突き出して、相手を退かせると、その隙をついて、綺麗に飛んでいく。

カラスが二羽とも消えた後で、自宅へ電話をかけた。誘拐犯人が身代金を受け取るために、あちこちの電話に指示を出すのと似ている。

五回ほど呼び出し音が鳴って、河崎が出た。「はい」

「どう？　本の題名を端から読んでくれないかな？」そうしてもらい、本がダブらないかどうか確認するつもりだった。

けれど、河崎が口にしたのは予想もしていない答えで、僕はかなり驚いた。「ないぞ」

「ナイゾ？」

「本がない」

「ないわけがないよ」僕はからかわれていることも念頭に置いて、適度に笑った。「部屋の右側だよ。ステレオがあるだろ？」

「ある」

「その脇に、ゴミ箱があるよね？」見取り図を思い描く。

「ある」

「で、その手前に本が何冊か、並んでいるはずなんだけど」

「それがない」河崎は真面目な声で言った。

首筋を逆さに撫でられるようだ。寒気が走る。「何もないのかい？」

「本はない。本当にここか？」

「本当にそこだよ。どういうこと？」

「俺に訊かないでくれ」

「泥棒だ」僕の口をついて、そんな推理が飛び出た。

「かもしれないな」

「部屋の鍵はかかっていた？」僕は電話越しであるのがもどかしかった。受話器の穴の中に身体を突っ込んで、電線やらコードを通過し、向こう側に這い出て、今すぐこの目で確認をしたかった。「庭のほうの窓の鍵、とか」

「窓に鍵はかかっている。玄関も同じ。俺はさっきの鍵で入ったんだ」

「変だよ」僕の中では、困惑よりも不安が勝っていた。「誰も入れないのに、本がなくなるわけがない」

「変だな」河崎が無表情に言うのが、目に見えるようだった。例によって、世の中のすべてを見透かしたような顔で、部屋を見渡しているのかもしれない。「シッポサキマルマリか？」とも言った。

「あの猫が、僕の本を取って、で、鍵をかけて出て行ったってこと？」

「ありえないな」河崎は自分で言い出したくせに、あっさりと否定した。

「もしかして、この間の宝くじを横取りしたから、そのかわりに教科書を取っていったのかな」

「ありえるな」

「ありえないよ」僕も、自分で言い出したことを無責任に却下する。「だいたい、あのくじは外れていたんだし」

すぐに帰るから、と電話を切った。窓の外を見ると、駐輪場の屋根の上に、先ほどの二羽のカラスが降りてくるのが見える。トタンの屋根を、軽快な音を立てて移動した。僕のほうを向いて、黒い羽を折り畳む鳥の姿は、不吉な未来の暗喩かもしれない。

バス停へ早足で向かう。どういうことだよ。自分自身に問い掛ける。本が消えた。誰も部屋に入っていないのに。

犯罪か、もしくは誰かの悪戯だろうか。悪戯でなければ、仕返し、とか。誰の？

昨日、書店を襲った時に見た、車に乗った男を思い出した。サングラスをかけたあの、気味が悪い男。あれは、書店の番人だったんじゃないだろうか。僕たちが書店を荒らしたから、怒ったのかもしれない。

で、僕の本を奪った。

本を奪われたら、本を奪い返せ。これは正当な報復にも思えたけれど、どうせならば、僕ではなくて河崎を狙うべきではないだろうか。

河崎の言っていたことは嘘ではなかった。「だろ」と彼は残念そうに眉を下げた。法律関係の教科書が並んでいたはずの場所には、不自然なくらいに何もなかった。

「ないだろ?」河崎は、僕に同情するような顔をした。

「ないね」僕は声を荒らげることもなく言った。「本当にないよ。しかも鍵もかかっていたんだよね?」

河崎は困った顔で、うなずいた。

「誰も入っていない。それなのに、本が消えた」世の中から法律が消えたとしても、あの法律の本はなくならないだろうに。

「魔法」河崎は、滅多に使わない言葉を無理に口にするようでもあった。

「魔法にしては、地味だよ」

父の顔が浮かぶが、金銭的損害以上に、精神的なショックのほうが大きかった。「題名はよく覚えていないんだけど、でも本があったのは間違いがないんだ」誰に弁解する必要もないはずなのに、僕はその場所を指差して、透明の箱でも撫でるように手を動かした。「ここに、だよ」

河崎が合鍵を寄越してきた。受け取りながら僕は、「鍵は開いていなかった?」

「閉まっていた」河崎は憮然と答えた。

僕は天井を見上げた。たまたま、壁の隅に作られた蜘蛛の巣が見えて、これもまた禍々しい兆候のひとつに感じられた。「もしかして」

「何だ？」

「やっぱり、シッポサキマルマリのくじが関係しているのかもしれない。あれを捜しに来たのかも」僕は声を潜めた。

「くじを？」

「あのくじを猫につけた人間には、何か目的があったんだ。それなのに、僕が取ってしまったから困った。怒った。で、部屋に上がり込んで、捜した、とか」

「で、本は？」

「本にくじが挟んであると疑ったのかもしれない。時間がなくて、全部持っていった」

言ってるそばから、真実味が抜け落ちていく感覚がある。

「本気で言ってるのか」

僕は口ごもる。それから、「やけくそで言ってみました」と答えた。

◇　二年前　7　◇

警察に通報すべきか、それとも通報しないほうが良いだろうか、とドルジと話し合った結果、もうしばらく様子を見ることになった。

それはわたしの主張だった。

脅迫電話がかかってきた日から、二日が経っている。

ドルジはさほど不安がっている様子は見せなかったけれど、「（警察に連絡をしよう）」とは訴えてきた。脅迫電話の内容までは把握できなかったようだが、彼らの声の調子から発散される、陰湿な悪意を敏感に察知したのだろう。

そう言われると逆に、平気を装いたくなるのがわたしの悪いところだった。

落ち着いた態度で、分析をしてみせる。

留守番電話にメッセージを吹き込むのは、幼稚な脅し方であるし、ドルジにコンクリートの塊をぶつけられた彼らが単純に怒りを感じ、腹いせに電話してきただけ、ということも考えられる。

ペット殺しかどうかという根拠にも乏しいから、警察沙汰にはできないよ、とそう説明をした。

思い込もうとしたのだ。悪くなる戦況を直視せずに、都合のいい情報ばかりを垂れ流そうとするジャーナリストもこんな気持ちかもしれない。物事を良いほうに解釈し、悪い面には目を瞑るのだ。悪い兆しはどこにもない。見よ、未来は明るいではないか！　そんな具合だ。

「(でも、あの猫の声は異常だった)」ドルジが顔をしかめた。「(ブータンでは聞いたことがない)」

「(日本でも滅多に聞けないよ)」わたしは肩をすくめる。「(でもあれは、猫の真似をしていただけなのかもしれない)」と楽観的な意見を言う。

わたしの微笑みは引き攣っていた。実際には、自分の内側に湧き上がってくる恐怖心、それと怒りを抑えつけるのに必死だった。不安の泡が次々に浮かんでくる。それをどたばたと潰すが、間に合わない。

おそらくドルジは、わたしの強がりに気がついていた。

だから彼は、午後の二時にアパートに戻ってくると、「動物園、行きましょう」と言ったのだ。

「え?」

「(動物園に行こう)」

「(今日は、大学、遅い予定じゃなかったんだっけ?)」

「ジューナンに、タイオー、です」ドルジが表情を崩した。

「サボってくれたんだ?」

「サボ、ですか? サボテンの、サボですか?」知っているくせに、ドルジはとぼける。

ほっとしている自分に気がついた。彼の軽口と、平和呆《ぼ》けと言ってもいいような気楽さが、わたしを沈んでいく沼から、ゆっくりとではあるが、引き摺り上げてくれる。

動物園へは、バスに乗れば三十分もかからなかった。アパートを出た時こそ、怯えでなかなか足が出なかったけれど、それでもアパートから遠ざかるに従って、少しずつ気分も落ち着いた。

バスの中で揺られていると、恐怖心が鈍くなり、あの電話は全部、睡眠中に見た創作物ではないか、と感じられるほどにまでなった。

「どうして、動物園なわけ？」わたしが訊ねたのは、すでにバスの降車ボタンが押された後だった。

「(前に言っていただろ。嫌なことがあると、動物園に行ったたって)」

「(それ、小学生の時だけど)」わたしが言葉を強く吐いたのは、不快だったからと言うよりは、恥ずかしかったからだ。

「(ほっとするって言っていたじゃないか)」

「(破れたフェンスから入って、怒られるまではね)」

「(今日は、お金を払うよ)」

「(よく、動物園の場所、分かったね)」わたしは感心する。ドルジはわたしを先導して、駅前のバスの煩雑な乗り換えも手際良くやった。運賃もすでに把握していた。

「(教えてもらったからね)」ドルジは歯を見せて、笑った。

誰に？　とは訊かなかった。不愉快な回答が返ってくる予感があった。

バスを降りて、数十メートル歩くと、動物園に到着した。

二十年前くらいから変わっていないような、色褪せた看板がかかっている、地味な門構えだった。窓口に座る婦人はくたびれた顔で、眠そうだった。

入園券を買って、中へ入ると、平日のせいか客の姿はそれほどなかった。心地良いのを通り越して、心細くなるくらいの客入りで、「動物のほうが多い」とわたしが言うと、聞き取れなかったらしいドルジが、「ソウデスネ」と答えた。

中に入っても、派手な装飾はまるでなかった。順路もはっきりせず、コンクリート色の敷地内に、檻が点在している。演出も、もてなしも、なかった。

強いて言えば、ところどころに、動物のイラストが描かれた看板が立っているが、ひと昔前のものらしく、色が剝げていたり、割れていたりした。つまり、ゴリラが白かったり、らくだのこぶが折れていたりした。

途中に売店があったけれど、シャッターは下りていた。繁忙期にだけ、営業するのかもしれない。ソフトクリームの特大サイズのプラスチック模型が、寂しげに立っている。

動物たちの匂いが風に運ばれて、鼻にからまってきた。上品とはほど遠い匂いだったけれど、無味無臭の殺伐とした空気よりは、温かみを感じられて、わたしからすると好ましい。

動物の鳴き声があまり聞こえてこなかったのは、幸いだった。もし、ネコ科の獣の甲高い声が響いたら、わたしは反射的に、一昨日の晩に電話越しに聞いた猫の悲鳴を思い出さずにはいられなかっただろう。「だったら警察に行けばいいのに」と自分の声が聞こえるようだ。でもまだそこまでするほどでは、と言い訳をする。

入り口から右回りに進んでいると途中で、「(偶然だ)」とドルジが嬉しそうな声を発した。

「え?」

ドルジが小走りで先へ行くので、わたしも背中を追った。

檻の中のテナガザルやマンドリルが、奇声を発して楽しげな動作を見せていたので、わたしはそれをじっくりと眺めたかったのだけれど、仕方がない。

ドルジの先に、河崎がいた。飾り気のない木製の椅子に、座っている。

ドルジがはしゃいで声をかけていた。

「偶然だなあ」河崎は立ち上がり、相好を崩す。

「ホント、です」

「嘘ばっかり」と言ったのは、わたしだった。「わたしたちがここに来るのを知ってて、来たんでしょ」

「え」ドルジがわたしを見て、それから河崎に目をやる。「本当ですか？」

「いや」河崎は弁明と反論の中間の声で、「昨日、ドルジから電話があったんだ。動物園に行きたいから、場所を教えてくれってさ」と言った。

「はい」ドルジは、日本語に耳をかたむけながら、うなずく。

「で、俺も思ったんだよ。そう言えば、俺も動物園に行きたいなあ、ってさ」河崎が髪を触り、笑みを見せる。肩をすくめて、「偶然にもね」

「偶然にもねえ」わたしは小馬鹿にする。

「偶然です」ドルジは無邪気に喜んでいるが、彼のそういうのん気さはわたしが認める美点のひとつでもあるので、腹は立たなかった。

「何、してるですか？」

河崎が、ドルジのことをしげしげと眺める。「やっぱり君は上手いよ。喋り方がスムーズだ。才能がある」

「何の才能なわけ？」

「俺は、琴美に喋ってるわけじゃないんだけどな」河崎は、苦笑するだけでも、女性の目を惹きつける。「日本人のふりをする才能だよ。言葉っていうのは、音感と呼吸だ。身体の動かし方も重要だし。ドルジはたぶん音感がいい。呼吸も悪くない。それにね、ブータンで使っているゾンカ語は、日本語の源流かもしれない、と言われるくらいなんだぜ」

「嘘」わたしはすぐに疑った。

「数の数え方なんてすごく似てるんだ」河崎が人差指を立てた。「日本語はイチ、ニ、サンで、ゾンカ語はチ、ニ、スム。顔だってそっくりなくらいだ。たぶん、日本語には馴染みやすい」

「よく分からないけど、とにかくドルジを唆さないでよ」わたしは、自分の大切な同居人が、いかがわしい宗教に引き摺り込まれてしまうような、不安に襲われた。当のドルジは、生活に根付いたしっかりとした宗教を持っているというのに。

「ただささ、その丁寧な喋り方は良くないよ」河崎が残念そうに言う。

「良くないですか」

「外国人がさ、陥りやすいところなんだよ。リアルな日本語はもっと雑だし、乱暴だ。ざっくばらん」

「ザックバラ？」

「教科書通りの会話なんていうのはどこにもないよ。逆に舐められる。そうだろ」

ドルジは、河崎の早口に首をかしげた。「舐められますか？」

「そんなことより、あんた、一人で来てるの？」わたしは、一メートル先に立つ河崎の胸を目指して、指を突き出した。「一人？　そんなわけないよね」前にバッティングセンターで会った時と、同じようなやり取りだ。

河崎はそこでようやく連れがいたことを思い出したのか、「おかしいな、さっきまで一緒にいたんだ。消えた。消えた」と眉を上げた。

「消えたんじゃなくて、逃げたんだと思う」

「俺から逃げる女は女じゃない」

そのあまりにひどい台詞に、わたしは感動すらしそうになる。「鳥の糞にまみれた手よりも、自信にまみれた言葉のほうが、汚いと思う。そう思う人は手を挙げて」と言ってから、「はい」と自分で挙手する。「あのさ、あんたにとって女って何なの？」

「恋愛の対象だよ」うそぶく河崎の表情は、嫌悪感を抱いているわたしの目にも美しく見えるのだから、手強い。

「じゃあ、恋愛って何？」

「ニアリーイコール、セックスだよ」河崎が即答してくる。

「あのね、言っておくけど、世の中で優先順位が一番高いのはセックスじゃないよ」

「いや、一番だよ」河崎はあっさりと断定した。「名誉も、お金も、すべては性的欲求に結びついているんだ。意識していなくてもさ。遺伝子はいつだって、子孫を残すことを念頭に置いているだろ」

それから、彼はこうも言った。

「ブータンの寺院に描かれた神様、仏様の絵を見たことがあるか？　みんなセックスをしている。つまりさ、生きていくのに必要なパワーはああいうところにあるんだよ。俺は、妙に神妙な顔をして、達観した風の日本の仏様よりも、ブータンのどぎつくて、あっけらかんとしたほうが好きだよ。禁欲的な面というのは、どうも嘘臭い」

わたしは物静かな日本の仏様のほうが、よほど好きだった。謙虚で、口も堅そうだし。

「遺伝子に操られているなんて、馬鹿馬鹿しくない？」

「無理だよ。どう考えても操られるんだから、それなら、素直に従ったほうが賢いよ。もし、性的なものに真っ向から抵抗する男がいたら」

「いたら？」

「俺は少し尊敬してやってもいいけど、でも、やっぱり馬鹿だな、と思う」河崎は真剣な目をしている。

「わたしはそういう男のほうが恰好いいと思うけど」

「恰好よくないさ」河崎は不満そうだった。「なあ、ドルジ。そうだよな」

「ええ。僕たち、女の子と、仲良く、好きです」ドルジも少しは聞き取れたらしい。

「ドルジたちとあんたとでは、種類が違うんだって」わたしは力説をする。「やたらめったらに女を抱いてるあんたなんかはね、性病で死んじゃえばいいんだって」と毒づいた。

河崎は顔をゆがめた。「琴美は痛いところを突いてくる」と眉を上げた。「さすがだ」

「何が、さすがだか」呆れた声で言ってやる。

「ここで、何、考えてました？」ドルジが、河崎の座っていた、丸太作りの椅子を指差した。

「ああ」河崎が顔をほころばせる。よくぞ聞いてくれた、と言いたげでもあった。「実はさ、この動物たちをみんな逃がしたらどうかな、って想像していたんだ」

「何それ」わたしは眉間に皺を寄せる。

「俺の夢なんだよ。動物園から、動物を逃がすんだ。夜中にね。みんなを連れて、逃げる」

「何それ」わたしの眉間にはさらなる皺ができたに違いない。「今時、小学生だってそんなことは言わない」

「そりゃそうだ。小学生にはこの壮大な夢は理解できない」

「え、よく聞こえなかった」わたしは耳を近づけて、わざとらしく訊き返した。「壮大な馬鹿、って言ったの？」

「チーターとか、ライオンとか、連れて行って、飼うんだよ」

「どこで飼うわけ」わたしは、河崎のそんな夢のことなどはじめて知ったので、戸惑っていた。リアリストと言ってもいいくらいの彼が、「夢」という曖昧でふやふやしたものを大事にしているとは思いづらかった。

河崎が指を鳴らした。「実は、いい場所がある」

「どこですか？」ドルジが関心を示す。

「駅をずっと東に行った、海岸沿いだよ。松林があるんだ。カラマツなのか、アカマツなのか分からないんだけど」

そう言って河崎は、頼んでもいないのに、丁寧に場所の説明をはじめた。街から車を飛ばして、四十分くらいの場所だ。

「そこで動物なんて飼えるわけ？　人通りがいくら少なくても、誰か管理している人はいるでしょ」

「敷地が広いから、全部なんて見回れない。そんな場所なんだよ。カラスしかいない」

「カラス」ドルジは新しい単語を覚えるかのようだった。

「おかげで、不法投棄ばっかりだ」

「なら、不法投棄しに来た人が気づくんじゃないの？」

「いいか、こそこそと不法にゴミを捨てに来た人間が、そこでうろついている虎だとかラクダを見つけて、警察に通報すると思うか？」河崎の言い方は、わたしを教え諭《さと》すようだった。

「通報するでしょ」

「しないね」

「するでしょ」

わたしが声を強めて否定をすると、隣のドルジが大きな声で、軽快に笑った。ゆるゆると煙のように立ち昇り、晴れた空の向こう側へ届くような、笑い声だった。

「どうしたの？」わたしが訊くと、ドルジは、「あの」と言ってから、日本語の組み立てに悩むような顔になり、河崎を申し訳なさそうに見てから、結局は英語でこう言った。

「(琴美の言う通りだ。日本の動物園は楽しい)」

確かにそうだった。その時のわたしはペット殺しの若者たちのことを、あの脅迫電話のことを、すっかり忘れていた。

英語で話したら駄目なんだって、と河崎が口を尖らせた。


三人で、順路の看板も見ずに、しまりなく歩いていると、柵で囲われた小さな飼育スペースへ辿り着いた。

河崎と一緒にやってきたはずの女性がなかなか戻ってこないので、わたしも心配になったが、彼自身は無関心だった。「そのうち、来るよ」と余裕を見せている。

柵の中の敷地には、綺麗な芝が生えていて、背の低い木がぽつぽつと立っている。茶色と白の愛くるしい顔をした、太り気味の動物が二匹、動き回っていた。

「レッサーパンダだ」と声を上げたのはわたしだ。

河崎が駆け寄ってくる。手すりをつかみ、身を乗り出すようにした。「やあ、相変わらず、可愛い」とうっとりした声を出す。

面倒臭そうに、ゆったりと歩くレッサーパンダは、生意気な赤ん坊に見えた。

「可愛い、ですね」ドルジも表情を緩めている。

「ブータンには、野生のこいつらがいるんだろ?」河崎が、ドルジに質問をする。

「はい。少ない、ですけど」

「いいなあ」心からの妬《ねた》みの声だ。

そうしていると、わたしの横から急に、「いい? わたしの言うとおりやればいいから」と言う声が聞こえてきた。

子供が二人、右隣にいた。少女と、車椅子に乗った少年だ。

白いTシャツを着た女の子は、わたしのお腹あたりまでしか身長がない。小学校の低学年くらいの年齢だろう。そして、少年のほうは、背丈も歳もさらに一回りほど小さい。玩具のような車椅子から、身を乗り出している。

「秘密だからね」髪の毛を編んだ少女はとっておきの内緒話をしているようだったが、高い声は通りが良くて、周りにいるわたしたちにも聞こえてきた。残念ながら。

「うん」うなずく車椅子の少年の神妙さからすると、彼らは姉と弟の関係かもしれない。

親の姿が見当たらない。地方都市の小さな動物園だからといって、子供だけでうろつかせるのは無用心じゃないのか、と気になる。平日だが、学校は休みなのだろうか?

「でも、盗めるかな」車椅子の少年が身体をくねくね動かして、大声を出した。「パンダ盗めるかな!」どうやら、「囁き」の作法が分からないらしい。

しっ、と少女が少年をたしなめる。「大丈夫」とうなずいた。「わたしが、こっそり入って、袋に入れるから」

「うん、うん」車椅子の少年は真剣に首を振った。

「シュウちゃんも手伝うんだよ」

「うん、僕にもやれるかな」

「袋を渡すから、車椅子で逃げるんだよ」

「うん、うん」僕にもできるかな、できるかな、と繰り返している。そして感極まったかのように、「僕にもパンダ盗めるかな！」と叫んだ。わたしは唇を噛んで、笑いをこらえる。声が大きすぎる。聞いているわたしにも、どうやらこの姉弟がレッサーパンダを盗む気らしい、ということは分かった。

荒唐無稽だ。けれど、そう言ってしまうことには抵抗がある。子供らしい、と言うべきか、子供らしからぬ、と言うべきか、奇妙な計画に思えた。一笑に付すのは簡単だ。

車椅子の少年は、身を乗り出すようにしていた。首を一杯に伸ばし、もたもたとやる気もなさそうに歩くレッサーパンダを、目で追いかけている。

憧憬《しょうけい》なのか、羨望なのか、少年の目は潤いながらも輝いていた。

少年がレッサーパンダに何を期待しているのか、わたしには理解できなかったが、一心不乱な横顔は、わたしを幸せにした。ペット殺しの不安など恐れるに足りない、と思えたほどだった。

万歳をするように手を広げ、背伸びをした。「頑張れ」口には出さず、少女に声をかける。

動物園の出口近くまで来たところで、ようやく河崎が、いっこうに見つからない連れの姿を気にしはじめた。どこに行ったんだ、と落ち着きがなくなり、放送で呼び出そうか、と悩み出す。

「早く見つけないと、その女の人、怒ってると思うよ」わたしは意地悪く言った。

「怒りたければ怒ればいい。俺は気にしないけど」

「余裕しゃくしゃくね」

「シャクシャク？」ドルジが首をひねっている。

「そうじゃない。逆だ。余裕がないからだ」河崎の声は意外にも、先端が尖った刃のようだった。

「女の不機嫌に構っている時間なんてないからだよ」と彼はつづける。

その河崎の口調に、いつにない焦燥感と真剣味が含まれていることを察知したのだけれど、気づかなかったことにした。

美しい演技を披露する俳優の、汗まみれの舞台裏を覗いてしまった、そんな気まずさを感じたのだ。そういう場合は、見なかったふりをすべきだ、とわたしは思う。

「それよりも、琴美」

「呼び捨てにしないでよ」

「妙な奴らから電話があったんだろ？」

「な、何で、それを知ってるわけ」と口を尖らせたが、からくりは分かっていた。ドルジが言ったのだろう。

案の定、と言うべきかすぐに、「すみません。相談しました」とドルジが苦笑した。

「こんな男に相談しても意味ないのに」

「河崎さん、頼り、なります」

「ブータン人というのは見る目があるなあ」河崎が嬉しそうにうなずいた。「それに比べて、琴美の目の曇り方はひどい。濁っている。くすんでいる。淀んでいる」

「ドルジをたぶらかさないでほしいんだけど」

「その悪戯電話のこと、警察に届けないのか?」河崎は、わたしの文句には耳も貸さなかった。

「いいよ。ただの、悪戯電話だから」わたしは感情を込めずに言ったが、不安に襲われていた。

「そいつらは何者だ?」

ペット殺しかもしれない、と言ったら河崎はどういう反応をするだろうか。けれど、わたしは打ち明けなかった。そもそも、この話題を口にしたくなかった。「せっかく、動物園に来ているんだから、もっと明るい話題にできないの?」

「警察に言ってみろって」

「証拠がないと駄目だと思う」悪戯電話の訴えなど、ストーカー被害の軽度のものと判断されて、とおりいっぺんの対応をされるだけではないだろうか。

「ショーコ」ドルジがそう呟いて、腕を組んだ。

「アパートを引っ越すべきだ」河崎が次の案を出す。

「もし、事態が悪化してきたら考えるよ」

「先延ばしはろくな結果を生まない」

その通りだ、と思いながらも素直にうなずけなかった。

「琴美は怖くて、状況を直視したくないんだ」

「そんなことないよ」そんなことはあった。鋭い。

「一時的に避難する、という手もあるぞ」

「一時避難?」

「友人の家か知り合いの家に、しばらく寝泊りさせてもらうとかさ。もし何なら、ドルジは俺のアパートに居候すればいいい。大歓迎だ」

「日本語、教えて、くれますか」

「君ならすぐに上手くなる」

「河崎さん、ほんと、ですか」

「河崎でいいよ。さん、はいらない。そのほうが親しく聞こえる。丁寧な言葉なんて、喋ると馬鹿にされるだけだ」

「河崎」ドルジの言い方は、大人しい人間が強がっている風にも聞こえる。

「今だって充分通じるんだからさ、練習を繰り返せばばっちりだ。日本語の教育というのは、初級日常会話を三百時間でやるんだけど、君は日常会話はだいたいできるんだし。それに、さっきも言った通り、日本語はゾンカ語に似てる部分があるし、何よりも君たちは、言語習得のエキスパートじゃないか」

「そうなの？」わたしは疑うように訊き返す。

「そうだよ」そんなことも知らないのか、という顔で河崎がわたしを見た。「ブータン人は何ヶ国語も喋れるんだぜ。ゾンカ語はもとより、ネパール語を喋る地域もある。それ以外に各地方で方言もある。しかも、英語は幼稚園からやっている。生活の中には複数の言葉が、ごく普通にあるんだ。俺たちとはまるで違う。言葉を学ぶことに関して、専門家なんだよ」

「僕は、何ヒャク時間もやります。やる」ドルジは真剣な顔で、発音する。

「僕、じゃない、俺、のほうがいい。ヒャクじゃなくて、ナンビャクだ」

わたしは、どうぞ勝手にやってください、と投げやりな気分で、二人を傍観していた。

「アクセントが重要なんだ。アクセントがずれると日本語は不自然になる。外国人の話す日本語は、決定的にそこが違う。たとえば、トマト」

「トマト」とドルジは明らかに、英語の発音をした。

「それは英語だ」と河崎もすぐさま言った。「英語のアクセントは、強いと弱い、で表す。トマトの『マ』が強い。日本語の場合は、高いと低い、なんだ。『ト』が高くて、『マト』が低い」

「何か、あんた、本当に日本語を教えられそうだ」わたしは茶化すように言ったが、少し安堵を覚えている。ペット殺しの鬱々とした話をするくらいであれば、トマトのほうがよほどいい。

「日本語、教えてください」ドルジが言った。

「毎日、びっちりやるんだ。日本語に慣れるまでさ。聞いて、喋る。その繰り返しだよ」

「やります」ドルジの顔は、すでに素直な生徒のそれだった。「何年も、やります」

「いや、時間はそんなにないんだ」

どういう意味で彼が時間を気にかけているのか、わたしには分からなかった。

美人の敵は時間だ、と聞いたことがある。年月が経つにつれて、自分の美貌が劣化していくことに、立ち向かわなくてはいけないからだ。

容姿からすれば、河崎は限りなく美人に近いので、もしかするとそれと似たような不安を感じているのだろうか。もしそうであるなら、滑稽ではある。

「あれ、やりましょう」ドルジが突然、明るい声を出した。

指差した方向には、顔の部分だけを切り抜いたパネルがあった。動物のイラストが描かれている。後ろから人間が顔を出して写真に撮る、という趣向のパネルだ。

わたしも河崎もまったく乗り気ではなかったのだけれど、ドルジの勢いに押され、断ることができなかった。

気がついた時には、わたしたちはパネルの後ろに並んでいて、ドルジは手際良く、使い捨てカメラを売店の婦人に渡して「撮ってください」と依頼までしていた。

撮りますよー。婦人の間延びした声がして、それからシャッターの下りる音が鳴った。

その後でわたしたちは、パネルの表側に移動して、自分が顔を出した動物が何であるのかを確認した。「何だ、熊だったんだ、可愛くないなあ」「僕は、虎です」「おい、ワニの顔をくり貫《ぬ》くと、妙だな。口がここにもあるし」はしゃぐとも、愚痴るともつかないが、ひとしきり言い合う。

「焼き増しして、送ってくれよ」河崎の言葉が、本気のようで、わたしは驚いた。「写真とかって、嫌いじゃなかったっけ？」

「記念だよ」

「何記念なわけ？」

「生きてた記念だよ」河崎は億劫そうに言って、自分から笑った。

「短命ぶって、同情を引こうとしているわけ？」

「死ぬかもしれない、と言ったら、もっと優しくしてくれるのか」

「死期が近くなったら教えて」

河崎は、連れを一緒に待ってくれたら車で送っていくけど、と言ってくれたが断った。どちらかと言えば、迷惑だ。

わたしとドルジはバス停へ向かおうとしたが、そこで、「なあ」と河崎が思い出したかのように言った。動物園を振り返って「さっきの子供たち、うまくやり遂げるかな？」と。

わたしは口ごもる。それから「やり遂げたら、大変」と答えた。

◇　現在　8　◇

犯人は現場に戻る。まさしくその通りだった。使い古された言葉にはそれなりの根拠があるに違いない。統計的な、もしくは、科学的な、根拠だ。

シッポサキマルマリが持ってきたくじ、部屋から消えた教科書、両方とも派手ではないけれど、僕を混乱させるには充分な出来事だった。

気づくと河崎はいなくなっていて、僕は部屋で一人きりになっていた。自分の部屋であるはずなのに、違和感というか、不気味さを感じて、落ち着かない。

今この瞬間に、怪しげな水晶を持った女性が玄関に現われて、「この部屋は呪われていますよ。だから、奇妙なことばかり起きるのよ」とでも言ってきたら、僕は一も二もなく、信じたかもしれない。壺や、お札だって、手の届く値段であれば、買ったかもしれない。

このまま部屋でぼうっとしていても、疑問が解消するとは思えなかった。午後三時であるから、眠るにもまだ早い。

書店が気にかかりはじめた。じっとしていると、昨日自分が取った行動が怖くて仕方がなくなる。

外はまだ明るい。快晴というほどではない。乳白色をした空が広がっている。

あの書店は今、どうなっているのだろうか。僕たちのことはどれくらいばれているのだろうか。

おいおい、まさか現場に戻るんじゃないだろうな、と呆れるように忠告をしてくる自分もいた。昨日、罪を犯した場所へもう一度戻るなんて、信じられないぞ、と。だいたい、書店は制服の警察官や刑事でごった返していて、店内には入れない可能性もある。

でもさ、と僕は自分自身で否定する。僕は店の外にいただけだ。普通の客を装って入店する分には問題はないじゃないか。仮に、警察が封鎖をしていたら、その様子を眺めて、「何かあったんですか?」と訊ねてみればいい。

それにだ、僕たちがやったのはせいぜいが大袈裟な万引きに過ぎないし、もし最悪の事態で警察に尋問されたとしても、僕は河崎に誘われただけで何もやらなかったと説明すればいいじゃないか。

そう甘く考えていた。大半の犯人はこういう甘さでもって、現場を再訪したくなるのだろう。決心が鈍るのを恐れて、服を着替えることもなく、僕は部屋を飛び出すと、バス停へ向かった。なだらかにつづく上り坂は、僕の意志をくじこうとするほどの長さだった。逆らうように駆けた。

タイミング良くやってきたバスに飛び乗る。

高校生の下校時刻とぶつかったせいか、車内は混んでいた。流行のバンドの新曲の話をしている、学生服の男たちに挟まれたまま、僕は二十分近く揺られた。

それらしい停留所で降りて、五分ほどうろついてみると、書店は見つかった。バス停の隣に地図があって、それを頼みに探したのだ。

コンクリート剝き出しの素っ気ない店舗は、昨日と同じ場所にある。

予想に反して、書店は開いていた。警官はうろついていなかったし、立入禁止のテープが張られていることもない。

自動ドアを通り抜けた。言いようのない緊張感が身体を走った。ドアの裏側で、警官がしゃがんで待機していることもなかった。店内は落ち着いたものだった。ラジオが、だらだらと流れている。あれ、と僕は肩透かしを食らった気分だ。書棚が倒れていたり、ライトが割れているようなこともない。本当に、僕と河崎はここを襲ったのだろうか、と疑いたくなる。

正面が会計用のレジになっている。

店の四隅には、防犯用なのか丸い鏡がいくつか取り付けられているが、ビデオカメラまでは設置されていない。昨晩の河崎はこの鏡に映っていたのだろうか、と想像するが、すぐに、悪魔は映らないんだっけ、と思い直した。

商品の大半は漫画か雑誌だった。文庫本の棚もあるけれど、充実からはほど遠い。十分ほど店の中をうろつき、その後で無謀にも、店員と話をしようと思ったのは、あまりに平穏無事な店内の状況に、安心してしまったからだ。レジのところにいる店員が、髪の毛を茶色にした高校生くらいの女の子で、与《くみ》しやすいと思ったことも関係しているかもしれない。

買いたくもない、県内ドライビングマップを持って、レジに近づいた。車も運転免許もないのに、よりによってそんなものを選ぶくらいには、取り乱していたのだろう。

いらっしゃいませ、と彼女が顔を上げた。真剣な顔で読んでいた本を閉じて、表紙を隠すように裏返す。彼女は手慣れた手順で、会計をして、地図を袋に入れてくれた。

「あの」

「はい?」彼女の顔に警戒の色が浮かぶ。「何ですか?」品物を受け取ったら、さっさと帰るのが客としての礼儀じゃないの、とでも言いたそうだ。

「昨日の夜、このお店、開いてたかな？」僕の口から出たのは、てんで意味不明のそんな質問だった。算段も戦略もあったものではない。

「昨日の夜？」彼女は目を細めて、近くにいる僕の顔を、遠くの物体のように眺めた。

これ以上無言の間がつづいたら、僕はその場で「僕がやりました」と告白をしてしまいそうだった。だから、すぐにつづけた。「昨日の夜遅く、前を通りかかったら、店の電気が点いていてさ」何なのだ、この、信じがたい嘘は！　僕は泣き出しそうになったけれど、はじめた演技は止めるわけにはいかない。

「ああ」彼女は、不愉快げに鼻のまわりに皺を作った。「江尻《えじり》さん、やっぱり、夜騒いでたんだ」

「江尻さん？」

「うちの店員ですよ。今朝来たら、少し店が荒れてたし」

あ、それは河崎がやったのかも、と言いたくなるが、口には出さない。「荒れてた？」

「棚から、少し本が落ちてて」

「何か事件でもあったのかな？」僕はおそるおそる訊ねてみる。「誰かが事件を起こしたのかな」

そうともおまえがな！　などと怪談話のように叫ばれたら、僕は卒倒しただろう。

「事件？　ああ、まあ」彼女は何者かを嘲笑するかのような表情を見せた。「江尻さんがやったんですよ、たぶん。常識とか、ない人ですから」

「常識がない？」

「学校にカジノがないように、江尻さんには常識がないんですよ」

「ど、どういうこと」

「ここだけの話」と彼女は平然と言った。「江尻さん、やばいんですよ。薬とかやってるし」

「薬」僕の今までの生活には登場することのなかったたぐいの薬だろう。「へえ、薬」

「店を閉めた後で、時々、薬をやって、で、一人で暴れたりするらしいですよ」

「まさか」

「そういう噂です」

「よ、よく、そういう人が雇われてるね」

彼女はそこで、声を潜めた。「親馬鹿なんですよ。店長の息子なんです。だからやりたい放題ですよ。ひどいですよ。わたしなんて、しょっちゅう襲われそうだし」

「でも、君はバイトをやめないんだ？」

「雇ってくれるところが、他になくて」べつだん、彼女に特別な欠点があるとも思えなかったけれど。

「あのさ」僕はさすがに気になりはじめる。「そんなにペラペラ喋って、問題ないの？」

「わたし今、自暴自棄になっているからもうどうでもいいんです」

「自暴自棄？」

そこで彼女は唐突に立ち上がり、壁際の書棚へ歩いていってしまう。万引き犯でも見つけたのだろうか、と居心地悪く立ち続けていると、分厚い辞書を抱えて、戻ってきた。

まさか僕たちが「広辞苑」を、正しく言えば「広辞苑」と誤って「広辞林」を、盗んだことを暗に責めるつもりなのだろうか、と怖くなったが、彼女はあっけらかんとしたもので、「ええと」とその辞書を引きはじめた。そしておもむろに顔を上げ、「自暴自棄というのを、別の言い方をすると」とページを何枚かめくり「捨て鉢、破れかぶれ、そう言ってもいいです」とつづけた。

「あ、そう」呆気に取られる。

辞書が閉じられる音が響いた。

「だからですね、実はもう、どうでもいいんですよ。こんなバイトも。江尻さんも」彼女の声は感情的ではなかったので、よけいに本心らしく聞こえた。

彼女は自暴自棄ついでに、「江尻さんって、この人ですよ。むかつきますよね」とレジの脇を指差した。セロテープで新聞記事が貼り付けられている。地方新聞のようだ。二人の男が写真に写っている。中年の鬚の男と、若い男。

「この太ったほうが店長で、こっちのほうが江尻さん」

「これ、何の記事なの？」よく見れば、親子に見えなくもない。

「来年そこの国道沿いに、大きいショッピングモールができるんだって」

「それはつらいね」父の靴屋を思い出す。近くに大型量販店がやってきてから、経営が厳しくなった。

「その反対運動をしている店舗の特集ですよ。江尻さんなんて、こんな記事に載っただけで、有名人気取りなんだから、世話ないです。しかも、半年以上前の記事だし」

僕はじっと写真を見るが、見知らぬ若者がこちらを向いているだけだった。言われてみれば、目にはヤク中の異様さが宿っているなあ、などと都合のいいことを感じる。

彼女はそこで、先ほどまで自分が読んでいた本をひっくり返した。無意識だったのだろう。僕も釣られて、目を落としてしまう。「初めての妊娠と出産」とタイトルにあった。

彼女は、僕の視線に気がついたらしく、「昨日、お医者に行ったら、三ヶ月だって言われたんですよ。うんざりですよ」と口を尖らせた。

「だよね」どの部分が、うんざり、なのか分からなかったけれど、そう答える。

「本を読んでも、『妊娠と出産がうんざり』なんてどこにも書いてないんですよね」彼女は落ち着いていた。ひと通り慌て終わったのか、それともこれから慌てはじめるだけなのか、どちらなのだろうか。

「江尻さんって何歳なの？」と話を戻した。

「二十六とか二十七とか、そのくらいだったと思いますよ」

「困った跡継ぎだね」

「ですよね。この世のおしまいですよ」彼女は彼女で別のことを考えているようだ。「本当に、訳が分からないことばっかりです」

「あのさ、君の相手は、その、同級生とか、そういう人？」僕は無遠慮に、彼女の悩みに触れてみることにする。

「相手？　ああ、彼氏のことですか？　そんなこと訊くなんて、図々しいですね」

僕は顔を赤らめたが、彼女は言葉ほど不機嫌には見えなかった。たぶん、他に客がいなくて暇だったせいだろう。暇であればあるほど、考え事が増えてしまうから、厚かましい客との会話もないよりはいいのかもしれない。

「ねえ」彼女が見上げてきた。「おなかに子供がいる場合も、親子心中って言うんですか？」

「は？」僕は意味が分からず、眉根を寄せた。それから、嫌な気分になった。「そりゃそうじゃないかな」

「わたし、まだ、十八なんですけど。どっちかと言えば、子子心中ですよね」

「それって恰好悪くない？」と、とりあえず言った。僕も、若者が一番恐れているものくらいは知っている。だから、「ダサイと思うよ、それ」と言ってみた。貧乏や性病や成績の悪化なんかよりも、彼らは「ダサイ」ことを嫌う。忌み嫌い、そう蔑《さげす》まれることを、死ぬほど恐れている。

「ダサいですか?」

「子供ができてさ、悩んで、死ぬなんて、ダサすぎだよ」

「ダサいかなあ」納得したのかどうか、とにかく彼女が曖昧にうなずくのを見てから、僕は書店を後にした。

　初対面の女の子の悩みを共有してあげられるほど、僕も余裕があるわけではない。自分のことで一杯だ。

一難去ってまた一難。まさしくその通りだった。使い古された言葉にはそれなりの根拠があるに違いない。統計でも科学でもないが、それを超えた力のようなものがあるに違いない。

動物園に行ってから、丸一日が経った。現金なものでわたしは、どことなく心が落ち着いていた。パスケースは見つかっていないし、ペット殺しが捕まったという報道もないのに、どこか安心している部分があった。このまま自分は安全に生活ができるのだ、と能天気に信じはじめてもいた。

けれど、そうなればそうなったで、どうやら新たな不幸がわたしの周辺で発生するように、世の中はできているらしい。まさに一難去ってまた一難。

ペットショップに顔を出したドルジは、「いいもの、買いました」と白い歯を見せた。彼の素朴な仕草がわたしをほっとさせてくれる。そしてもしかするとそのせいで、わたしは物事を楽観的に考えてしまっているのかもしれない。

「あれ、学校は?」ドッグフードの袋を並べ直しながら、麗子さんが言った。

「五時から、です」

時計に目をやると、夕方四時だった。移動距離を考えると、あまりゆっくりする時間はないはずだけれど、彼が焦っている様子はない。

「大学って、そんな時間からはじまるの？」麗子さんがわたしとドルジを交互に見た。

「いろいろなんですよ。朝からの時もあれば、ドルジみたいに研究室で実験とかになると、夜も行かないといけないし」

「いろいろです」ドルジは、日本語を味わうかのようだ。

「昨日、動物園に行ったんだって？」麗子さんの質問は、銀行のキャッシュディスペンサーの指示よりも温かみがない。

「行きました」ドルジが首を縦に振ると、「いいな」と麗子さんが羨んだ。顔を見る限り、羨ましがっているようには見えない。

「動物園、いい場所ですね」ドルジが白い歯を見せた。「一番いいです」

ドルジは安穏な雰囲気を漂わせている。湖面のように穏やかだ。わたしたちが忙《せわ》しなく轟々と流れていく川だとすると、ドルジは波の立たない湖だ。平らかで、森閑《しんかん》としている。

河崎が以前言っていた言葉を思い出す。

「彼らは今の人生がすべてだとは思っていない」生まれ変わって、延々とつづいていくのだと感じている。だから、こまごまとした些細な出来事は気にならない。まさにそういう感じだ。

おそらく、そういうドルジの発する空気のおかげで、わたしは不安を感じていないのだろう。

「いいものって何？」わたしはドルジの顔を見る。

鞄に手を入れて、ドルジがスティック状の機械を取り出した。「これです」はじめは携帯電話に見えたが、形状がどうも違う。

それを餌と勘違いしたわけでもないだろうが、ケージの中のブルドッグが喚いた。釣られて、チンチラが甲高い声を出す。ハイテク禁止！　と叫ぶようだ。

「何、それ？」

「ロクオン、です」

ドルジからその機械を受け取って、眺める。携帯電話よりも細い。ワイシャツのポケットにすっぽり入るような大きさだ。小さなボタンがついているが、全体的にはシンプルなデザインで、上部に爪楊枝で開けたような穴がいくつもあった。

「録音機？」わたしはドルジの言葉から、推測してそう答える。現物を見るのははじめてだったけれど、テレビや雑誌で見たことはある。小型のレコーダーで、内蔵されたＩＣチップに音声が録音できるのだ。会議や取材、インタビューの時の記録用に使われる。

「どうしたの、これ。いつ買ったの？」わたしが驚きながら訊ねると、彼はライバルを出し抜いたような狡猾《こうかつ》な顔になる。「午前、中、です」

「何も言わなかったじゃない」

「言え、って言われませんでした」ドルジがそんなことを言い返してきたので、わたしは驚いた。

麗子さんが近寄ってきて、「なかなか、ずるい返事を覚えてきた」とにこりともせずに言う。

「河崎さんに、教えられました」ドルジが笑顔になり、わたしは苦々しい気分になる。

「河崎にまた会ったわけ？」

「さっき」ドルジがうなずく。「まで。一緒でした」

「もしかして、これ一緒に買いに行ったの？」わたしは手元にある録音機を見下ろす。

「河崎さん、一緒に、行きました」

どうやらドルジは、わたしがバイトに出かけた後で、河崎に連絡を取ったらしい。理由は分からないが、雑談や日本語についての話をしているうちに、小型レコーダーを買いに行くことになったのだと言う。

いつの間に、とわたしは舌打ちをする。あの男はどういうつもりなのだ。わたしの周りから姿を消さず、ちらちらとちょっかいを出してくるのは、もしかすると高度な嫌がらせなのか。

「この間は、河崎君に助けられた」麗子さんが言った。

「ああ、あの客ですね」麗子さんが殴った客ですね、とまでは言わないでおいた。

「河崎君が宥めて、連れて行ってくれたから、彼女は怒らなかったんだよね」

どうやら、麗子さんも殴ったはいいものの、その後までは考えていなかったらしい。

「でも、琴美ちゃん、聞いた？　あの客がどうしてダックスフントを気に入らなかったのか」

「いえ。河崎から聞いたんですか？」

「そう。あの客はね、シェパードとかドーベルマンばっかり飼っているらしい」

「軍用犬ですか？」

「そういう人に、ダックスフントはイメージが違うって言われてもねえ」麗子さんは肩をすくめた。「耳が垂れちゃっているのが気に食わなかったらしい」

「そ、そんなの買う前に分かるじゃないですか」

「だよね」麗子さんが首を振った。「いつか、彼女がドーベルマンを連れて、仕返しに来るのを楽しみにしている」とも言った。

ドルジはその間もずっと、真剣な表情で、録音機を操作していた。彼はわたしよりも、数段器用で、しかも、覚えが早い。「勉強、これで、できます、ね」

「勉強？　ああ、なるほど」わたしはすぐにその意味が分かった。自分の発音や相手の言葉を録音し、話しては聞く、を繰り返すのは効果的な練習方法かもしれない。「いいかもね」

「いいかもね、です」ドルジの笑みは、柔らかい。満員電車の中で、互いの角をぶつけ合いながら生きているわたしたちとは別世界にいる。もともとは、商人すらいなくて、大半が自給自足で暮らしていたというブータンには、そういう緩やかな生活があるのだろう。

「でも、これってどうやって使うんだろ」わたしはレコーダーを受け取って、触ってみた。目の前に持ち上げて、ひっくり返したり、ボタンを触ったりする。「何時間くらい録音できるのかな」

「五時間、ラクショーです」

「楽勝、ねえ」麗子さんが無表情に、言った。

「どうせ、河崎が教えた言葉ですよ」とわたしは眉根を寄せる。

「そうだ、河崎さんと、病院、行きました」

「え！」わたしは大声を上げてしまう。「病院ってどこか悪いの？」

「違います。河崎さんです」

「ああ」とたんにトーンが落ちるのは仕方あるまい。「あの男、そう言えば健康診断に行ってたっけ。でも、どうして、ドルジも一緒に行ったの？」

ええと、とドルジは日本語を探すために首をひねりはじめる。観念したかのように、苦い表情を浮かべると、「(興味があったから)」と英語に戻した。「(病院に行ったこともなかったし。河崎さんも、一緒に来るかい、って言ってくれたし。だから、待合室で座っていた。あんなに混んでるとは思わなかったけど)」

「(健康な人だって、あんなに混んでるところに行ったら、病気になるよ)」わたしが冗談めかすと、彼は「ホントです」としみじみとうなずいた。

それからドルジが、「実は」と言い出した。「悪戯しました」

「悪戯？」

「河崎さんの袋、へ、これ入れました」とわたしの持っているレコーダーを指差した。「ボタン、押して」

「これを？」

「ヌスミキキです」

わたしは再度、しげしげと機械を見つめた。ようするに、ドルジはこれを河崎の持っていた袋に忍び込ませて、こっそり録音をした、ということなのだろう。

どうしてそんなことをしたのか、と訊くとドルジは悪びれた風もなく、「(興味があったから)」と答えた。

ブータンからやってきた青年は、身体の中にはちきれんばかりの好奇心を抱えているのだ、とあらためて実感する。ぼんやりとした羊飼いは時に突飛な行動で、周囲を驚かす。「だって、牧場の外の世界を知りたかったから」と語り、さらに驚かせる。そういうことなんだろう。

「悪戯は良くないけど、でも、あの男ならいいか」とわたしはぶつぶつと言いながら、レコーダーの再生ボタンを探し当て、押した。「聞いちゃえ」

こっそり録音した内容を聞くことには、自分でも意外なくらい罪悪感を感じていなかった。たぶん、わたし自身にもたっぷりと好奇心があったからだろう。

わたしと麗子さん、ドルジのちょうど真ん中にレコーダーを構える。

三人が顔を右に傾けて、耳を澄ました。

偶然だろうが、それまで喚いたり、甘えたりしていた犬や猫も鳴くのをやめた。インコが籠を移動する、かつんかつん、という音が響くだけだ。

動物たちを含めた店内の全員が、河崎の診断結果に興味を持っているかのようで、可笑しかった。

期待していたよりも、うまく録音されてはいなかったが、聞こえないほどではない。袋に入っていたためだろう、くぐもったような声が聞こえてくる。ところどころ、かすれる。

河崎の透明感のある声と、それに答える男の声、おそらくは医者のものだろう、それがぽつりぽつりと再生される。

「シーディーフォーの」と医師が言う。その後がよく聞き取れない。

わたしは顔をしかめる。暗号はやめてってば。

「ウィルス」という単語も飛び込んできた。後は、数値が告げられている。インフルエンザ？と予想をしてみるが、たぶん外れているだろうなとは思った。

河崎の声がする。確認をしているのだろうか。内容はわからない。

「少し前と違って、今はまったく状況が違います」医師の声が高くなる。励ますような喋り方だ。何か嫌だな、と感じた。励ますということは、励まされる人がいるわけで、この場合は、河崎がそれにあたるに違いない。けれど、わたしの認識では、河崎は誰かに励まされるような人間ではなかった。非難されることはあっても、励まされてはならない。頑張れ河崎、とわたしはレコーダーに向かって、声には出さなかったが、エールを送っていた。負けるな。励まされるなよ、と励ましていた。

「俺は平気です」

河崎の声がその時だけはっきりと聞こえた。そして、すぐ後に、物がぶつかるような雑音がして、音声がなくなった。鞄が動かされて、レコーダーの位置が変わってしまったのだろうか。

しばらくわたしたちも体勢を崩さず、聞いていたけれど、フレンチブルドッグが吠えたあたりで、やめた。停止ボタンを押す。

ドルジが、息を吐き出し、肩を動かした。知らず知らず、力が入っていたのかもしれない。わたしも両肩を怒らせていたことに気づく。

「よく聞こえません」ドルジが眉を下げた。「でした」

「(隠して録音したから仕方がないよ)」わたしはレコーダーをドルジに戻す。「(でも、よく、袋から回収できたね)」

「(河崎さんがトイレに行った時にね、取った)」

「でも、あんまり大した情報は得られなかったね」わたしは伸びをして、大袈裟に残念がった。「ひどい病気だと分かったら、それをネタに攻撃できたんだけど」

「攻撃?」と不安そうな顔をしたドルジは、爆撃や殴打などの物理的な攻撃を思い浮かべたのかもしれない。

腕を上げたまま、麗子さんと目が合った。いつも通りの無表情ではあったけれど、右手を顎にあて、小首をかしげている。「麗子さん、どうかしました?」

「いや」と彼女は、わたしの質問をはねのけたがっているように見えた。

ドルジがそこで、肩を叩いてきた。「僕、時間です。行きます」

時計を見て、わたしもうなずく。

「(じゃあね)」ドルジはレコーダーを振って、そうして背中を向け、出て行った。閉まるドアが壁を揺らした。その振動が他の雑音を吸収したかのように、店内に静寂が広がった。

麗子さんは何事かを思案しているようだった。もちろん、表情では分からないけれど、わたしにはそう思えた。

「どうかしたんですか？」

「重大なことではないかもしれないけど」麗子さんはそう断ってから、「河崎君は、ＨＩＶに感染しているのかもしれない」

ためらいや気遣い、同情や嘲《あざけ》りはまったくなく、体温がこもっていない声だったので、わたしはすぐに反応できなかった。

星座占いの結果を、気軽に報告するような雰囲気もある。

「な、何です？」

「ＨＩＶ」

「そ、それって、重大じゃないんですか？」

「そう？」麗子さんはあっけらかんとしている。

「エイズってことですよね」

「それはよくある間違い」麗子さんは喋りながら、床に落ちている猫の毛を拾い上げた。「ＨＩＶウィルスに感染しただけでは、エイズではない。病気じゃない。発症して、免疫力が落ちて、さまざまな合併症に罹った状態がエイズ」

「詳しいですね」わたしの頭の中は、中心で爆竹でも鳴らされた後のように、混乱していた。硝煙で曇ったように、何も考えられない。

「猫エイズってあるでしょ。猫が罹るやつ。その関係で興味を持って、一時期、調べてみたことがあるの。でも、こんなのは一般常識だと思う。みんなが知ってる」

みんな、の中にわたしは入っていなかった、というだけか。「河崎がそうだって、どうして分かるんですか？」

「不謹慎な憶測」麗子さんの真っ白い顔が、残酷なものに見えた。

「さっきの、録音で分かったんですか？」

「CD4と医者が言ってた。それって、人間の免疫細胞みたいなもので、HIVはそれを破壊するの。だから、HIV感染者にとってはその数値が重要なんだ。毎回の検診で、絶対、確認するはず。ウィルス値というのもあるけど」

わたしは先ほどの録音を思い出そうとするが、失敗する。頭が空回りをするようだ。

「最近はあまり騒がれなくなったけれど、でも、HIV感染者は増えてる。医療事故だとかひどいケースもあるけれど、普通のセックスで感染している人もすごく多い」

「河崎はそういうことはしっかりしていると思ってた」わたしは素直に言った。

世界中の女性を口説くような野心を見せていた河崎は、必然的に性行為をする回数も多く、だからこそ、性病や妊娠については必要以上に気を配っているのだと思っていた。いや、彼自身がそう言っていたような気もする。

「性の乱れを正すためにエイズが出現した、と勝手なことを言う人もいるけど、でも、実際には避妊具さえつければHIVは感染しない。つまり、あれは手を抜いた者への戒《いまし》めなんだと思う。避妊具だけで防げるんだから。でも、それなのに、感染者は増えている。この国では最近、特に増えてる。なぜか分かる？　危機意識が薄いからなんだよ。自分は平気だと思い込んでいるわけ。この国はね、自分だけは平気だと思い込んでいる馬鹿で溢れてるんだよ。甘えだね。甘えの国だよ。きっと、河崎君にも甘えがあった」

「でも」わたしは信じたくなかったわけではなく、状況を把握できなかった。「本当にそうなんですか？」

「わたしも分からない。勝手に思っただけ」と麗子さんは真面目な顔のまま、肩をすくめた。

「不謹慎な憶測」

最近の河崎の発言がおかしかったことを思い出した。いかにも、自分が死病に罹ったようなことを口にしていた。

「でも、さっきの医者も言ってたけど、昔と違って、ＨＩＶ感染というのは絶望的なものじゃない」見透かしたかのように、麗子さんが言った。

「死なないってことですか？」

「わたしも詳しくは知らないけど、薬とかもあるから、健康管理に気をつければ、エイズにならないように暮らせる可能性はあるはず。極端に言えば、慢性的な病気や体質だと割り切ることもできるかもしれない。花粉症とか、高血圧とか」

「そ、そうなんですか」ほっとした、と言うよりも、意外だった。

「ただ」麗子さんが言う。「ただ、河崎君のことは、心配だけど」

彼女の真意が分からない。黙ったまま、言葉を待った。

「河崎君は外見も完璧だし、そのぶん、プライドも高いかもしれない。ＨＩＶに感染しても、普通の人は絶望する必要はないけれど、彼は絶望を感じるかもしれない。彼には使命感もあるわけでしょ。あらゆる女性と交際をする、偉大な野望が」

「そ、そうですね」

「事故で足を失っても、人生はなくならない。でも、サッカー選手にとっては、死に値するのかもしれない」麗子さんのその説明は、的を射ているように思えた。

「生甲斐を失った男は、きっと弱いでしょうしね」わたしは知った風な口ぶりで言ってみた。

自分がどの程度、河崎のことを心配しているのか測りかねていた。同情は感じたし、ショックは受けたが、泣き騒ぐほどではなかった。現実味がないせいだろうか、どこか観客の気分だ。

「ああ」と思いつくことがあった。

「どうしたの？」

「実は最近、河崎と会うことが多かったんです。偶然かな、と思ってたんですけど、もしかすると、誰に会っていいか分からなくて、わたしを選んだのかもしれないですね」

「死ぬ前に会いたかったのは、琴美ちゃんだったってこと？」

「いえ」言うべきことかどうかは分からなかったけれど、わたしは麗子さんに話す。「わたし、河崎とセックスする前に別れたんですよ」

「あらそう」と言う麗子さんは、関心があるようにも、ないようにも見えた。

「別に、性的なことに臆病だったとか、精神的な結びつきを重んじたかったというわけでもないんですけど」

「あらそう」

「ただ単に、タイミングが合わなかっただけで。そういうのってあるじゃないですか」

「なるほど」

「だから河崎は、わたしと気楽に会えたのかもしれないですね。そんな気がします」

そう言ってから、はっとした。彼がもっとも怯えているのは、自分の病状や寿命などではなくて、「他の女に感染させてしまったかもしれない」という恐怖ではないだろうか。

麗子さんも同じことを考えているのだろうか。「なるほど」と先ほどとはじゃっかんトーンを変えて言った。「やっぱり河崎君が心配だ。得意分野での失敗はショックが大きい」

「大丈夫ですよ」わたしは根拠も無く言い返した。河崎が負けるものか、という思いはあった。

ペット殺しのことを忘れかけたかと思ったら、今度は河崎の感染の話だ。一難去ってまた一難。虎口を逃れて、竜穴に入る。悩みは尽きない。

別れた男の悩みにしんみり同情してあげるほど、わたしも余裕があるわけではない。ただ、やはり気分はよくなかった。

◇現在　9◇

もし仮に、僕に日記を書く習慣があったら、欄に書ききれないくらいにさまざまな出来事が起きた場合、どうしていただろう、と思った。たとえば、今日みたいに。

猫がくじを持ってやってきた。

鍵をかけていたはずの部屋から、教科書がごっそりと消えていた。

書店に行ったら、妊娠と出産の問題に思い屈する少女に会った。

これだけでも盛りだくさんであるのに、おまけに夜の部もあったのだ。眠った後に、だ。

唐突に鳴った電話が僕を起こした。枕元の目覚し時計を見ると、夜の十時。「どうしてこんな時間に」と電話の主を叱るには早い時刻だったし、むしろ、「どうしてこんな時間に」とすでに就寝していることを相手に怒られても仕方がない時刻かもしれない。

受話器を上げる。寝惚けていたせいだろう、これが誰か若い女性からの間違い電話で、そこから恋愛がはじまったりしないかな、と馬鹿馬鹿しい期待がよぎった。求む、劇的な展開。頭に、そんな願いが映し出される。

残念なことに、受話器の向こうから僕の名前を呼んだのは、聞き慣れた母の声だった。

「元気？」

「驚くほどに」僕は無愛想に答える。この電話がなければもっと元気です、と皮肉を思いつくが、言わなかった。

「大学はどうよ」

「どうよってどうよ」優雅な一人暮らしの生活に、母親の心配は無用に思えた。構わないでほしい、と思ったけれど、仕送りをしてもらっている身としては、偉そうな態度も取れない。

「あ、そう。それはそれは。で、おまえさ」というあらたまった声を耳にし、目が覚める。

母がこういう口を利く時は、重要な用件の場合である。しかも楽しくない用件だ。これから母が言い出すであろう台詞のうちで最低の話を、大急ぎで想定してみた。

おまえ、書店を襲ったんだって？　これはショックだけれど、可能性は低い。

おまえ、仕送りの額を減らしてもいいかい？　これは充分ありえるし、僕だって受け入れる用意はある。

おまえ、大学を辞めてこっちに戻ってきなよ。これは嫌だな。ありそうだし。

と思った矢先、「おまえさ、大学、辞める気ある？」と実際に母が言った。

「的中？」驚きのあまり、言ってしまう。「で、でもさ」とどもる。「大学って、まだ、通いはじめたばかりなんだけど」まともな講義ひとつ受けていない。

「実はさ」母がそう言うのもまた、縁起の悪い話の時だ。「父さん、入院することになったんだよ」

「え、入院？」訊き返す僕に、母はいたって冷静だった。「前から調子が悪かったんだけどさ」と答え、検査結果があまり良くなかったんだよね、と言った。

「鼠を退治しようと屋根裏に乗り込んだら、虎がいたようなもんだよ」母は可笑しくもなさそうだった。

ようするに、胃炎の検査をしていたら、ろくでもない病気まで発見してしまった、ということらしい。

「で?」僕はおそるおそる、洞窟の中を覗きに行くような、訊ね方をした。

「落ち着いたら、一度、戻っておいでよ。見舞いがてら」

それはやぶさかではない。「でも、大学を辞めるっていうのは」

「父さんの店、おまえがやればいいと思ってさ」覗きに行った洞窟から、虎が出てきた。

僕の頭には瞬時に、靴屋の店舗が浮かんだ。カーキ色の外観に、赤い看板。「靴のシイナ」と書かれたレタリング。建坪二十坪の店舗。キャンペーン用の縫いぐるみが置かれたウィンドウ。撥水力《はっすいりょく》が違う、と謳《うた》われた合皮靴。サイズの交換を申し出てくる客。エプロンをした恰好で、靴紐を通している僕。

それらがいちどきに、映写機で投影されるかのように、連続的に頭に映し出された。

「僕が、店を?」

「靴屋をやりたい、って言ってたじゃないか」

「それ、小学校の文集だって」あの時の作文のことを引き合いに出すのは、いつものことだ。

「見舞いには行くよ。でも、仮に店をやるにしても、仮にだよ、仮に。それでも、卒業してからでもいいんじゃないかな」

「そのへんはいろいろあるんだよ」

母は、近くの量販店のことや、商店街における〈靴のシイナ〉の位置づけ、得意先との関係など、とにかく、今すぐ僕が店の後継者とならなくては困る理由を、とうとうと述べた。

「だいたい、靴屋をやるのに、法律を勉強しても仕方がないだろ」

「それを言っちゃあ」と僕は顔をしかめる。「おしまいじゃないか」

「入院とかの詳しいことが決まったら、電話をするから」母は一方的に言う。「覚悟を決めとくんだよ」

ちょっとちょっと、と僕は踏ん張りを見せた。寝起きにしてはかなりの奮闘だった。「覚悟と言われても困る」

「入院の手伝いとかは気を遣わなくてもいいからさ。見舞いだけは来るように」

手伝う、という発想がなかった僕は少々、恐縮した。「手伝わなくてもいいんだ？」

「横浜から、祥子《しょうこ》とかも来て、面倒見てくれてるし」

「祥子叔母さんが？」親戚の中でもっとも、と言うよりも唯一、親しみを感じることのできる人だった。母の妹とは思えないくらいに、綺麗な顔立ちをしていたし、品がある。母と祥子叔母さんは、たぶん、遺伝子の分配の仕方を誤ってしまったのだ。

「そう。だから、そっちのほうは気にしないでいいから、おまえは見舞いのことと靴屋のことだけ考えてな」

だけ、と言われても、と僕は苦笑する。靴屋の主人になった自分を想像してみるが、イメージが湧かない。

どうせなら喫茶店のほうが洒落ているのに、と思った。たぶん、祥子叔母さんが喫茶店を経営しているからだろう。響野《きょうの》という少々変わった旦那さんと、夫婦でやっている。

「じゃあ。ちゃんと寝るんだよ」母はそう言い、「バイバイキーン」と五十歳の女性が口に出したら罰則でも受けそうな、子供じみた挨拶をしてから、電話を切った。

いや、こういう劇的な展開を求めたわけではないんだけれど、と僕は肩を落とす。

一度目が覚めると、今度はなかなか寝付けない。しかも、あんな電話の後だから、よけいだ。「息子よ、さっきのは嘘だった」と豪快な笑い声とともに、母が電話をかけなおしてこないものか、と待ってもみたが、電話の鳴る気配は微塵もなかった。

電話機の前で、僕はいつの間にか正座をしていた。時間が経つにつれて、溶ける雪ダルマのように姿勢が崩れ、頬杖をつく。静かだった。深夜というほどではないのに、物音も人の声も聞こえてこなかった。キッチンのほうで、冷蔵庫が唸るような音を出したり、テレビの載った台がみしっと軋む音を立てたりする以外は、しんとしていた。

カーテンを閉め切っているため、外も見えない。

そこに、玄関のドアが開閉する音が響いた。とてもよく聞こえた。僕の部屋ではない。隣から聞こえた。河崎の部屋だ。そうか河崎はこんな時間に活動をはじめたりするのだな、とはじめのうちはのんびりと思っただけだった。

ところがそのうちに、むくりむくりと疑問が頭をもたげはじめる。こんな夜に、河崎はどこに行くのだろう、とふいに思ったのだ。

彼はいったい何者であるのか、いまだに分からなかった。仕事は何であるのか、学生であるのか。日本語教師というのは本業なのか。ブータン人との関係はどうなのか。

気づくと立ち上がり、玄関に向かっていた。ドアの魚眼レンズから外を覗く。誰もいない。靴に足を突っ込むと、ゆっくりドアを開けて、外に出た。

部屋の外の通路は、歩くたびにスニーカーの靴底とこすれて、子猫の威嚇《いかく》の鳴き声に似た、きゅっきゅっという音を出した。

歩道に出る。

跡をつけようと決心するのが、少々、遅すぎたかもしれない。河崎の姿はすでにない。

右、左、右、と見渡す。街灯の薄明かりではあったけれど、人の姿があれば分かるはずだ。電柱脇に人が座り込んでいるように見え、どきりとするが、目を凝らすと、それは捨てられたゴミ袋だった。右方向へと進んでみる。どうせ歩くのであれば、坂の下り方向のほうが好ましいと判断したのだ。恥ずかしいことに、下った道は帰りに上らなくてはいけない、という大切なことを失念していた。

道の脇にある土溝に踏み外さないように注意を払いながら、小走りに進んでみた。方向を誤った蛾が、顔めがけて飛んできたので、手で避ける。

幸いなことに曲がり角はなく、一本道だった。脇に立つ民家の窓から、橙色《だいだいいろ》の明かりが零れている。風呂場なのかもしれない。湯を床に叩きつけるような、荒っぽい音がした。入浴剤の香りが湯気とともに流れてきて、それを嗅いだとたん僕の身体は弛緩して、その場で眠ってしまいそうだった。振り払うように、駆け足で進む。

予想よりも早く、河崎の姿は見つかった。道路沿いの駐車場に向かっている。月極めの駐車場だ。僕は工事用の立て看板の後ろに姿を隠した。腰をかがめる。

彼は、向かって一番左端の車にまっすぐに歩いていく。黒のセダンだ。月が出ているとはいえ、爪のかけらのような形で、わずかしか光っていないので、全体的に町は薄暗い。隣の庭の灯籠が頼り、というところもある。だから、本当に黒色なのかどうかははっきりとしないけれど、でも、あれが昨夜、僕を乗せてくれた車だということは分かった。車高が低くて、何より、あのボロさは他にない。

河崎は運転席に回ると、素早く乗車して、エンジンをかけるとすぐに発進させた。僕は看板の陰から立ち上がり、それをぼうっと見送った。「その車、友達から借りたんじゃなかったんだっけ？」誰もいない場所で、そう呟いてみる。返事が返ってくるわけでもない。アパートへ引き返した。

三時間ほど経って、河崎は戻ってきた。戻ってきた音がしたのだ。歩道からアパートに近づいてくる硬い音で、そう分かった。

僕は爪先立ちで、玄関に向かった。スローモーションの喜劇を演じるかのように、ゆっくりとした動作で、だ。呼吸を止めて、物音が出ないように神経を遣った。

靴の響きは、間違いなく河崎のものだ。

その場でドアを勢い良く開けて、彼に挨拶をし、「どこに行ってたの？」と質問をぶつけることはできた。

ただ、生来、慎重である僕としては、何せ靴のサイズが明記されているにもかかわらず物差しを当てて測るほどの慎重派だ、とにかくまずは魚眼レンズを覗くことにした。

レンズ越しに河崎が見えた。階段から近寄ってくる。

河崎の顔に疲労感が漂っているように見えたのは、魚眼レンズのせいなのか、それともアパートの暗さのせいなのか、それとも僕の頭の半分ほどを占める眠気のせいなのか。

手にはコンビニエンスストアの袋を持っている。買い物でもしてきたのだろうか。

河崎が顔をこちらに向けた。僕たちの間にはドアが介在しているのに、そのことを一瞬忘れ、慌てて顔をそむけた。鋭い目つきでレンズの向こう側から、僕を睨んでいるようにも感じられたのだ。

河崎が部屋へ入っていくのを、呼吸を止め、じっと眺めていた。

しばらくその場でじっとしていたけれど、息を静かに吐き出すと、布団を敷いてある部屋へ戻った。もしかすると、と僕は想像をしてみた。もしかすると河崎は、夜な夜なあちこちの書店へ出向き、本を奪い取ってきているのではないだろうか。

毎回、僕が誘われるとは限らないし、一人で行動している可能性はある。

車の跡をつけてみるべきだろうか、と悩むが、とにかく今日のところは眠ることにする。

日記をつける習慣がなくて本当に良かった、とつくづく思う。

◇ 二年前　9 ◇

もし仮に、わたしが河崎の恋人のままであったら、はじめて見る彼の動揺ぶりをどう感じていただろう、と思った。たとえば、幻滅のあまり別れることを言い出しただろうか、とか。河崎と会った。べつだん、会おうと連絡を取ったわけではない。ペットショップの仕事が終わった後で、バッティングセンターに行ったら、ちょうど河崎が打席から出てくるところだったのだ。

夕方の五時過ぎではあるが、周囲はさほど暗くはない。

そこに行けば河崎に会えるかもしれない、という予感があったのかどうか、自分でも分からなかった。ただ、何となくバスに乗っていて、気づくとバッティングセンターにやってきていた。風に揺られて、柳の枝が気だるそうに、けれど、意味ありげに動いている。しとやかな雰囲気というよりは、他人の言動をいちいちやじったり、からかったりするような揺れ方だ。

打席から出てきたばかりの彼は、わたしを見つけると、「ああ」と明るく手を上げた。けれどそこで、自分が金属バットを持ったまま出てきてしまったことに気がついて、狼狽《ろうばい》を見せた。おろおろと再び打席に戻り、バットを置いてきた。

わたしの前に立つと、「バット持ったままだった」と照れた笑いを見せた。少し汗で湿った細い前髪が、額にくっついている。二重瞼の目は物憂げではあるが、暗くはない。紺の無地のトレーナーにジーンズという軽装であるにもかかわらず、上品に見える。いつだったか彼は自分の実家のことを、北陸の裕福な家、と皮肉っぽく口にしたことがあった。子供の頃から剣道だか弓道だかをやらされていた、というからたぶん彼のたたずまいの美しさはそのあたりが影響しているのだろう。

「何を、浮き足立っているわけ？」わたしは攻撃的な言い方をした。

わたしたちの横を通って、ネットの中に入っていく小学生がいた。自前のバットを抱えている。河崎はその子を目で追っていたが、すぐにわたしに視線を戻し、「例の悪戯電話の一件はどうなった？　大丈夫か？」と真っ先にそう言った。

よけいに苛立つ。「わたしの心配をしている場合じゃないでしょ」

河崎の顔が曇った。透き通ったガラス細工に罅が入るのを見たかのような、切ない気分になった。「どういう意味だ？」

「ドルジと病院に行ったでしょ」

「彼はこの国の病院に興味があるみたいだったからなあ」

「あんた、面倒なウィルスにやられてるんでしょ？」

「え？」彼の、女性のような肌から、血の気が引くのが見て取れる。「何？」

先ほどの小学生が入ったネットから、快音が鳴った。音からでも、会心の一打だと分かる。

「どうして」と河崎は言った。その声がとても無防備で、しかも、語尾のあたりがかすかに震えている様子もあったので、わたしは悲しくなる。

男性的魅力や、人間性はともかくとして、わたしは河崎にはいかなる時も恬淡《てんたん》としていてほしかった、ようだ。負けちゃいけないんだって。

たかだかＨＩＶに感染したからといって、今にも死んでいなくなってしまうような、弱気は見せてほしくなかった。

「やっぱりそうなんだ」

「何がだよ」

「勘で言ったんだけど」わたしは、小型レコーダーのことを説明するつもりはなかったので、とぼけて言った。「女の人と無闇に寝てばっかりだから、そういうことになる」わたしはなるべく、言葉に湿り気が含まれないように気を遣う。「馬鹿じゃないの」

河崎はじっと動きを止めて、こちらを見つめた。白を切るべきか、認めてしまうべきか、決めかねている様子だった。いつもの彼は、自分の判断に迷うことはなく、因循《いんじゅん》な態度を取ることも少ないのに、さすがに困り入っているのかもしれない。

ただ、逡巡していたのは、十秒くらいのものだった。「まいったよ」と笑みを浮かべて、手を広げた。「本当にまいってるんだ」

「ＨＩＶ？」

「今、一番嫌いなアルファベットがその三つだ」彼は明朗に答えようとしている。痛々しいほどではない。

「どうするわけ？」

また打球の音が響いた。ジャストミートだ。つづけてすぐに素振りをしたのか、スウィングの音も聞こえてきた。鋭く風を切る心地良い音は、小学生のものとは思えないほど、迫力がある。

河崎も気になるのか、首を曲げてネットのほうに一瞥をくれた。

「どうするわけ？」

河崎がこちらに顔を戻した。「終わりだよ」

「終わりって何が？　だいたい、ＨＩＶに感染したところで、死ぬわけじゃないんでしょ？　いろいろ制約はあるかもしれないけど、普通に生きられるわけでしょ？」

「琴美はよく知ってる」

「常識でしょ、常識」麗子さんからの受け売りだ、ということは内緒だ。

「そうだな、今すぐに死ぬわけじゃない」けれど、河崎の言葉には気持ちがこもっていない。

「身に覚えはあるわけ？」

「どっちの？　うつされた？　それとも、うつした？」

生々しい話になりそうで、わたしは顔をしかめてしまう。喋っているそばから唾液でまみれていくような、不快感が漂ってきた。「どっちも」

「俺にうつした相手は、分かる」

「避妊具をつけてなかったわけ？」

「騙されたんだ」河崎はおどけて言った。何を、どのように騙されたのかは分からなかったけれど、とにかくミスがあったのだろう。「運が悪い。よりによって、その子から連絡があったんだ。自分が陽性だったから、あなたも調べてみたら。そんな具合だったよ。あっけらかんとしていたな、彼女は」

「きっと、実感がないんだ」甘い、と怒った麗子さんの声が思い出される。

「たぶんね」河崎は首を揺らす。彼の背後で、また長打性の当たりが生まれた。こーん。本当に、気持ちのいい音だった。河崎は、後ろを振り返り、少年のほうを見た。

「上手だね」わたしが言う。

「本当だ。俺とはぜんぜん違う」

また、こーん、と聞こえた。

「あのボールにつかまって、一緒に飛ばされたい」わたしは思ったままのことを言った。

「お互いな」河崎がしみじみと同意をしてくれた。「俺も琴美も面倒なことばっかりで」

しばらく無言の間があって、それから、「うつしたほうは、正直、お手上げだ。誰に告げるべきかも分からない」と河崎が手を広げた。「ある程度は連絡できるけれど、それもしていない」

彼の顔には、怯えた影がありありと浮かんでいる。誤って、人を轢いた者のようだった。「俺は、被害者であり、加害者だよ」それから彼は唇をゆがめ、「推理小説にそういうのがありそうだよな。わたしは犯人であり、被害者であり、同時に探偵でもある、とかさ」

「馬鹿じゃないの。で、どうするの？」三度目の質問をした。

「そんなことよりも、おまえは大丈夫なのか？　悪戯電話は」河崎は、話題を替えたいのだろうか。

「心配してくれてるの？」

「琴美が、俺の身体を心配する程度には」

「なら、大したことないじゃない」わたしはにこりともせずに、下唇を突き出した。

「自分のことは、自分で心配するしかないよな」河崎が言う。

「わたしにはドルジがいるけど」

「そうだよな」河崎が微笑む。「いいなあ」と子供が羨むような声を出した。

その口調に弱々しさを感じて、わたしは思わず、「何か、弱気で、男らしくない」と文句を言った。

「それは差別的じゃないのか？　男らしいとか、女らしいとか、そういう言い方を嫌がる人も多いぜ。男も女も同じ人間だ」

「じゃあ、言い方を換えるってば」とわたしは首を振って、「男らしくない、じゃなくて、人間らしくない」と言ってやる。

「怪物みたいな言われ方だなあ」河崎の表情に、ほんのわずかだが明るさが戻る。

「ポジティブに考えたほうがいいって」わたしは偉そうに、助言などをしてみた。

「琴美なら、死ぬ瞬間にも前向きなことを考えそうだな」

　わたしは人差し指を立てる。「楽しく生きるには二つのことだけ守ればいいんだから。車のクラクションを鳴らさないことと、細かいことを気にしないこと。それだけ」これは日頃から、ドルジにも言っていることだった。

　ブータンでは車がとにかくクラクションを鳴らすらしいのだ。運転も乱暴だし、騒々しい、とドルジから聞いた。クラクションのあの音は、人間が発明したものの中でもっとも不要なもののひとつだと、わたしは確信している。

　バッターボックスに向かう前に、「これからどうするわけ？」とさらに同じ質問をぶつけてみた。わたしとしては、彼の人生における長期的な方針について知りたかったのだけれど、彼は直近の未来にしか目が向いていないのか、「今日はこれから、デートだよ」と自嘲気味に言った。

「嘘でしょ？」

「仕方がないだろ」と彼が答えるので、どうやら冗談ではないらしい。女性からＨＩＶをうつされて悩んでいる男が、さらにデートに勤《いそ》しむという状況がわたしには理解できなかった。

「そう言えば、前から教えてほしかったんだ」河崎が言った。「琴美はどうして、俺と別れようと思ったんだ？」

「わたしは、人を見る目があるの」

「素晴らしい」

「悩んでいる暇があったら、さっさと終わらせてしまいたいっていう性格なの」

そうかあ、と彼は言うと納得したようだった。それからふと、一番端のバッターボックスを指差した。「それにしても、あの少年、上手いな」

「十年もしたら、プロ選手になってたりして」

「それは楽しみだな」と答えた河崎が、本当に十年以上先の自分を想定できているのかどうか、わたしには読み取ることができなかった。

複雑な気分になりながら、バットをつかみ、硬貨を機械に投入する。車に乗せていこうか、と声をかけてくる河崎を無視した。負けるな。声には出さず、わたしは胸の内だけで言った。自分自身への言葉でもあった。

彼の恋人のままだったらすごく面倒だったろうな、とつくづく思う。

◇　現在　10　◇

山田はまだしも、車の話題となれば一瀉千里《いっしゃせんり》に喋っていた佐藤も車を所有していないと知り、裏切られた気分になった。さも毎日ドライブを楽しんでいるかのような、そんな饒舌《じょうぜつ》さだったくせに。

僕たちは大学構内にある喫茶店で、昼食を食べていた。三人で、面白い話題をつまらなさそうに、つまらない話を面白そうに、喋っている。

「車、何に使うの？」と持ってもいないくせに佐藤は詮索をしてきた。

「いや、行きたい場所があるから、乗せてほしかったんだけど」隣人の跡を追うのだ、とは言わない。

「ははん、こないだの美人やな？」山田が顔を近づけてくる。安っぽい長いテーブルの上の醤油を手に取って、自分の皿にかけている。

コロッケにはソースではないか、と気になりながらも、「そういうわけでは」と僕は曖昧な返事をした。

すると、その曖昧な返事がよけいに彼らを煽ったようだ。「いいよなあ、やっぱり学生生活には彼女がいないとな」と佐藤が首を振った。

「違うよ」

「何だよ、学生に恋人は不要なのかよ」

「そういう意味じゃなくてさ」

学生、という言葉を聞いたせいか、僕は一昨日の晩にかかってきた母からの電話を思い出した。

「おまえさ、大学、辞める気ある？」というあの台詞は、驚くほど軽かった。気を抜いていたら「喜んで」と安請け合いをしてしまいそうなくらいの、軽さだった。

自分の気持ちを明かせば、僕は靴屋が嫌いなわけじゃない。派手な職業でもないし、利幅の少なさそうな商売は、それで生活できるかどうかを別にすれば、性格に合っているようにも思う。

靴というのは生活には必要な品物だし、煙草や刃物に比べれば危険が伴わない気がするし、お客さんの足に靴がフィットしたら嬉しいだろうし、「自分の売った靴を履いて、それで誰かが一日を生きているんだな」と勝手に想像して幸福感を得ることも、僕にはできる気がする。

だから、店を継ぐことに対する強烈な抵抗感はないのだけれど、それにしても、急だ。

いずれ靴屋をやるにしても、学生生活を楽しむくらいの猶予はあってもいいんじゃないだろうか。心構えというものもある。

「でもさ、車でデートするにしても、椎名だって免許持ってないんだろ？」佐藤はまだその話題を口にする。

「そうやな、タクシー使いぃや、タクシーでデートやって」と山田がからかってくる。

背後で、女性たちの高い声がした。引き摺られるように、僕たち三人は視線をそちらへ向けた。垢抜けない恰好をした女性が四人で、ソフトクリームを舐めているのを確認してから、また、顔を戻した。

「ちょっとさ、用事を思い出したから、先に行くよ」僕は席を立とうとする。

「次の講義、どうするんだ？」

席を立つと、店を後にした。僕が出て行った後、彼らはきっと、「絶対あの女とデートだぜ」などと、やっかみのつづきをやるのだろう。


地図なしで、書かれた住所をもとに場所を探し当てる、という作業を、生まれてはじめてやった。

幸いなことに、仙台の街中では電信柱などに住所の表示が書かれている場所が多く、「ここが一丁目であるのならば二丁目はもっと西だろう」とか「さっきの曲がり角が三番地でその隣が十番地であるからには五番地はこの奥だろうか」とか、目的のエリアを推測によって絞っていくことができた。

南北に走るアーケード通りを北へ向かい、途中で右の小道に入る。三時近くになっていた。学校帰りの時間ではないのか、制服姿の子たちはあまり見かけない。忙しない営業社員か、やかましい主婦たちが多かった。

十メートルほど小道を行くと、階段があった。段を上がると、そのあたり一帯が煉瓦敷きの、ちょっとした広場になっているのが分かる。中央には噴水が置かれている。その広場を囲むように、若者向けの店が数軒並んでいて、そのうちのひとつが麗子さんの名刺にあるペットショップだった。

さほど混んでいるようには見えなかったので、僕はドアを押して、店内に入った。

「いらっしゃいませ」とすぐに声が飛んできた。

見知らぬ若い女性店員だった。黒い長髪を、肩甲骨の下あたりまで垂らしている。太い眉が目立ち、他人の些細な失敗も見逃さないような、気の強さを感じさせる。頬の後ろに小判を二枚貼り付けたかのような、大きな耳があった。頬骨にはひときわ濃い化粧がされていて、どうやらそれは、顔を細く見せるための技巧なのだ、と分かる。

「あの」と僕は自分が客ではないことを早く打ち明けなくてはいけない、と焦った。「れ、麗子さんは」

そのとたん、店員の笑みがひとまわり萎んだ。後ろを向いて、「麗子さん」と呼ぶ。

ぬっと姿を現わした麗子さんは、白い壁から浮かび上がってきたかのようで、相変わらず僕を驚かせた。彼女の正体は吸血鬼だ、と誰かに教えられたら、僕は案外、「でしょうね」と素直に受け入れられるかもしれない。それくらいに、幻惑的な色白、だ。

「ああ」麗子さんは声を上げた。「この間の」と近づいてくる。腕には、小さなペルシャ猫が抱かれている。ぴんと張ったひげは偉そうで、僕を見下すような目をしている。白々しく欠伸《あくび》までしてきた。

「これ、可愛いですね」生意気そうですね、という言葉を置き換える。

「わざわざそれを言いに来たの？」彼女は不機嫌そうにも見えるが、気にしないことにした。

「河崎のことを訊きたくてきました」

ぎゃっ、と声がした。

はじめは、いずれかのケージに入っている犬か猫が叫んだのかと思ったけれど、実際は、長髪の店員の上げた悲鳴だった。

「え？」僕は青い顔をしている彼女をまじまじと見てしまう。何かまずいことでも言ったのだろうか、と不安になる。

彼女の目は、まるで僕が口にしてはいけない呪いを叫んだかのような、非難の色を含んでいた。麗子さんが、僕の肩を叩いた。「気にしないで。彼女は、河崎君と交際をしていたことがあったから、驚いただけ」

「はあ」交際していた男の苗字を耳にしただけで、あんなに驚かれても困るのだけれど。

「交際ってほどじゃないですよ」店員は顔を赤らめる。

「外で話そう」麗子さんが言った。後ろを振り向いて、「ちょっとお店の番をお願い。すぐ戻るから」と声を発した。

ペルシャ猫を、彼は爪を立てていたので、引き剝がすようにして、ケージにしまった。

麗子さんは僕を押し出すように、店の外に出た。ドアの開閉に合わせて、鈴が鳴る。

店を出ると、噴水前の段に腰をかけることにした。春の陽射しが背中を撫でてくれる。

真っ白な美人の隣に座るのは緊張した。僕が女性と話すことに熟練していないせいもあったが、それ以上に、首筋に嚙みつかれ血を抜き取られてしまうのではないか、という下らない心配をしていたのだ。僕は襟のないシャツを着ていて、しかも首は長いほうだったから、よけいに気になった。「彼女はね」と麗子さんが息を吐いた時には、「やられる」と反射的に恐怖を感じ、首に手をやってしまったほどだ。

はっとして麗子さんの顔を見たが、彼女は慣れた様子で、「安心して、血を吸ったりしないから」と答えてくれる。よく誤解されるらしい。

「さっきの店員さんには、悪いことをしちゃいましたね」河崎の名前を出しただけで、あれほど驚くとは思わなかったのだ。

「彼女はね、最初、客だったの」

馴染みの客だったんですか、と訊ねた。

「嫌な客だった」麗子さんは淡々と言った。

「そうなんですか」

「ダックスフントを買って、耳が垂れているから嫌だ、って怒るような客だったわけ」

「それは、嫌な客ですね」

「で、怒ったわたしは彼女を殴ったの」

「え！」と僕はひどく驚いた。殴った、というのは穏やかではない。しかも、店の主人が客を殴る、という状況が思い描けなかった。ペットショップの経営については詳しくないけれど、客を殴らない、というのは客商売の基本中の基本だろう。

「腹が立ったからね」

「本当に、殴ったんですか？」

「その時に彼女に優しくしたのが、河崎君だったわけ」

そんなところで河崎の名前が登場してくるとは思わず、僕はびくんと背筋を伸ばした。「それで、彼女は店員になったわけですか？」どういう展開になれば、殴られた客が店員となるのか、想像もできなかった。

「まあいろいろあって」麗子さんは、そのあたりの説明はするつもりがないようだった。「前の店員がいなくなって」と彼女は一瞬、言葉を詰まらせてから、「驚くくらいいろんなことがあって、こうなった」と言った。

「驚くくらいいろんなこと、ですか」

目の前を、まだ歩行訓練中であるかのような子供が、よたよたと通り過ぎた。今にも転ぶ、さあ転ぶぞと、こちらをどぎまぎさせるのだけれど、バランスを取るのが上手いらしく、倒れることはなかった。灌木《かんぼく》を囲む柵につかまって、立ち止まった。よだれ掛けにはこぼしたミルクのあとのようなものもあって、風の向きによっては、あの甘く懐かしい香りが漂ってきそうにも感じた。

後ろから走り寄ってきた母親が、自慢げに頭を撫でている。

「で、河崎君の何を訊きたいわけ？」麗子さんが言ってきた。

僕は即座に言葉を発することができない。「河崎がどういう人なのか、それを知りたいんです。ブータン人と河崎の関係、あなたと河崎の関係、とか」

麗子さんがじっと見つめる。それはまるで、「本当にそのことだけを聞けば、満足なのか」と念を押すようでもあった。

「仁和寺の法師」彼女は急にそんなことを口にした。

「ニンナジノホウシ？」

「仁和寺の法師が、一度でいいから岩清水八幡宮を拝みたいと思って、出かけたわけ。でも、一人でよく分からないから、ふもとの別の神社を拝んで、何だこんなものか、と帰ってきちゃう話」

「徒然草でしたっけ？」

「何事にも案内人が必要だ、っていう教訓だけど、わたしは、知ったふりをせず何でもかんでも人に頼れ、という教えだと信じている」

「それが今の僕と関係ありますか？」

「ない」

「はあ」僕は答えた後で、これはもしかすると、もっと核心を突く質問をしろ、というアドバイスなのかもしれない、と解釈をした。どうせ行くなら岩清水まで行け、どうせ訊ねるなら全部訊け、ということだ。だから、「やっぱり、質問を変えます」と宣言をした。「河崎のことを教えてもらうんじゃなくて、僕の話を聞いてもらってもいいですか？」

「そのほうがいい」

「最近、僕の周りでは思いもしないことがいくつか起きているんですよ。だから、困惑しています」

「河崎君が関係している？」

「しているかもしれないし、していないかもしれない。ただ、驚くくらいいろんなことが僕にも起きているんです」僕は眉を下げる。「遭難してる気分です」

「遭難？　山で？」

「ええ。山で途方に暮れているような感じですよ」

麗子さんは、他人の噂話や失敗談、相談事に興味があるタイプにはまったく見えず、むしろ、そういう世間話のたぐいを軽蔑している雰囲気を持っていたけれど、僕を追い払うことはしなかった。

どうぞ、と言われないかわりに、拒絶もされなかった。だから、僕は話をはじめる。

引っ越してきてからのことだ。

河崎に出会った時のことを喋り、そこから順番に、思いつくままに、起きた事実を述べていった。

書店を襲ったことを話すべきかどうかは、かなり躊躇した。殺人や誘拐事件に比べれば、スケールは小さいかもしれないけれど、それは紛れもなく、「犯人の自白」もしくは「共犯者の自供」のようなものだったから、安易に口にしてよいものか判断できなかった。

けれど、結局はそのことも話した。

書店襲撃について話さないことには、僕の困惑がうまく伝わらないだろう、と思ったし、それに隣に座る麗子さんの美しさと無表情、人形のような肌や仕草があまりに現実離れしていて、この後で僕を警察に突き出すような現実的な行動は取らない気がしたのだ。

彼女は口を挟んでこなかった。一度だけ、「その書店はどこにあるわけ」と言ってきたのと、なくなった教科書の題名を訊ねてきたくらいだった。書店の場所はどうにか説明できたけれど、教科書のタイトルは無理だった。

母からの忌々しい電話のことも話す。

「すごい」聞き終えた麗子さんの第一声はそれだった。

「すごいですか?」何を指して「すごい」と表現しているのかは不明だ。

「君は、で、大学を辞めるの? 入ったばかりなのに?」

「何だ、そっちのことですか。それは、まだ分かりません」僕は苦笑する。「まずは、父の見舞いに行って、考えるつもりですが」

「お父さんから、靴屋をやってくれ、と頼まれたら断れる性格じゃなさそうだけど」

「ご明察」僕は自嘲気味に答えた。「それはいいんです。僕の問題なので。重要なのは、その他のことです。河崎やブータン人のことです」

うむ、と彼女は顎を引く。答えを考えている、というよりは、どこから説明をすべきか悩んでくれているようでもあった。「君は」と口を開いたのは、一分ほどしてからだ。「君は、彼らの物語に飛び入り参加している」

ああ、と僕は呻き声のようなものを上げそうになった。一昨日、まさにそんな気分になったばかりだった。ただ、「彼らの物語」が何を指すのか、僕には分からない。

「河崎君と、ブータン人のドルジ、それからもう一人、女の子で、琴美ちゃんという子。彼ら三人には三人の物語があって、その終わりに君が巻き込まれた」

「三人の物語、ですか？」それほどまでに河崎とブータン人の繋がりが深いことに、僕はショックを受けていた。彼は、そんな素振りはまったく見せなかったのに。僕は「物語の終わり」の、その「終わり」という言葉には、意識がいかなかった。「細かいことは説明してくれないんですか？」

「細かいこと？」

「た、たとえば、どうして僕の部屋から教科書が消えたのか、とか」

「ああ」麗子さんは興味もなさそうに、軽く返事をした。「それは簡単」

「え？　簡単なんですか？」

「鍵のかかった部屋に入れるのは、鍵を持った人だけでしょ」

「河崎？」あまりに意外性のない回答に驚いた。

「それしかない」

「ちょっと待って。ちょっと待ってください。河崎が？　彼が自分で本を盗んでおいて、それなのに、『本がない』って嘘をついたってこと？」

「正解」

「そうする理由がないですよ」僕も彼を疑いはしたけれど、動機が見つからなくて諦めた。

「理由はある」麗子さんは刺すように言った。「あるから、やった」

僕は唾を飲み込み、彼女の言葉を待ったのだけれど、そこに背後から、「麗子さん！」と呼ぶ大きな声が飛んできた。

首だけで振り向くと、ペットショップで先ほどの店員が手を上げているところだった。片手に受話器をつかんでいる。「電話です！」と言った。

麗子さんは、「それじゃあ、また次回」と立ち上がり、パンツの尻の部分を払った。砂が落ちて、足元に散らばる。「次号を刮目して待て」と無責任に言った。

「あの」僕はあまりに中途半端な状態で置いていかれそうになったので、慌てる。「遭難した山からヘリで吊り上げられたのに、さらに深い場所で落とされた。そんな感じなんですけど」

麗子さんは微笑みはしなかったけれど、肩をすくめた。「それならまず、アパートに戻って、たしかめればいい」

「たしかめる？　何をです」

その後、麗子さんが教えてくれたのは、僕が思ってもいないことだった。

「あの」最後に僕はかろうじて、訊ねるべきことを思い出す。「麗子さんは車を持っていますか？」

「持っているけれど」

「実は、河崎が二晩つづけて、車で出かけているんです。気になるんですけど、僕は車を持ってないので」河崎は昨日も同じ時間に、出かけていった。

「彼が車で？」麗子さんは噴水に目をやりながら、考えている。「どういうこと」

「さあ」

分かった、今度はこっちから連絡する、と麗子さんは僕から電話番号を聞く。メモをすることもなく、足早に店へと戻っていった。

ぽつんと残った僕は、バス停の方向を目指して歩きはじめる。

気づくと、先ほどまで危なっかしく歩いていた子供が泣いていた。親の姿を見失ったのかもしれない。

そうか、君も遭難中か。

◇　二年前　10　◇

河崎の病気の件はまだしも、もはやこれ以上のトラブルは起こらないと高をくくっていた。裏切られた思いすらあった。まさか、ペット殺しがわたしの前に再び現われるとは思ってもいなかったのだ。

バッティングセンターからアパートに戻るバスの中で、急に携帯電話が鳴り、わたしはそれに出た。

「車内での携帯電話の使用は遠慮するように」という注意書きが貼られたガラスが目の前にあるため、非常に心苦しかったが、小声の早口で短く会話を交わす。

ドルジからだった。「(今日は、研究室の実験が長引くから、帰るのが遅くなるよ)」と彼は言い、「(大人しく家で、休んでてよ)」とつづけた。

彼は、何か特別な根拠があったわけではないのに、胸に鬼胎を抱いているようだった。「(ふと、心配になったんだ)」

「(心配することなんて何もないって)」と返事をすると、ドルジが「(嫌な予感がするんだ)」と語調を強めた。

「(心配なら、早く帰ってきたら?)」

「(できることならそうしたいけど)」

「(なら、ボディガードでも寄越して)」わたしは、下らないことを言って、電話を切った。周囲の乗客は、英語で喋るわたしを遠巻きに観察するかのようだった。英語の話せる嫌味な日本人か、もしくはアジア系の外国人か、どちらかだろうと睨み、そのどちらであっても好ましくない、と感じているようだった。

夕方六時過ぎともなると、バスは学校や会社から帰る者たちで混んでいた。隣の高校生のウォークマンがやたらにうるさい。前に立つ会社員の背中に落ちるフケが気にかかる。吊り革につかまり、身体が揺れるに任せて、窓の外を眺めることにした。自転車を立ちながら漕ぐサラリーマンが、坂道を上がっていく。それを追い越した。自動販売機のライトが、暗くなった景色にぼんやりと浮かび上がっている。マンションの明かりや街灯に目をやり、時々、大きくカーブするのに合わせて景色が斜めに傾いていくのを、何も考えずに眺めた。

停留所に到着して、降りる。いつもの道をぼんやりと進んだ。

ドルジの予感が当たるとは、思ってもいなかった。

突然のことだった。口を塞がれた瞬間、何が起きたのか分からず、今まで起こしたことのない発作や呼吸器官の異常で、息ができなくなったのかと勘違いをした。

身体が仰向けの状態に傾いた。ひっくり返ってしまう、と怖くなった。後ろから羽交い締めにされているのだと、そこで気づく。

アパートの三十メートルほど手前、という場所だ。提げたバッグに手を入れて、玄関の鍵を探し、ようやくキーホルダーの先を見つけたと思ったら、後ろから襲われた。

ペット殺しの仕業だ、とはすぐには思いつかない。

両腕の下から手を入れられ、口が押さえられている。

慌てて首を振ると、左右に立つひょろ長い街路灯が見えた。その、猫背の街路灯はわたしを嘲笑したいのか、蛍光灯を切らしている。まるで役に立たない。

声を出そうとするが、出ない。出ないことがよけいにわたしを慌てさせる。慌てて、焦り、その焦りが鼓動を速くする。そうか、口が押さえられているから声が出ないのだ、と納得しようとするが、うまくいかない。

ずるずると、後ろへと引き摺られていく。すっかり日の沈んだ空は、地上の出来事には干渉しないと決め込んだかのようで、暖かみがなかった。藍色の画用紙を貼ったような、のっぺりとした空に見える。夕方であるはずなのに、真っ暗闇だ。

暗い空と、冷たいアスファルト、ブロック塀しか目に入らない。

ためしに手をぐいぐいと動かそうとしてみたが、びくともしなかった。かかとを立てて、ブレーキにならないかと試してみるが、アスファルトで靴が削れるだけだ。

「早く」

後ろから女の声が聞こえてきた。例の三人組のうちの一人だ、と気づき、愕然とする。

「車、持ってこいよ」とわたしを引き摺る男が、別の男に言った。

頭が、身体中が、混乱していた。実際に見たものから、想像だけのものまで、さまざまなものが瞬時に頭に浮かぶ。

ペット殺しの男と女の顔。猫を轢いた車の音。轢かれたわたし。店からいなくなったクロシバ。暴力を揮われるわたし。麗子さんの右ストレート。児童公園の暗闇。足を切られた猫。足を切られたわたし。

イメージが洪水を起こしたかのように頭を占拠するので、他のことを考える余裕がない。ドルジ、と思った。ドルジはどこなんだっけ。大学にいる。研究室だ。実験だ。そうだ、彼は勉強するためにブータンから来たんだ。部屋で大人しくしていろ、と言った彼の声が甦る。

相手の手をつかもうとするが、力がうまく入らない。身体を強張らせるが、びくともしなかった。目眩《めまい》を感じて、視界がぐるぐると回った。

「おまえ、この間、定期入れを落としただろ。住所書いてあったからさ、迎えに来たんだよ」自慢げに後ろの男が言う。つむじのほうから、声が入ってくるようだ。「別に誰でも良かったんだけどさ、ちょうどいいだろ」

車が勢い良くバックしてくる。ブレーキランプが点いて、消えるのを横目に見た。ドアが開閉する。もう一人の男が運転席から近づいてくる。「この間の奴、いないのかよ」

ドルジのことか、と訊き返そうとするが、声が出ない。

「あいつさ、傘とか石とか使ってよ、すげえむかつくんだけど」わたしの隣に立った男が言う。

「ねえ、足も持ったら、すぐに入れられるでしょ」女が指示を出した。

おお、そうだな、と脇にいた男がわたしの足のほうへ移動した。靴のかかとを持とうとするので、手足をばたつかせる。肩を振り、足を動かすが、体力が減るだけに思えた。

「暴れたって無駄だって」後ろの男の声は不気味でもあった。「もう帰って来られないかもしれないけど、忘れ物ないよな」品のない笑い方をする。

「俺たち、ピレネー犬だって盗んだことがあるんだからよ」足元に立つ男が言う。本当なのか、嘘なのかもつかめない。こちらはピアスをつけていたので、わたしの後ろにいる男はピアスなしのほうなのだろう。

よりによって、細い一方通行の道路だった。片側にはコイン式の時間制駐車場があって、別の側には小さなビルがあるだけだった。ビルのほうは派手な紫色をした、工務店のものだったが、人の気配はない。残業は良しとしない社風なのかもしれない。

暴れても高が知れていた。つかまれた足をばたつかせるが、疲れてくる。

後ろの男の整髪剤の匂いだろうか、薬品のようなきつい香りが覆い被さってきて、気持ち悪くもなった。

「後ろのドアに入れるぞ」背後の男が身体を曲げて、ミニワゴンの後部座席へ進んでいく。「動物も人も盗むやり方は同じだよな」とこれはまさに独り言のように言った。

「何だよ、おまえ」と足を持ったピアス男が言ったのは、その時だった。

誰かが通りかかったのかもしれない、とわたしの胸に希望が射した。

足が重くなった、と思ったら、かかとが地面に落ちたところだった。ピアス男が手を離したらしい。「何見てんだよ?」と前に出た。

「何をしてるのかなあ、と思って」その通りすがりの男が言った。わたしからは姿が見えない、後ろ側に立っている。

「あっち行けよ」わたしを抱えた男も言う。

そこで犬の吠える声が響いた。獰猛な唸り声を含んだ、大きな鳴き声だ。喇叭《らっぱ》が鳴るようでもある。

「何だよこの犬」近寄ろうとしていた男が、一歩下がる。「さっさと、犬連れて、どっか行けよ」

「こっちの台詞だって」通りすがりが言っている。「その女を置いて、さっさとどこかに行かなろくに眠らずに過ごしているのだろう。さすがに、無理をしてでも眠ったほうがいいかもしれないと思いつつ、わたしはシャワーを浴びて休むことにした。

いと、ただじゃおかないんだよ」

「ちょっと何おまえ」女の声が聞こえた。

犬が地面を蹴った瞬間は見えなかった。ただ、あっと思った時には、わたしの横にいたピアス男に、犬が飛び掛っていた。

立派な体格をしたシェパードだ。暗い中でも、黒い体毛は濃く見えた。貫禄がある。襲い掛かられた男は、ひっと声にならない悲鳴を上げて、地面に倒れ込んだ。

「いいぞ、食い殺せ！」通りすがりの男が、笑いながら声を上げた。

河崎だ。わたしはようやく、その男の正体に気がつく。いつの間に、と思うが、その先を考えている余裕はない。

犬が、倒れた男の服を咬んで、ぐいぐいと引っ張っている。

「ふざけんなよ」女が慌てて、駆け寄ってくる。暗いためによくは見えなかったけれど、彼女の姿勢と、薄ぼんやりと浮かぶシルエットから、ナイフが握られているのは分かった。

犬が刺される、とわたしは目を瞑った。心臓の表面がめくれ上がり、ささくれ立つような、恐怖だった。

けれど、覚悟していたシェパードの悲鳴は聞こえてはこない。ゆっくり目を開けてみると、シェパードは倒れた男から顔を上げて、女のほうに向き直っていた。そして、牽制するかのように唸り声を上げて、睨んでいる。

女はその勢いに怯んでいるのか、ナイフを持ったものの、近づけないでいた。

わたしはそこで身体を思い切り左右に振った。残っている気力を振り絞った。訪れたチャンスは逃すべきではない。

羽交い締めにしている男も、シェパードに気を取られていたためか、隙があった。わたしの身体はそのまま地面に落ちて、解放された。四つん這いで、必死に逃げる。転がり、立ち上がる。息が乱れて、苦しい。胸が痛い。

目を凝らし、状況を把握する。ピアス男が倒れていて、その横にシェパードが立っている。ピアスなしの男と女は距離を測りながら、遠巻きにしている。わたしのすぐ脇に、河崎が立った。犬が威嚇のためか、三度、吠えた。

河崎の顔を横目で見る。彼は、「おまえたちはまずそうだから、食う気も起きないってさ」と物騒なことを言った。

立っている男があからさまに憤怒を撒き散らし、飛び掛ってこようとした。

河崎はそこで、後ろに持っていた鉄パイプを構えた。そしてすぐさま振り回す。ぶうん、ぶうん、と風を切る音がする。無闇に、勢い良く振るだけだったが、その下手糞なスウィングは長髪男に危険を感じさせたらしい。一歩退かせた。

「警察が来るぞ。実は、さっき電話したんだよ」河崎はそう言って、虫を叩き落すかのように、鉄パイプを振った。

シェパードが、河崎の足元に戻ってくる。

若者たちはかなり躊躇していた。こけにされたまま逃げ帰るわけにはいかない、と怒りに身悶えするようにも見えたが、最終的には仲間同士で無言の打ち合わせをしたのか、車に乗って去っていった。

ヘッドライトを点けずに夜道を駆けていく、車の後ろ姿に卑屈さはなかった。むしろ、わたしへの恨みで黒光りしているかのようだった。

道路に残ったのはわたしと河崎、それと舌をだらんと垂らしたシェパードだけとなった。暗い中にも、湿ったピンク色をした舌は目立ち、それは人間にはない特別な器官にも見えた。不気味で可愛らしい、ピンクの生き物のようだ。

わたしを襲っていた混乱が徐々に収まり、遠くを走るバスの音も把握できるようになる。息を整える。その時のわたしは、悠然と座るシェパードよりも呼吸音がうるさかった。

「偶然？」わたしは、河崎の顔を見る。「偶然、ここを通りかかったの？」

「運命だよ、これは」

わたしは言い返す気力もないので、溜め息をつく。

「さっき、バッティングセンターで会ったばかりでしょ」わたしは困惑を押し隠しながら、「それにデートじゃなかったわけ？」

「助けてあげたのに、そういう態度はないと思わないか」

「その犬、あんたの犬なの？」わたしは、河崎と綱で繋がっているシェパードを指差した。ぴんと立った耳と、尖った鼻が、勇ましい。黒い悪魔が犬に化けたら、きっとこういう姿になるだろう。

「俺の？　違うって。何とかさんの飼い犬だよ。これ、シェパードって言うんだろ」

「何とかさんって誰なの」

「ええと、あれだよ、髪の長い、胸の大きな」

「そうじゃなくて、それ、誰？」

「麗子さんが殴った女の人だって」

ああ、と口だけを動かして、うなずいた。軍用犬を育てている、あの女性か。

「さっき、バッティングセンターで琴美と別れた後に、彼女の家に行ったんだ」

「この近くなの？」

「歩いて十分くらい。そんなに遠くない。俺はドルジから連絡をもらって、それで様子を見に来たんだ」

「ドルジが？」わたしは予想もしなかった答えに、ぎょっとした。

「そう。俺の携帯電話に連絡があったんだ。琴美が部屋で大人しくしているか心配だ。嫌な予感がする。だから、様子を見に行ってくれないかってさ」

「予感的中ってわけ？」

「俺もびっくりしたよ。ちょうど、彼女はシャワーを浴びているところだったんだ」そう言ったところで河崎は即座に、「セックスはしていないぜ」と弁解を口にして、「とにかく」とつづけた。「とにかく、なかなか浴室から戻ってこない彼女に嫌気が差していたこともあってさ、それに庭でこの犬が寂しそうにしていたから、ちょっと来てみたってわけだ。そうしたら、まさに琴美が大変なことになっていた」

「大変なことになってみました」わたしは他人事のように言ってみる。

「こいつがあんなに活躍するのは予想外だったけど」河崎はシェパードの頭をさする。「さっきのやつらは何者なんだ？」

「わたしの友達でないのは、たしかね」

「悪戯電話の奴らなのか？」

わたしはじっくりと彼のことを見つめ、どこまでこのドンファン気取りの男に打ち明けるべき

か、逡巡した。けれど何はともあれ、彼がわたしの窮地を救ってくれたのは間違いないので、

「この間、ペット殺しの話をしたでしょ」と明かす。「で、目撃者の情報を聞いた」

「その情報を聞いてきたのは、俺だよ」自分の武勇伝を他人に取られたかのような、むくれ方をした。

「さっきの三人が、そのペット殺しだったら、どう？　それに、悪戯電話の犯人でもあったら」

わたしの発した言葉を理解したわけではないだろうが、シェパードが高らかに吠える。虐殺された仲間たちの恨みを、放射するかのようだった。

「え」河崎の整った顔に、ゆがみができた。「ペット殺し？　今のあいつらが？」

「あいつらはわたしを逆恨みしてる」

「嘘だろ？」河崎はまるで納得できない、という顔だった。「だいたい、ペット殺しが相手にするのはペットだけだろ？」

「とは限らないみたい」胴震いをした。後ろからわたしの口を塞いできた男の、荒い呼吸を思い出したのだ。

「琴美を連れ去ってどうするんだ。だいたい、何で琴美があいつらに恨まれてるんだ？」

「たまたまなの」世の中の悲劇はたまたま発生するものだ、とわたしは思う。「で、ペットにやるようなことを、わたしにもやるつもりなんでしょ」

諦観《ていかん》を滲ませて、平静を精一杯に装いながら、声を絞り出した。そろそろ人間もやってみようぜ、と言った彼らの言葉が思い出された。あれは冗談や、粋がった軽口では決してない、もっと陰険で粘りのある声だった。身体の芯が震える。

「嘘だろ」河崎が砂でも舐めたかのような、顔をする。

「とにかく、助かった」わたしは話を打ち切るために、早口に言う。

これ以上、喋っていると、わたしは河崎の前で弱音を吐きはじめる恐れがあった。しゃがみ込み、泣き出す可能性だってあった。十分にあった。実際に、嘔吐の予感もあって、必死に我慢をする。「ありがとう」と素っ気なく、付け足す。

「琴美を助けたのは、ドルジだよ。ドルジの心配が、俺を呼んだんだから」

「そうね」

それを言うのならば自分の活躍も忘れてもらっては困る、そう言うかのように、シェパードが声を上げた。わたしは首まわりをさすってやる。

「警察に連絡をしろって」河崎はかなり強い言い方をした。「これはもう犯罪だろ。連れ去られそうになったんだから。そうだろ。俺も証言するしさ」

さらにわたしも証人だ、という風にシェパードがもうひと鳴きした。

「分かってる」わたしはぶっきらぼうに言った。ちっとも分かっていなかったが、そう答えた。考えたくなかったのだ。体験したばかりの恐怖に、動揺している。「分かってるって。考えるって」やはり警察に連絡すべきだったのだ、と後悔しながらも、まだ今の出来事が現実だと認められない。どこにでもいい、逃げたかった。

「今すぐ電話をすべきだ」と河崎が携帯電話を貸してくれようとした。

「ちょっと、ちょっと待って。少し落ち着いてから」

「俺が証人になる」

「うん。ありがとう」わたしは自分でも意外なほど、素直に言っていた。「よく考えるから」この期に及んで何を考えるつもりなのか自分でも分からない。

ほとんど退散するような恰好で、河崎に背を向けた。アパートへの足取りは、だんだん速くなった。

玄関前に辿り着いたものの、ドアノブに鍵がなかなか挿し込めなかった。自分の手が震えているせいだ、と気づくのには時間がかかった。

あれおかしいな、助かったのに何で怯えてるんだろう。自分を叱咤しようとするが、気づけば、ドアの前でしゃがんでいた。小刻みに身体が震えている。止まらない。

そうか、わたしは臆病者だ。

◇ 現在 11 ◇

アパートに戻ると僕は、さっそく、麗子さんに言われたことを確認した。

階段の踊り場を、自分の部屋とは反対側に進み、一番端の一〇一号室を訪れた。

夕方五時を過ぎたところで、通路には蛍光灯が点灯していた。時間が来れば、ライトが点く仕組みらしい。まだ日が完全に沈んだわけではなく、外は明るさが残っていたが、灯りは点いていた。

呼び鈴を押す。ピンと鳴ってから、ポーンと空気に溶け込むような音がした。表札のプレートには何も書かれていない。

耳をドアに近づけてみても、なかなか人が出てくる気配はなかった。玄関に近づいてくる音も、寝ている人間が起きてベッドが軋むような音もない。

不在なのかな。一歩後退りをしたけれど、そこで諦めるのも癪だった。

真実を得るためには、ある程度の粘りは必要にも思えた。

だから僕は、顰蹙《ひんしゅく》を買うのは覚悟の上で、チャイムをまた押した。執拗に鳴らした。

これは不毛な作業だな、とげんなりしそうになった時、ドアが開いた。思いは通じる、というやつだろうか。

うるせえな、という明らかに不快な顔で、男が現われた。以前、河崎と外で立ち話をしている時に、見かけた住人だ。

僕は適当にでっち上げた用件を持ち出し、いくつかの話を交わす。確認したい事柄はそれほどない。二言三言を交わせば、判明することだった。

礼と謝罪の混ざった挨拶を口にし、頭をぺこりぺこりとやって、そこを後にした。ドアが即座に、これ以上ないという強さで、閉じられた。

それからすぐに、河崎の部屋に向かった。

鼓動が速くなっている。興奮している。河崎の嘘に怒ることよりも、驚くことよりも、ただ興奮だけが身体の中を走っていた。解けなかった数式の解法に思い至った時と似ていた。

「どうしたんだ？」出てきた河崎は飄々とした顔で言う。「学校はサボりか？」

「学校どころじゃなかったんだよ」

「どうした。怖い顔をしている」玄関に踏み込もうともしない僕に、いつもとは違う勢いを感じたのかもしれない。

「僕は、君に騙されていたよ」言葉を選んでみたけれど、気の利いた台詞は出てこない。

「俺は嘘をついたか？」河崎の喋り方には、余裕があった。

「まんまと騙された」

「何が訊きたい？」河崎は落ち着き払ったものだった。まさに、悪魔だからこそ見せられる余裕にも感じられた。

「本当のことを訊きたい」これではまるで真理を求める宗教家のようだったけれど、僕の本心ではあった。周りに立ち込める混乱の霧を、ひとつずつ払っていきたい。

河崎は、僕のことをじっと見つめる。押し黙っている。首を左右に傾ける。ありとあらゆる可能性を思い浮かべ、検討をしている風でもあった。

そして、充分に確信を得た表情で、「麗子さんか？」と口に出した。

「さっき、ペットショップに行ったんだ」

河崎の顔には、裏切られた、という無念さや憤りは浮かんでいなかった。

「彼女は何と言った？」

「確認してみろ、ってアドバイスをしてくれた」僕は隠すことなく話す。「河崎が嘘をついていることを、確認してみろって」

「俺の嘘？」

「河崎はこのアパートにいるアジア人が辞書を欲しがっている、と言ったじゃないか」

「ああ。言った」河崎がうなずく。

「この部屋の隣の隣に、そのアジア人が住んでいると言った」

「言った」

僕は息を吸ってから一息に、「だけど、ここには外国人がいない。今、一〇一号室に行ってきたけれど、アジア人じゃなかった。いや、山形県出身の日本人だってアジア人には変わりないだろうけど、でも彼は外国人ではなかった」

「嘘じゃない」河崎は言った。

「え？」

「俺は嘘をついていない。隣の隣には外国人が住んでいる」

僕は黙って、それを聞いていた。自分の追及が誤っているのではないか、もしくは追及の手順を踏み誤ったのではないか、と不安になる。

「隣の」河崎はそう言って、一〇二号室のほうを親指で指差した。そうしてから、その指を自分の部屋のほうにひっくり返し、「隣、だ」と笑いながら言った。

意外に穏やかな気持ちで、僕はそれを聞いていた。清々しさすらあった。

「隣の隣の部屋っていうのは、この部屋のことだ」

これが手品だとしたら、僕は礼儀としての拍手を忘れていたことになる。

「俺の名前は、キンレィ・ドルジ。ブータンから来たんだよ」

「そこ」僕は、河崎のその言葉をぼんやりと聞きながら、「遠い国なんだろうね」と間の抜けた台詞を口にしていた。


河崎の頭から足までを、舐めるように眺めた。二度も見た。

「どこから見ても、日本人なんだけど」わずかに肌の色が濃いが、それは色黒の日本人と変わらない。

「俺に言わせれば、椎名だってブータン人に見える。俺がアヒルなら、椎名は鴨。それくらいしか違いはない」

「アヒルと鴨はかなり違うと思う」

「麗子さんは何と言った」

「とにかく、その一〇一号室の住人と話をしろって。おそらく、外国人ではないだろう、って。そうヒントをもらったんだ。それから、河崎に会って、『嘘じゃないか』と詰め寄ってみろって」

「なるほど」河崎は怒っていない。

「君は、本当に日本人じゃないわけ？」

「俺は違う。日本語を話しても、日本人とは限らない。そうだろ?」

「それにしても、上手すぎるよ」驚嘆を通り越していた。「ブータンというのは、日本語が使える人が多いわけ?」

「教え方が上手かった」河崎は真剣な表情になり、首を曲げて、上に目をやった。視線の先には、アパートの屋根があったけれど、たぶん彼は、そのさらに上にある空を見上げたかったのだろう。「日本語を教えてくれた人がいたんだ」

「ああ」僕は頭の中に散らばったパズルを組み立てる。消去法を行った。「つまり、それが、河崎という人なの?」麗子さんが言っていた意味がようやく分かった。「河崎君はブータン人の日本語教師だった」とはそういうことなのか。

目の前にいる青年は、教師のほうではなくて、生徒のほうだった。

「そう。一年半の特訓だよ。必死に勉強したんだ。喋るのと聞くのを必死に勉強した。日本人の喋る日本語を、教えてもらった。それこそ」河崎はその日本語の表現を気に入っているのか、嬉しそうに「死ぬ気で、だよ」と言った。

「一年半ずっと?」

「死ぬ気で。おかげで俺は留学生のくせに、不良学生だ」

そんな言い回しは、まさに日本人が口にする台詞とまったく変わらない。

「死ぬ気で?」

「やればできる。河崎は本当に必死に教えてくれた」河崎は、いや、彼はブータン人であって決して「河崎」という名前ではないのだけれど、唾を飲み、「必死、というのは、必ず死ぬ、という意味だろ」とさも気が利いた台詞のように言った。

僕はそれを聞きながら、自分がボブ・ディランの曲を暗記した時のことを思い出していた。気がある女の子のために、必死に覚えた。やればできる、とは僕の信じているところでもあるのだ。

「そのかわり」河崎が肩をすくめる。「字を読むのはぜんぜん駄目だ。話すのと聞くのに、必死だったから」

「それは仕方がないよ」僕はなぜか、彼を庇ってあげたくなる。充分じゃないか、と。

「だから、困ったんだ」

「え？」

「一昨日、椎名は俺に電話をかけて、教科書の題名を読め、と言った」

「そうだね」僕はすぐに答える。そして、「あ」と気がつく。「もしかして」

「そう」

「題名が読めないから、全部、隠したわけ？」

「そのとおり」河崎が照れたように、髪を触った。「読めない、とは言えない」と一度言葉を切ってから、「だから、本が全部ないことにしたんだ」

「どうしてそんなことを」動機を告白した人間に、再度、理由を問うのは失礼なことかもしれないが、僕は訊かずにはいられなかった。「部屋から本を盗むなんて、よけいに怪しまれると思わなかったの？」

「仕方がなかった。外人だと思われたくなかったからな」

僕はそこで、はたと気がついた。そもそも、それがすべての原因ではないか。

どうして彼は、はじめから、ブータン人であることを隠していたのか。「河崎」と偽名を使い、僕に白を切ったのか。引っ越してきたばかりの隣人には、正体を明かすべきではない、と判断していたのだろうか。

それらの疑問に答えるかのように、河崎がこう言った。「俺が外人だと分かったら、相手にしなかっただろ?」

「え、どういうこと?」

「俺がヒマラヤの辺鄙《へんぴ》な国の人間だって分かったら、友達にはならなかっただろ? だから、俺は日本人のふりをした。日本語を勉強して、日本人のふりをすれば、いろいろやりやすくなると思ったんだ。河崎にもそう教わった」

その「いろいろ」が何を指すかは分からなかったけれど、とにかく僕は「そんなことはないよ」と言いかけた。けれど、途中で言葉を止めた。言うのは簡単だけれど、本当に「そんなことはない」のかどうか、自信が持てなかったのだ。

大学の友人たちのことを、佐藤と山田のことを思い出した。地下鉄で外国人を見かけた時、彼らは「外人って何か嫌やなあ」と嘆いた。「もし、僕が外国人だったら」と訊くと、ひどく嫌な顔で「まあ、好んで喋りたくはないよな」と返事をした。あれが、例外中の例外とは言えないのではないか。

「だから、椎名にも、日本人のふりをするつもりだった。俺たちの計画を手伝ってもらいたかったから。本屋を襲うのも、俺がブータン人だと知ったら、来なかっただろ?」

そんなことはない、と反論しようとするが、やはり言えない。実際にどうだったのかは、想像でしかないから、安易に答えられなかった。ただ、「書店を襲おう」と誘ってきた相手が、数年後には母国に帰る予定の外国人だとしたら、協力はしづらかったかもしれない。いずれ姿を消す旅人は信用しにくいからだ。

「で、君は日本語を教えてくれた先生の名前を借りて、河崎と名乗ったんだね」

「ああ」彼はしんみりとうなずいた。「別人になりたかった」と答えた。

「本当の河崎さんは、今どうしているんだい？」

麗子さんは、彼ら三人の物語があった、と教えてくれた。僕はその物語に途中参加しているだけだ、と。その三人のことには興味がある。

「河崎は」と彼は口を開いた。「もういない」

「いない？」

「死んだんだ」河崎の口調には、じめじめした空気は含まれていなかった。からっと乾いた言い方だった。

冷血ぶるつもりはなかった。けれど、会ったこともない人の死について聞かされても、僕には特別な感情は湧いてこなかった。「そうなの」とだけ答える。

「俺と河崎はずっと計画を立てていた」

「本屋を襲う計画？」

「それもある」河崎が言う。それ以外にもある、というように聞こえる。「一緒にやるはずだったんだ。でも、半年前、河崎は『俺の車、乗れなくなるまで乗っていいよ』と言って、次の日、飛び下りた」

どこからどう飛び下りたのか、僕には見当がつかなかったが、説明は求めなかった。

河崎が涙ぐむようなことがあったら、僕は視線を逸らすつもりだったけれど、彼はまっすぐに僕を見ている。

「ど、どうして？」病死か、もしくは事故死なら想像できたけれど、自殺は思いもつかなかった。

「身体が悪かったんだ」

「癌、とか？」僕は入院している自分の父親のことを思い浮かべながら、訊ねた。日本人の死因で一番多いのは癌であるのだから、まったくの当てずっぽうというわけではない。確率の問題だ。

「いや、違う」河崎は首を横に振った。「違う病気だった。いや、病気というより」

「それを苦にして？」

「馬鹿だよな」河崎は肩をすくめる。

彼の日本語は本当に流暢で、淀みがなかった。僕は、まだ騙されているような気がしてならない。彼の話し言葉はたしかに、じゃっかんイントネーションがずれているような気がしないでもなかったが、それは「言われてみれば」と感じる程度だった。

「それにしてもすっかり騙されたよ」と僕は言う。

「すっかり騙したんだ」河崎はまんざらでもない顔をする。

「でも、僕が一〇一号室に行ったらどうするつもりだったの？」

「あそこの男は、いつもチャイムを鳴らしても出てこない。たくさん鳴らさないとな。だから、椎名が行っても、平気だと思ったんだ」

たしかに、今回のようなケースでなければ、僕もあんなにしつこくは呼び鈴を押さなかっただろう。

僕は挨拶をして、自分の部屋へ戻ろうとする。ドアを八割方閉めたところで、ふいに思いついて、顔だけを隙間から覗かせた。

「猫の尻尾にくじをつけたのも、君だろ」と言ってみた。

「ソウデスネ」

ふざけたのだろう。彼は、わざとらしく、片言の日本語でそう言った。

部屋に戻った僕は、台所でインスタントコーヒーを作り、奥の部屋に座った。壁に寄りかかり、膝を折って、マグカップに口をつける。河崎の部屋で飲むコーヒーと比べると、美味しくなかった。だから、ミルクを入れることにした。

落ち着こう。自分に言い聞かせる。そうでもしないと、考え事がいっぺんに頭の中で氾濫して、処理の追いつかない工場のようにパニックを起こしてしまう恐れがあった。

ひとつずつゆっくりと考える。

猫の尻尾にくじをつけた、その犯人は河崎だ。

日本語が読めないからだ。それで説明がつく。

河崎はきっと、僕に新聞を読んでほしかったんだ。

書店を襲ったことが新聞に載っているかどうか、彼は知りたかった。僕のところに来て、「新聞を読んでくれないか」と頼むこともできたかもしれないのに、そうはしなかった。もっと回りくどい方法を選んだ。

なぜか。

外国人だということを、隠したかったからだ。

シッポサキマルマリの尻尾にくじを結わえて、そして僕の目にとめさせる。僕はどうせ身近に知り合いがいないから、隣人に相談に行く。そして、くじが当選しているかを確認しようと、新聞を手に取る。僕は新聞を配達してもらっていないし。で、そこで自然を装って、ところで俺たちのことはニュースになっているかな、と訊ねる。

そううまく事が進むとは言い切れないけれど、それでもそうなる可能性は高いシナリオだと思う。

あの時の僕は、猫がくじを運んできたという突飛な出来事に気を取られていたので、河崎が新聞を読んでみてくれ、と言ってきても、違和感は感じなかった。

たぶん、あれはコンビニエンスストアかどこかで買ってきた新聞に違いない。彼は字が読めないのだから、日常的に新聞を購読しているとは思いにくかった。そう思えば、彼の部屋にはあの日の朝刊以外に新聞がなかったではないか。

何て間抜けな奴だ、利用しやすい奴だな、と河崎は思っただろうか。マグカップを口に近づける。安っぽいコーヒーの香りが、僕の鼻を撫でまわす。

それからすぐに、大事な疑問について考えた。

どうして河崎は書店を襲ったんだ？ 隣の隣のアジア人にプレゼントする、という話は嘘だ。それとも、広辞苑が本当に欲しかったのだろうか？

それからもうひとつ、訊くのを忘れたことがある。本当の河崎はもう亡くなっている。ブータンから来た青年が河崎と名乗っている。

もう一人、彼らと一緒にいたという女性は今、何をしているのだろう。琴美、という名前だったはずだ。

くたびれていた僕は、確認すべきことは山ほどあったはずなのに、次に会った時に訊けばいいかな、と思っていた。

人というものは、行動すべき時に限って、億劫がるのかもしれない。

◇ 二年前 11 ◇

アパートに帰ってくるとドルジは、真っ先に、わたしの身に問題はなかったかと確認した。

「(嫌な予感がしたから、帰ってきた)」と頭を掻いた。

夜の八時であったから、大学での作業はまだ残っていたはずだ。やるべきことを放り投げて、帰ってきてくれたのかもしれない。

わたしはすぐには、発生した事態を話さなかった。心配をかけたくない、という気持ちや、自分の怯えた心を見せたくない、という思いもあったけれど、それ以上に、言葉に出して説明をすること自体が怖かった。

わたし一人の頭の中に押し込んで、蓋をしておけば、あの忌々しい出来事はなかったことになるのではないか、と非現実的ではあるが、そんな思いに縋りたい気分だった。反対に、警察に通報すると、全てが現実として浮き上がってくるような、そんな恐怖を感じていた。警察に相談できる人はまだ余裕がある人なのではないか、そんなことも思う。

「(何もなかった?)」とドルジが言ってくる。「(琴美が、ボディガードを寄越せ、って言ったから、河崎さんに頼んだんだけど。何もなかった?)」

「(だからといって、河崎に頼むことはない、と思うけど)」わたしが以前に交際をしていた男なのだから、適任とは言いがたい気がする。

「(そうかな)」ドルジは無邪気に返事をした。

おそらくこういう部分が、ブータン人の気質なのだな、とわたしは感じた。誰とでも交際をするかわりに、誰が誰と付き合っていようと気にならないのだ。

「(何もなかった?)」彼は再度、訊いてきた。

不安や恐怖はたやすく伝染するし、お互いに「大丈夫」と言い合っても、問題の解決にはならない。わたしは自分にそう言い聞かせ、やはり、ドルジに打ち明けるのはやめようとした。

しばらくは我慢ができた。

ドルジが夕食を食べながら、テレビのニュースキャスターの声を小型レコーダーで録音しているのを、穏やかに眺めたりもできた。彼は、キャスターの台詞を再生しては、必死に真似をしようとする。

しばらくするとわたしに、「(いつも使うような言葉を言ってみて)」と頼んできた。わたしは思いつく日常会話を喋ってみせる。

「ドルジは辺鄙な国からやってきた」とふざけて言うと、彼は「ヘンピナ?」と質問をしてくる。都会から離れて不便な場所ってこと、と教えると、ドルジは「それ、当たりです」とうなずいた。

さらに彼は、すでに録音済みの音声の再生もはじめた。喋っている声は、聞き覚えのあるものだった。「これ、河崎の声?」

「そうです」レコーダーから顔を離して、ドルジがうなずく。「この前、話して、くれました」

「何喋ってるの、これ?」

「これ、すらすら言えたら、完璧です」

どうやら河崎は、ドルジに課題のようなものを与えたらしい。わたしは耳を近づけて、その内容を聞くが、日本人でも聞き取りにくいその早口に、呆れた。「こんなの真似できるわけがないって」

「いつか、できます」

「長期計画？」

「ソウデスネ」

レコーダーから流れてくるのは、河崎がでっち上げたと思われる、意味不明のお話だった。マーロンだとか、シャローンだとかいう、国籍不明の人物が登場してきて、猫を拾うとか拾わないとか、そういう会話をしている。教訓が含まれているらしいが、わたしには理解できない。

「これを喋れたら、合格なの？」

「そうです」

あ、そう、とわたしは張り合い抜けした声を出した。「猫と言えば、最近、あの猫来ないね」

「猫？　あの、猫、です、ね」

「名前つけようか」わたしは提案をする。新しいことを実行して、気持ちを入れ替えたかったのかもしれない。

「いいですね」

「尻尾の先が丸まってるから」とわたしは思いつきを口に出す。複雑なことを考える余裕がなかった。「シッポサキマルマリ」

「シッポサキマ？」ドルジは言いづらいらしく、舌をもどかしそうにしている。「も一度、言てください」

シッポサキマルマリ、と繰り返そうとしたところで、わたしは自分の身体が急激にだるくなりはじめていることに気づく。

数日前に留守番電話から流れてきた、猫の悲鳴が頭をよぎったのだ。

それは同時に、二人の男に担がれて連れ去られる恐怖を呼び起こした。

血液の流れが鈍くなったようだ。頭も重くなる。悪寒なしの発熱、という感覚だった。

「ちょっと、ごめんね」とわたしはどうにか立ち上がった。食べ終わった皿を台所へ運ぶことにした。蛇口をひねる。シンクに水が跳ねる。洗剤が排水口に流れていくのを見下ろしながら、呼吸を整える。

気だるさを解消しようと、蛇口からの水で腕のあたりまでを濡らしてみる。一時的に冷たく感じるが、すぐに感覚が薄れる。胃の上のあたりが重く、痛い。内側から、強くはないが執拗に、突つかれているようだ。焦燥感、もしくは、不安感だ。

息を吸った時、ひいっと震えた音が鳴った。それを耳にしたとたん、「やっぱり怖い」とわたしは膝を折ってしまった。

力が入らずに、へたり込んでいた。持っていた皿が流しに落ちて、音を立てる。右手のスポンジが、泡を飛ばしながら、床に転がった。手を伸ばそうにも、スポンジまで届きそうもない。

「(どうしたの?)」ドルジがいつの間にかそばに立っていた。顔を寄せている。腰を落とし、わたしの肩を抱えてくれた。

「だ、大丈夫」と答えたわたしは、声の震えが止められず、大丈夫さの破片も持ち合わせていなかった。まさに、歯の根が合わない状態だった。

「(何があったんだい?)」

彼の真剣な表情が、間近にある。正直に話す以外に、わたしにできることはない。

「（警察に言おう）」ドルジはすでに、日本語で喋ろうとはしていなかった。使いこなせない言葉でまどろこしく喋っている場合ではない、と判断したのだろう。

「（そうね）」と答えながらも、わたしは電話に向かおうとはしなかった。気力がない、と言うよりも、電話をすることで救われるとはとうてい思えなかったのだ。「（でも、警察は何かしてくれるのかな）」

「（日本の警察は優秀だ、とブータンでは聞いたよ）」

「（それは怪しい。それに、すぐには無理だよ）」わたしは言いながら、自分の頭を冷静にしていく。「（証拠もないし）」

「（でも、彼らはペット殺しなんだろ）」わたしの肩を触るドルジの手に、力が入った。

ペット殺し。嫌な言葉だ。憎々しいからではない。逆だ。彼らの抱える残酷さと傲慢さが、「ペット殺し」と名づけた瞬間に、ひどく表層的で罪の軽いものに感じられるからだ。相手の自尊心を切り刻んで、金を奪う行為を「かつあげ」と呼ぶと、軽薄な悪戯に変わってしまうのと似ている。

少し時間が経ち、落ち着いてくると、今度は別の感情が、わたしの中に湧き上がってきた。恐怖心が充満している中、さらに下のほうから火が焚かれているようだった。

怒りだ。

「（警察へ）」とドルジがもう一度言った。

わたしはそこでようやく身体を動かした。外側に折れていた足を引っ張り上げるようにして、身体を立て直す。ドルジの腕を借り、流し台に寄りかかりながら、立つ。

怖くない、と呟いてみる。おまえはあのペット殺しを許すのか？　という声が自分の中で聞こえていた。少々、怖い目に遭ったくらいで、もう弱腰なのか、と誰かが怒鳴っている。

頭の中に、動物たちの姿がよぎった。足を切られたり、刃物で刺されたりしたペットたちが映し出される。想像でしかないのに、奇妙な現実感を備えていた。一瞬ではあるけれど、鮮やかに浮かぶ。理由も分からず、状況も分からず死んだ、犬や猫たちだ。彼らが最期に耳にしたのは、あのペット殺したちの下品な笑い声に違いない、そう考えるだけで痛憤《つうふん》の念が、腹から喉元までせり上がってくる。

それにつれて、震えが収まってくる。

「あいつら、許したくない」わたしの目尻には涙が浮かんでいた、と思う。

「(よし。警察に行こう)」

「(でも、それじゃあ解決しないよ)」どうせ警察官は、わたしの話を面倒臭そうに聞いて、書類を作り、型通りのアドバイスを寄越してくるだけではないだろうか、という恐れがある。

「(だからといって)」

「(あいつらの居場所を見つけて、それから警察を呼ぶの)」わたしは鼻で息を吸い込んで、言う。

「(居場所を?)」

わたしはうなずく。

ただ単純に、「ペット殺しを見かけました」と曖昧模糊とした情報を提供するのではなくて、「今あそこにペット殺しがいますよ」と知らせたほうが、警察官たちも本腰を入れてくれるのではないだろうか。言葉だけの漠然とした犯人像よりは、よほど分かりやすい。ついでに、その若者たちがわたしを車に連れ込もうとした、と説明をすれば事情聴取くらいはするかもしれない。

一気に片を付けたかった。時間がかかると、あいつらが再度わたしを襲ってくる。それが何よりも怖い。

「(でも、彼らの居場所なんて知らないよ)」ドルジが困ったように、眉を下げた。

「(街のファストフード店に行ってみよう)」わたしはそこで鋭く言う。覚悟を決めて、その店の場所と名前をドルジに説明した。

はじめてあのペット殺しと遭遇した時、彼らがその店のことを口にしていたのを、わたしは覚えていた。あれは、いかにもその店の常連であるかのような口振りだった。

恐怖で萎れていたわたしは、もっと慎重に構えるべきだったのに、とにかく行動しなくてはいけない、と思い込んでいた。

人というものは、慎重にことを運ぶべき時に限って、行動を急いでしまうのかもしれない。

◇ 現在 12 ◇

眠っている時を狙って電話がかかってくる。そんな気分になる。今この瞬間に願いがひとつだけ叶うのだとしたら、まず間違いなく、この電話を鳴り止ませてもらうだろう。

布団から手を伸ばし、受話器をつかむ。

母からの電話かもしれない、と覚悟をしていたけれど、違った。

「寝てたの?」と訊ねてきたのは麗子さんだった。感情のこもっていない、淡々とした喋り方ですぐに分かった。

「ええ。疲れているみたいなんですよ」僕は寝惚け半分なので、強がることも気取ることもできず、素直に答えた。「どうも、頭がこんがらがって」

貝の口を無理やり開くような気持ちで、瞼を開けて、枕もとの時計を見やる。午後の十時。そう言えば、一昨日電話があったのも、この時刻だ。

「彼が河崎君ではない、ってことは分かった?」

「ええ」僕は、相手には仕草が見えないにもかかわらず、首を縦に振った。「ばっちり分かりました。彼はブータン人で、ええと、名前は」

「ドルジ」

「そう。ドルジでした」現実味がない。「それから本当の河崎は、死んでしまったとも聞きました」

　これでは強要される前から自白する囚人のようだ、と思った。身体を起こした。着替えもせずに、ジーンズのまま眠っていたらしい。

「で、彼はどう？　今晩も出かけた？」

　何のこと、と言いかけて気がつく。河崎が昨日、一昨日とつづけて出かけていることを、麗子さんには話してあった。「河崎ですか？」

「君にとって彼は、ドルジではなくて、河崎君のままなの？」

「まあそうですね」今さら呼び名を変えるのも違和感がある。

「君のアパートはどこにあるの？」

「え？」

「ドルジが外出した後で、そっちに行っても間に合わないでしょ。だから、今から近くまで行くから」彼女の言葉は平坦であるだけに、抵抗しても効き目がなさそうだった。

「麗子さんは、このアパートの場所は知らないんですか？」二年前、彼らと麗子さんはどの程度、親しかったのだろうか、と考えてみる。

「わたしは、他人がどこでどんな生活をしているかなんて興味なかったの」

「でも、その、琴美さんという人は、店員だったんですよね？」

「店長が店員の住所を知らないと罰せられるという法律でもあるわけ？」

　たぶんそのうちできますよ、と言おうとしてやめた。かわりに住所を伝えた。バスの停留所を口にしてから、アパートまでの細かい経路を説明する。

　そこならたぶん分かる、と麗子さんは静かに言う。「そこの近所にあるコンビニエンスストアで車を停めているから」

「来てくれるんですか」

「ドルジを追うの」彼女は淡々と言った。

ドルジ、という名前はしっくりこなかったけれど、「了解しました」と僕は答える。

麗子さんが電話番号を言うので、脇に落ちていたピザ屋の広告に書き留めた。麗子さんの無機質な言い方は、数字の羅列を読み上げる機械のようでもある。

電話を切った僕は、溜め息をつく。何をすべきなのか、どういう準備が必要なのか、思いつきもせずぼうっとした。

鏡の前で、寝癖を整え、服装の確認をする。心の中に浮き立つものを認めた。べつにデートをするわけじゃないんだよな、と自分に言い聞かせる。ピザの新商品の隣に書いた、麗子さんの電話番号を見下ろしながら、これを見たら佐藤と山田は、僕を重罪人のように責め立ててくる、とも思った。

時間を持て余した。河崎が部屋から出る物音を、聞き逃すわけにはいかないため、テレビもステレオもつけられない。できることと言えば本を読むことくらいだったので、机の上に置いておいた文庫本を開いた。

二十歳の登場人物が、自分にだけは別誂えの運命が待っているに違いない、と信じている。それを読みながら、僕は特別な人生なんていらないな、と考えたりしていた。のんびりと地味で、書店強盗や自殺からは無縁の生き方、たとえば靴屋の主人のような生き方が合っている、としみじみ感じた。

その時、音が聞こえた。河崎の部屋のドアが開閉したのだ。反射的に、受話器に手を伸ばした。

「二年前に、何があったんですか？」僕は運転席の麗子さんの顔を見た。

つい最近も、こうやって助手席から運転手と話を交わしたよな、あれはいつだったっけかな、と考えてすぐに、河崎と書店を襲った時のことだ、と思い出した。

あの時、僕が喋っていた相手が実はブータン人であったように、今、隣でハンドルを握っている美人がコンピューターグラフィックだということもあるのかもしれない、と疑いたくなる。彼女の染みひとつない白い肌には立体感がなかったし。

「二年前」彼女は、機械が情報を検索するように言う。「わたしのお店に、琴美ちゃんという子がいたんだけど」

麗子さんは前を見たままだった。

河崎が運転しているセダンは、十五メートルほど前を走っていた。僕たちが乗っている車が、それを照らしている。

一度、交差点を曲がったところで、白いＲＶ車が間に割り込んできたが、すぐにいなくなってくれたのでほっとする。

地下道をくぐり、駅の東側に抜けて、まっすぐに進む。国道を横断したあたりから、周囲を走る車も少なくなった。街灯も減り、信号も見かけなくなり、おまけに昔ながらの民家ばかりがつらなりはじめたので、周りがますます夜に侵食されていく気分になった。

僕たちの車は、包み込んでくる暗闇から逃げるために突き進んでいるようだった。ライトが点灯しているものの、懐中電灯を前に向けているだけのような、心細さだ。

時折すれ違う対向車線の車が、一瞬だけ麗子さんの真っ白い顔を照らした。

「琴美さん」僕はその名前を口にする。馴れ馴れしい言い方にならないように気をつけた。「その人は、ええと、本当の河崎さんの恋人とか、ですか?」

「いや」麗子さんが否定をする。「ドルジ。彼女はドルジと一緒に住んでたの」

麗子さんが横目で僕を見た。睨んだ、と言うほうが当たっている。警告をした、と言うほうがもっと当たりだ。

その目には、僕が、「ブータン人と日本人の間に恋愛があるなんて意外ですね」などと口にしたら、すぐにでも殴ってくるような鋭さがあった。

ただ、幸いと言うべきか、僕は、恋愛について語るにはあまりに経験が乏しくて、スタンダードな形態に対する哲学もこだわりもなかった。だから、ブータン人の男性と日本人女性が同棲していようが、あまり奇異には思えなかった。へえ、という感じだ。へえ、ガードレールですか。へえ、十字路ですか。へえ、同棲ですか。そんなものだった。

「その、琴美さんは今、どうしているんですか?」

そこで、麗子さんは一瞬黙った。心なしか、速度が緩んだようにも感じた。

いつの間にか左右は一面、田圃になっている。夜に見る田植え前の田圃は、息を潜める水面を思わせて、僕たちは海の上を走っているのではないか、とそんな錯覚も受けた。

「二年前、市内で、犬とか猫が殺される事件がたくさんあったんだけどね」二度と口を開いてくれないのかと思った麗子さんが、喋りはじめてくれて、僕は安心する。

「犬とか猫、ですか」

「動物虐待。殺された。野良猫とか、ペットが盗まれたり」

「そういうのってありそうですね」実際に目撃をしたことはないけれど、テレビの報道などでは目にしたことがある。ボーガンで撃たれた犬だとか、ガムテープで縛られた鳩だとか、そういうたぐいの事件だ。「結構、多かったんですか?」

「そう。犯人は二十代の男女だったんだけど。遊び半分で、たくさん殺してたんだ」

「はあ」僕は、それがどう琴美さんの話と繋がるのか、見当がつかない。

「で、琴美ちゃんは、そいつらを許せなかったわけ」

そりゃ、誰だって許せないでしょうに、と内心で呟く。僕たちは、自分が食べる動物が殺される場面からも目を逸らす、それほどの「動物好き」なのだ。

「で、琴美ちゃんが、犯人の正体に気づいたんだ」

「え? ペットショップの店員だからですか?」

「それは関係ないのかもしれない。偶然だと思う」麗子さんは、記憶を辿っているようだった。

「わたしも後から聞いた話なんだけど」

麗子さんはアクセルを踏んだ。速度が上がる。いつのまにかセダンとの距離が開いていたようだ。高架道路の下をくぐり、わずかの間、景色が消えた。抜けるとまた、田園風景が続く。海が広がる。

「彼女は、警察に通報しようとしたみたい」

「それは、通常の反応ですよね」

「この辺のことは、後になって河崎君から事情を聞いたから、つまり、又聞きなんだけど」

だから、詳細は質問されても困る、ということなのだろう。

「琴美ちゃんはドルジと一緒に、ファストフード店まで行ったみたい」

「ペット殺しと対決するための、腹ごしらえというわけではないですよね」これは不謹慎な話だったのかもしれないが、全貌が見えないだけに、手探りで話すほかなかった。

「犯人がその店にいたらしい」麗子さんがむすっとした声を出す。「で、警察を呼んだ、らしい」

「そんな風に呼んで、警察が来るものなんですか？」

「さあ」と言った麗子さんが、急にブレーキを踏んだ。車がつんのめって停まる。

「どうしたんですか」シートベルトに引っ張られながら、僕は声を出す。

麗子さんは黙ったまま、左側前方に人差し指を向けた。

河崎のセダンが、左方向へ走っていくのが見えた。左折したのだ。

まるで水面を行くかのようだった。僕たちを置いて、小さくなっていく。

舗装された道ではなかった。農道に違いない。

「あんな道を追っていったら、いくら何でも尾行がばれる」麗子さんはそう零す。「完璧に」

その通りだと思う。あの農道は、通常、車が走行するような道ではないだろう。同じように農道に入ったら、おそらくは河崎も、僕たちの車を怪しんだだろう。

「まかれたんですかね？」

「分からない」

三分ほど経ってから、麗子さんは車を発進させて同じ農道に車を進めた。けれど、すでに追いつけるようには思えなかった。

ハンドルを握る麗子さんの手からも、熱が消えたようだった。諦めが滲んでいる。それは僕も同じだった。溜め息を吐き出すのと同時に、肩からも力が抜ける。

結局、舗装された車道に出たところで、林の脇に停車した。林は、松の木だろうか、広い範囲を黒々と覆っていた。ライトを消すと、周囲は真っ暗になる。

窓を開けて、車の走る音を探そうと耳をそばだてると、波の音が聞こえてきた。巨大な怪物が、暗闇の奥で鼾をかいているような不気味さがある。「このへんって、海が近いんですか？」

「そうね。この林の向こう側は、海だね」

「河崎、泳ぎに来たってことはないですよね」

麗子さんは、愚問に答えるつもりはない、とでもいうような顔で、前を見ていた。

仕方がない、引き返そう。麗子さんはエンジンをかけ直して、僕に言った。ライトを点ける。ハンドブレーキを下ろしたところで、僕は思い出した。「あの、さっきの話ですけど」

「さっきの話？」

「琴美さんはどうなったんでしたっけ？　警察を呼んで」

「ああ、途中だった」麗子さんの唇が、暗闇の中で優雅に上下する。膨らんだり萎んだりする真っ赤な唇は、エロティシズムよりも幻惑を感じさせた。見惚れて、吸い込まれそうだ。

「犯人はファストフード店の裏口から出てきた」

「裏口から？」その言葉は、僕がモデルガンを構えて立っていた、書店の裏口ドアを思い出させる。

「彼らは車で突然、飛び出したらしい。警察から逃げようとしたんだと思う」

「ええ」僕は先を促す。

「で、琴美ちゃんは」

「ええ」

「それにはねられて死んだの」

一拍空いた。

「ああ、そうなんですか」僕は想像力を懸命に使い、出会ったことも見たこともない女性に対する最大限の同情をこめて、答えた。

尻込みする前にやり遂げてしまいたい。そんな気分だった。今この瞬間の希望はひとつだけだ。ファストフード店に、あの若者たちがいますように。それだけだ。

もし彼らを発見できなかったら、とそれを想像するだけで恐ろしかった。この憎悪と恐怖の混ざったもやもやとしたものを抱えたまま、夜を明かすのはつらかった。眠れるとは思えない。

店に彼らがいると分かれば、あとは警察に連絡をして、調べてもらえばいい。彼らは狡猾な知能犯というわけではないから、少し調査をすればペット殺しの件など簡単に露呈するのではないだろうか。だから、即刻、捕まるかもしれない、という期待があった。

そうなればわたしは、この不快なおののきから解放される。

九時はまだ深夜と言うには早い。ただ、空はこれ以上は暗くならない、というくらいには暗くなっていた。行き交う車のヘッドライトに、雨脚が浮かび上がる。それを見て、はじめて小雨がぱらついていることに気づいた。

バスで到着したわたしとドルジは、あまり会話を交わすこともなく、アーケード通りを進んでいく。

ゲームセンターから騒々しい音が聞こえた。立ち話をしていた女性たちが、突然、甲走った声を上げる。はしゃいでいるだけらしい。歩行者用信号が点滅をはじめる警告音と、車のクラクションがつづけて鳴った。畳んだ傘をバット代わりに振り回している高校生たちがいる。

足を踏み出すたびに、緊張感が増し、一歩ずつ地から浮かび上がっていくようだった。さらに足を出すとまた浮き、このまま地面から遠ざかっていく心地がした。

だから、ドルジの手を握っていた。それを放してしまったとたん、自分が空に飛んでいってしまう不安があったのだ。

ファストフード店の前まで来たところで、ドルジが大きく溜め息をついた。

「(嫌な感じだ)」

そのファストフード店は街の中心にある店舗にしては珍しく、大きめの駐車場を備えている。五台分の敷地の一番左端に、見覚えのあるミニワゴンが停まっていた。黒い車体が、店の看板のライトに照らされて気味悪く光っている。紛れもなく、あの若者たちの車に思えた。

「(嫌な予感がするよ)」

「(ううん、これはいい兆候だって)」わたしはそう言い直す。

ここにあの若者たちがいれば好都合だ。警察を呼んで、調べてもらえばいいのだ。少し尋問をすれば、彼らは取り乱し、簡単にボロを出すように思えた。そうなれば、わたしとドルジはアパートに戻って、ゆっくり眠れるはず。一件落着、急転直下の解決だ。そうでないと、困る。

屋根がないため、雨が直接、ミニワゴンの車体に降りかかっている。雨脚は弱いので、滲んだ汗が垂れるように、水滴が流れていた。

肌に冷たさは感じなかったが、髪に触れるとひんやりと手が湿った。それなりに雨は降っているらしい。

店内は煌々と灯りが点いているので、外から丸見えだった。客たちがハンバーガーを齧る表情まで、見ようと思えば見える。

わたしは目だけを動かして、中にいる客の顔を見渡した。ペット殺しの三人の顔を捜す。まるで、合格発表の場で自分の番号を見つけるような緊張感があった。

「いない、ですね」ドルジがほっとしたような声を出した。

「たぶん、二階だよ」

「(この車は別の人のものだよ)」ドルジは、黒のミニワゴンに近寄って指差した。「(琴美だって、ナンバーまでは覚えていないだろ？)」

それは認める。ナンバーは覚えていない。わたしも彼の後を追い、ミニワゴンの脇に立った。

「(でも、これはあの車だよ。そうとしか思えない。この店はあいつらの溜まり場なんだ)」

「(違うって)」

いつもはもっとのんびりとしているはずのドルジが、少しばかりムキになっていた。嫌な予感に苛立っていたのかもしれない。

わたしは助手席側に立って、中を覗いた。ガラスが雨に濡れているので、手で軽く撫でて、水滴を拭う。

これは、わたしが押し込まれそうになった車なのだろうか？　識別することはできない。けれど、横になったワイパーや、助手席に転がったCDのケース、アクセサリーのぶら下がったバックミラー、そういうあらゆる場所から、得体の知れない気味の悪さが湧き出ているようには、見えた。

「(似てるけど、違う車だ)」ドルジがさらにそう言い切ろうとした時、わたしは後部座席にプラスチックの籠が置かれていることに気がついた。

心なしか雨脚が強くなった。わたしの視界から車内を覆い隠そうとするかのように、次々と雫が窓ガラスに垂れた。

すぐにそれを素手で振り払った。飛沫が服にかかったが、それどころではない。

雨を払う。両手を目の上に置いて、ひさしを作り、顔を窓に近づけた。

キャリーケースと呼ばれる、ペットを運ぶためのケースが後部座席にあった。

「(どうしたんだい？)」ドルジも気にして、顔を近づけた。それから、やはりケースを発見したようで、「あ」と言った。

わたしは、ケースの中に動く物体が入れられているのを見つけた。決定的だった。

心臓が跳ねる。動転したせいか、視界が暗くなる。

ケースの中には、小型犬か、もしくは猫が、入っているのだ。

「ドルジ、あいつらだ。絶対、そうだ。これ、連れて行くところなんだって」わたしの口はもどかしいくらいに力が入らなかった。「あの、あのケースに入れられてさ」

怒りが背筋を走った。潰乱した軍隊のように、わたしの思考はまとまりがなくなった。

鼓動に合わせて、さらに雨が勢いを増した。荒々しくアスファルトを叩き、その音がさらに、焦りを後押しする。

気づくとわたしは、後部座席の窓を両手で叩いていた。こぶしで親の肩でも叩くように、窓を殴っていた。あの動物を逃がさなくてはいけない、とそれだけが頭にあった。ガラスを割って、助けなければいけない。それなのに、なかなか割れない。濡れた前髪から水滴が垂れて、鼻にかかった。

「琴美」とドルジが慌てて、わたしを取り押さえに来た。彼の髪もかなり濡れていて、ぺしゃんこになっている。彼は直面している事態よりも、パニック状態にあるわたしに動揺していた。

「早く逃がさないと」とわたしは言う。

ドルジもさすがに、これがペット殺しの車だと認めたのか、深刻な顔になった。店を振り返り、わたしと店を交互に何度か見た。

そして、「(よし、警察を呼ぼう)」と言った。

わたしはうなずく。恥ずかしいことにわたしは、剣幕の割には状況を把握できていなくて、あぁ、と返事をするのがやっとでもあった。

電話すべきなのか、交番に直接行くべきなのか。わたしは必死に頭を働かせようとするが、自分のとるべき行動の判断がつかず、ドルジを見た。

「ああ、そうだね」わたしは勇気を懸命に振り絞り、出会ったことも見たこともない警察官を信頼することにして、うなずいた。

◇ 現在 13 ◇

翌日は、麗子さんとも河崎とも顔を合わさなかった。むしろ、避けるように過ごした。

朝から刑事訴訟法の講義に出て、そのまま夕方まで大学にいた。マイクでだらだらと喋っているだけの教授もいれば、暑苦しい大声で、生徒を煽るような人もいた。僕は、壇上で動いている彼らをぼんやりと眺めて、時々、思いついたようにノートにメモをする。

あまりやる気はなかった。三島由紀夫の小説に「法科が厄介なのは二年目だ」とあったのを、心のどこかで信じていたのかもしれない。一年目はまだいいや、とそんな甘えがあったのかも。

受けるべき講義がすべて終わると、帰り支度をはじめる山田と佐藤に声をかけた。

「ぱーっと飲もう」と僕は大袈裟に言った。彼らは、さてはあの色白女性にふられたんだな、と解釈をしたかもしれない。いいな、そうしようぜ、と肩を叩いてきた。

僕は、何もかも忘れたい気分だったのだ。

入院中の父のこと、書店を襲ったこと、麗子さんから聞いた二年前のこと、河崎が河崎ではなかったこと、彼が夜中に出かけている場所のこと、それらについて考えることをやめて、頭の中を空っぽにしたかった。

三人で、繁華街まで足を延ばした。

朝方まで本格的にお酒を飲むのは、はじめての経験だったけれど、飲み慣れた風を装った。他の二人も同じようなものだったかもしれない。眠さを忘れて、内容のない会話を交わすのは、気疲れもあったが、新鮮だった。途中から何を話していたのか覚えていない。たぶん、テーマは「日本の政治家」についてだったはずだ。靴屋を継ぐ僕にだって、日本の未来を考える力はある。

眠いのとお酒に酔ったのとで、頭が重かった。居酒屋で自然と大声になっていたせいか、喉も嗄れている。街路灯が消え、日が昇りはじめ、街は徐々に白々となっていく。それに合わせて、転がっているゴミや吐瀉物があからさまになった。三人でよたよたと歩きながら、シャッターで閉ざされた商店街を通り抜ける。山田が居酒屋の看板にぶつかり、僕は落ちているペットボトルを踏んだ。

アパートに帰ってきて、河崎の部屋の前を通り過ぎた時、彼がどうしているのか気になったが、呼び鈴を押すことはしなかった。酔っ払いに訪問されても、困るだけだろう。

部屋に戻ると、服を乱雑に脱ぎ捨てて、布団に横になった。目の端に、留守番電話のライトが点滅しているのが映ったけれど、無視をする。どうせ母からだ、と決めつけた。

遊園地のメリーゴーラウンドは、回転する速度を徐々に落とし、余韻も残さずにぴたりと停止する。まさにその止まり方を真似するかのように、僕の思考は止まり、いつの間にか眠った。

起きたのはチャイムのせいだった。部屋の中で、軽快な音が響いた。一度鳴ったくらいであれば、夢の中でのことだろうと思い込んでやり過ごせたかもしれないが、あまりにしつこく鳴りつづけるので、観念した。

ジーンズに足を通す。バランスが取れず、右足を突っ込んだところで、転びそうになる。目をこすりながら、玄関へ向かい、ドアを開けた。

「帰ってたわけ？」無表情の麗子さんが立っていた。「留守番電話に、折り返し電話をくれ、って吹き込んだんだけど」

「今、何時ですか？」

麗子さんは右腕につけた時計をこちらに向けて、「午前十一時過ぎ」と答えてくれた。

「午前の講義は間に合わない」そもそも行くつもりであったのかどうか、自分でも憶えていない。

麗子さんは隣の部屋のドアに顎を向けた。「こっちに、ドルジがいるの？」

僕は靴に足を入れて、外に出ると、ドアを後ろ手に閉めた。「ええ。河崎が」異なった二つの名前が同一人物を指すのは、実にややこしかった。

彼女にはためらう様子はなかった。腕を伸ばすと、隣室の呼び鈴を押した。ピンポーンと鳴る。待ち切れないのか、何度も押した。まるで呼び鈴の耐久試験をしているかのようで、なるほど、これは僕も起こされるわけだな、と合点が入った。

ドアが開いて、河崎が出てくる。彼は、ドアの前にいる麗子さんにはじめは顔をしかめたが、すぐに微笑んだ。悪戯が見つかった小学生のような、純朴な笑みにも思えた。

「久しぶり」麗子さんが首を傾けた。顔に表情がないため、怒ったヤクザが難癖をつけに来たようにも見える。

「久しぶり」河崎が答えた。僕のほうを見て、照れ臭そうに鼻の頭を掻いた。

彼らが面と向かって会うのが何日ぶりであるのか、何ヶ月ぶりであるのか、何年ぶりであるのか、僕には見当もつかなかったけれど、貴重な瞬間に立ち会っている気がした。寝惚けている場合ではないな、と頭を軽く振る。

「話をしたいんだけど」麗子さんは、河崎に向かって言った。

「何について？」と河崎が訊ねる。

「さっき、新聞で読んだ」麗子さんは早口だった。「いろいろ教えてほしい」

「新聞？」僕は自分の顔から血の気が引くのが分かった。もしかすると、僕たちが書店を襲ったことが、今さら記事になったのだろうか、と不安になった。当日の書店員、江尻さんが現われて、電撃的に証言をはじめたのかもしれない、と。

「そうか」河崎の顔は神妙ではあったけれど、驚いている様子はない。

麗子さんが口を開こうとしたところで、河崎が手を前に出した。「ここで話すのはやめよう」

僕は見渡してから、同意する。アパートの日の当たらない通路側は、三人で立ち話をするには窮屈だったし、いかんせん陰気だった。発言する端から、言葉に蜘蛛の巣が絡んでくるような暗さがあった。想像するに、これから交わされるのは陽気な話ではないだろうから、別のところへ移動したほうが好ましいだろう、とは僕にも分かった。

「なら、動物園はどう？」麗子さんがむすっと言った。「前にドルジが、動物園が一番いい、と言ったのを覚えてる」

「それはいい」河崎が頬を緩める。それから急に僕を見た。「椎名も、行くだろ」

も、もちろんだよ、としか答えようがない。


動物園に来るのなんて、十年ぶりくらいだろう。独特の獣たちの臭いと、必要以上に装飾のない園内の雰囲気は、僕が子供の頃に訪れた動物園の記憶と、代わり映えがしなかった。

時代に流されずに活動をつづける、ロックンローラーのようだ。地味で、よけいなものが何もない。恬淡とした、テーマパークだ。

麗子さんの車で、動物園まで来る間、僕たちはほとんど会話をしなかった。動物園で喋る、と決めたからには、そこに辿り着くまで一言も言葉を発しないとお互いが決意したかのようだ。

僕が、「実は、午後も大学の講義があるんだ」と言ったのに対して、麗子さんが、「どうせ、休むつもりなんでしょ」とすげなく言ったのが唯一のやり取りで、河崎にいたっては何も話さなかった。

それぞれが自分たちのお金で入園券を買い、園内に入る。五百円という金額が高いのか安いのかは判断がつかなかったが、麗子さんが、「動物の餌代としては安い」と言うのは聞こえた。

入園すると、正面は広場になっている。真ん中には大きな円形の花壇が置かれていて、看板が立っていた。花壇の脇には大きなパネルがある。動物のイラストが描かれ、顔の部分だけがくり貫かれている。少女がライオンのところから顔を突き出して、それを父親らしき男性が写真に撮っていた。

だだっ広い敷地にも、一応、順路のようなものはあるらしく、僕たちはそれに従い、右回りに進むことにした。

「さっきの新聞の記事って何のことですか?」僕がまず口火を切った。

前を並んで歩いていた、河崎と麗子さんが同時に立ち止まり、振り返った。

「そうね」麗子さんは、河崎に視線をやってから、「その前に、昔のことで訊きたいことがあったんだけど」

ようするに、僕の質問は却下された、というわけだ。

「昔?」河崎が訊き返す。

「二年前。思い出したくないかもしれないけど、教えて」

「思い出したくないけど、教えてもいい」河崎が冗談めかして、言った。

彼の日本語は滑らかで、ほとほと感心してしまう。

「琴美ちゃんが轢かれた時って、何があったの？　わたしはあの犯人たちの車にはねられたとしか聞いてない」

河崎は鼻で深く息を吸い込んだ。呼吸を整えるかのようでもある。「あの時、俺たちはあの店にあいつらがいるのを見つけた。車があったから、たぶんそうだと分かった」

「で、警察を呼んだ？」

「琴美が交番に行って、必死に説明をしたんだ。俺はその間、店の前で見張っていた。琴美が戻ってくるまで、すごく時間がかかった」

「でも、警官は来てくれたんだ？」

「たぶん、警官は信じてなかったんだ。そう思う。あまりに琴美がうるさいから、仕方がなくて、見に来ただけかもしれない。でも、とにかく来た」

「琴美ちゃんとあなたは、店の外で待っていたわけ？」

「俺は店内に入った。警官と一緒にファストフード店に。琴美が一緒に行くと危険だから。で、店の二階にあいつらはいたんだ」彼は忌々しい記憶と闘っているようにも見えた。「ただ、あいつらは、行動が早かった。警官が見えたとたんに、急に、席を立って、逃げたんだ」

「目に浮かぶ」麗子さんが言う。

「浮かびますね」僕も、調子を合わせた。

「俺は、警官に言ったんだ。『あの人たちです』」彼は、片言でしか日本語を喋れなかった頃の自分を真似した。「警官が階段のところで、あいつらを止めた」

「でも、逃げたわけね」

「そう」河崎が息を吐き出す。肩をすぼめた。「あいつらは裏口へ逃げたんだ」

「裏口があったんだ？」

「あった。非常階段。あいつら、慌てていた。階段を下りて、駐車場の車に乗って、逃げようとした」

「そこに琴美ちゃんが飛び出した」麗子さんは話を引き継いでから、「どうして？」と訊いた。

「それは」河崎もそこは推測で喋るほかないのだろうが、それでも信念を込めるような語調で、「逃がさないためだ」と言い切った。

「偉いなあ、琴美ちゃんは」

「負けず嫌いなんだ」

河崎も麗子さんも、あえて淡々とした喋り方をしているのだ、と僕にも察することができた。自分たちの感情の深い部分に蓋をして、上っ面の部分で、事実確認と情報交換をしている。自分たちの会話が、文学的な趣をともなうのが怖くて、数式を持ち出すかのようだ。

「それで」せっかくその場にいるのだから、僕も参加することにした。「その犯人たちはどうなったの？」

「死んだ」河崎が両手の平を見せた。「琴美を轢いた勢いで、車が傾いたんだ。道路に停まっていたトラックにぶつかった。トラックに載っていた木材が落ちてきて、車に刺さった。それで、死んだ」

「そ、そうなんだ」僕はぼんやりとしている。

「誤魔化さないで」麗子さんが声を強めた。「全員、死んだわけではないでしょ。二人。死んだのは二人。犯人は三人」

「ということは、一人は助かったんですね」僕は、四則演算は割合に得意なほうなので、ふむふむと知ったような顔でうなずいた。助かった、という表現が適切なのかな、と内心で首をひねった。

「そう。一人は助かった」麗子さんが、河崎をまっすぐに見た。「助からなくていいのに」まばたきもなく、凝視と呼ぶのが相応しい見つめ方だった。「で、今朝の新聞に載ってたの。江尻という男が、発見されたみたいよ」

河崎の顔は瞬間、強張った。「そうか。発見されたか」

「江尻？」僕は甲高い声を出してしまう。「そ、それってあの書店の、僕たちが襲った書店の店員だ」

「そう。あの時にいた店員が、江尻だ。琴美を殺した、ペット殺しの生き残りだ」河崎は何事でもないかのようだった。

「え、ちょ、ちょっとどういうこと？」僕はまた混乱に襲われる。解答らしき言葉がぽつりぽつりと差し出されるのだけれど、それがどういう全体像を作り出すのか、理解できていなかった。

「え、江尻さんが発見って、何のこと？　ペット殺しって？」

「歩こう。順番に話すよ」河崎は背中を向けながら、先へ進んだ。

その態度は、話を逸らしたり、悪くなった居心地を取り繕おうとしたものではないようだった。本当に、先へ進みたかったのだろう。

退屈そうなラクダが口を上下させているのが、左手に見えた。僕たちの姿を眺めつつ、口を動かしている。喫茶店でテーブルの上のメニューを眺めながら、コーヒーを啜るのと同じように、ラクダたちは僕に目をくれながら、餌を食《は》んでいた。

ゴリラだろうか、姿は見えないが、奇声を発して、暴れているような音が聞こえてくる。

「あいつらの中で一人だけ生き残ったのが、江尻だ」河崎が話を再開した。僕は、麗子さんの隣に割り込んで、聞き逃すまいとする。「あいつは、警察に捕まったけれど」と言って、説明をしてくれた。

車の事故が起きた時、後部座席にいた犬のせいで、江尻は「ペット殺し」の犯人だと認められ、その場にいた警察官に逮捕された。

けれど、仲間の二人が死んだことをいいことに、江尻は一貫して、自分が共犯の使い走りであることを主張した、らしい。そして、目一杯の反省を見せて、執行猶予となった。

「それで、あなたたちは、どうしたの?」麗子さんが訊ねた。

「それで?」河崎は肩をすくめる。「どうもしない。俺たちはひどく落ち込んで、しばらく、ぼうっとして。それだけだった」

江尻は姿を消して、居場所も分からなくなった、とも言った。

「俺たち?」

「俺と河崎だよ」彼は答える。「俺たちはもう江尻のことは忘れたんだ」

「それは嘘だ」麗子さんが、僕の右側から、まるで僕ごと河崎を刺し貫くように言った。「あなたたちは、江尻のことを捜していた。そうに決まってる。許せるわけがない」

河崎は笑った。笑うだけで、否定はしなかった。「半年以上前、新聞に江尻が載っているのを見つけたんだ」

「字が読めないのに、新聞を取っていたわけ？」麗子さんが訊いた。

「河崎が取っていたんだ」

新聞のことについて、頭の中で光るものがあった。あの書店に飾ってあった新聞記事だ。ショッピングモール反対の特集で、店長と江尻さんが並んだ写真が掲載されていたではないか。あれのことだろうか。

「その新聞で、江尻があの本屋にいることが分かった」河崎が言う。

「で、復讐をしようと考えたわけ？」

「復讐？」僕は訊き返す。そんな単語を耳にする機会がくるとは思ってもいなかった。「復讐って、あのフクシュウ？」

河崎は軽やかに笑った後で、困惑の表情を浮かべた。「河崎がね。計画を立てた」

いつの間にか、サル山の前まで行き着いていた。

柵のあるくぼんだ敷地に、人工的な山ができていた。大小さまざまのニホンザルが動き回っている。跳びはねたり、鎖の橋を渡ったり、毛づくろいをしたり、と猿たちはそれなりに忙しいようにも見えた。

「江尻を殺す計画でしょ」麗子さんが言う。

「新聞で江尻を見つけた後、河崎はいろいろ考えていたんだ」

「いろいろ？」麗子さんが訊く。

「本屋を見に行って、江尻がいる時間を調べた。それから、やり方を考えた」

「殺そうとしたわけね」

「はじめは」と河崎が答えた。

「はじめは？」僕は思わず、訊き返す。

「書店を襲って、江尻を殺そうと思った」それはまるで、「夕方になったら、苺《いちご》を買いに行こうと思った」とでも言うような喋り方だった。

「あの時、それが目的だったのかい？」僕は、おそるおそる、触れば祟《たた》る神様に指を伸ばすような気持ちで、質問をした。「あの書店を襲ったのは」

「そうだよ」河崎はあっさりと肯定した。「椎名には悪かった。あの時、俺は広辞苑じゃなくて、店員の江尻に用事があったんだ。客が帰った後の店を襲って、江尻を殺すつもりだった」

「どうして、彼を連れて行ったわけ？」麗子さんが、僕に目をくれる。まさに僕の訊ねるべきことを、先に口にしてくれた。

「あの店には裏口があった」

「裏口？」麗子さんは表情こそ曇らせなかったが、声には不審そうなニュアンスが込められている。「それが関係あるの？」

「裏口から逃げられるのは、もう嫌だったんだ」河崎は、生涯償うことができない罪について語るようだった。「河崎もそう言っていた。だから、計画の時から、二人でやるつもりだった」

「それで、僕を？」

「俺が一人で行って、江尻が裏から逃げたら、まずいだろ？」

「それにしたってさ」

「裏口から逃げられると、不幸が待っている。裏口から悲劇は起きるんだ」河崎の頭の中では、二年前に琴美さんが亡くなった時のことが、記憶というよりはえぐられた傷として残っているのだろうか。それと対決するかのような、力強さがあった。

猿がわめき声を上げるのが聞こえた。悲劇とはね、と笑っているようでもあった。こんな場所に飼われている俺たちのほうがよほど悲劇じゃねえか、と。

「でも、でもさ、どうやって殺したんだい？」僕もとうとう、その乱暴な言葉を口にする。

「殺せなかった」河崎は静かに微笑んだ。

僕は、彼を眺めながら、不思議な気分になった。彼の笑みには、殺さずに済んだ、という柔らかさではなくて、もっと残酷な満足感が含まれているように感じられたからだ。

「本当は、本屋に入ったらすぐに江尻を殴りつけて、殺す予定だった」河崎が口を開く。

「素手で？」麗子さんは無意識にか、ボクサーのようなファイティングポーズを取ってみせた。楽しげな恰好にも見えた。そのあまりの不謹慎さに僕は戸惑う。

「ブロック」河崎は言った。「コンクリートのブロックで、頭を殴って、殺す。後は、運んで、埋める。そういう予定だった」

ふと、あの夜、河崎がビニール袋を持っていたのを思い出した。

「でも、僕がいるのに、どうやって」河崎は僕と一緒に書店に到着したし、逃げたのも一緒だった。

「順番だよ」河崎が言う。「順番にやる予定だった。はじめに、江尻を殺す。次に、その死体を駐車場に運ぶ」

「駐車場に？」と鸚鵡返しに言ってから、あの夜に見た、駐車場の車を思い出した。「あれか！あの、セダン」

「あれは江尻の車だ。あそこにいつも置いてある。河崎が調べたとおりだ。で、俺は死体をあの車に運ぶ」

「いつ？」僕は気がつかなかった。

「椎名がドアを蹴る時だ」

ああ、と目を細めて、その時の状況を振り返る。僕はボブ・ディランを二度歌ったら、ドアを蹴る。そういう約束だった。「あの時？」

「そう。椎名がドアを蹴る時に、死体を運ぶんだ。俺もディランを口ずさんでいたから分かる。そうしたら、椎名には見られないだろう？」

僕は自分があまりに鈍感だったことに恥ずかしくなり、顔を赤くした。「嘘だろ」

「嘘じゃない」河崎が肩をすくめる。

「それなら、僕があの時に見た、車の助手席に乗っていた人は」

「江尻だ」河崎が即答した。

背筋が寒くなった。あの時、僕と向かい合ったあの男は、死体だったのか。薄気味の悪さに、ぶるぶるっと身体を震わせた。

「車に江尻を座らせた後、俺は一度、店に戻る。店を片付ける」

「それから僕は」と、自分のやった行動を思い返してから、「ディランを二回歌って、またドアを蹴った」

「そのタイミングで、俺は車まで、もう一度走る。発進させて、店を離れる」

たしかに、書店の裏側にいる時に、車が急発進する音はした。

「そして俺は、あの待ち合わせ場所まで、車を移動する」

「え、あそこに？」

「ああ」河崎は淡々としていた。「あの場所には、車がたくさん置いてある。だから、その近くに車を停めても、分かりにくいだろ。車の中に、車を隠した」

言われてみれば、あの空き地には潰れた車やら、ひっくり返ったバイクやらが、山のようになっていた。

「空き地で、助手席から俺の車のトランクに死体を運ぶ。それから、椎名を待つ」

「少し、予定の時間よりも早かったかもしれないけどね」自分の行動を思い出しながら話す。あの時の僕は、途中で歌うのを忘れてしまい、適当に口ずさんで調整をした。もしかしたら、僕の到着が早くて、河崎は焦ったのかもしれない。そう思ってから、実際、彼があの時に「早かったな」と慌てていた風だったのを思い出した。

「椎名をアパートに送って、その後、車で運ぶ。そういう予定だった」

「そうだ、予定だ!」僕はそこで大切なことに気がついた。今までの説明は、すべて彼が実行しようとしていた「予定」であって、「事実」ではないことを思い出した。「そうだよ、実際には、河崎は店員を殺さなかったんだろ? 殺せなかった、とさっき言った。ということは、今のは本当にはやらなかったんだ?」そうであればいいな、とどこかで願ってもいた。

「いや」河崎は、僕の希望をあっさりと打ち消した。「死ななかった。でも、予定通りにやったんだ」

「ど、どういうこと?」

「ブロックで殴った。江尻は倒れた。死んだと思ったんだ。でも、あいつは気絶しただけだった」

麗子さんが、「なるほど」と小さく答えた。

「殴ったけれど、死ななかったんだ。倒れたけれど、生きていた」

「とどめを刺さなかったの?」麗子さんが言う。恐ろしい台詞だ。「とどめを刺す」だなんて、生涯口にしない人だって大勢いるはずだ。

「とどめ?」河崎が首をひねった。

麗子さんが察し良く、「完全に殺す、という意味」と説明をした。

「ああ、そうだね。とどめはしなかった」河崎は知ったばかりの言葉を、不器用に用いながら、

「思いついたんだ」

「思いついた?」ブロックで他人の頭を殴った後で、思いつくべきことなどあるのか。

「殺さないで、もっとひどい目に遭わせよう、と思った」河崎の喋り方は軽快で、スマートさすらあった。悪意など微塵も窺えない。「だから、予定通り、江尻を運んだんだ」

「予定通りって、さっき言っていたとおりのこと?」

つまりあの時、車に運ばれたのが死体ではなくて、気絶していた江尻さんだったという違いはあっても、ついさっき河崎が説明をしていたとおりのことは、実行されたということらしい。それから、あの時の帰り道、僕が乗っていた車のトランクに江尻さんが積まれていた、という事実にぞっとした。

「で、椎名君を送った後で海の近くの林まで行った。そういうわけ?」麗子さんが、僕の知らない手札を開いた。

「う、海の近く? 林? 何です、それ」僕はどもる。話の筋が見えない。

「今日の新聞に載ってたの。怪我を負った青年が、松林の中で木に縛りつけられているのが発見された。名前は江尻、命に別状はないけれど、衰弱している」後半は、記事を棒読みするような口振りだった。

「はあ?」もはや僕は、混乱のベテランにでもなった気分だ。

「俺は気絶した江尻を、海まで運んだ。海の近く、林」

「どうして、そんなところに運んだの?」と麗子さんが言う。

「二年前」河崎の目が輝いた。ように、見えた。二年前の話をする時、彼はそこに、今とは違う風景を見ているのかもしれない。それこそ、麗子さんが言っていた「三人の物語」を見ているのだろうか。春の陽光が射したような、明るい顔つきになった。「二年前、河崎が言ったんだ。ここにいる動物を全部、逃がして、あの林に連れて行くって」

「ここにいる、ってこの動物園の?」僕は便宜上、目の前にいる猿たちに手を向ける。

「彼は愉快な男だった。可笑しいだろ。ここの動物を、林で飼うって言った。あそこは、人が来ない、とそう言った。いるのはカラスだけだ、と」

「カラスはどこにでもいるよ」僕は、どうでもいい相槌を打つ。

「チョーソー」河崎が唐突に、そう言った。

「え?」

「鳥葬だよ。ブータンではね、人の死体を焼くんじゃなくて、鳥に食べさせるやり方があるんだ」

僕は顔をしかめた。そういう風習というか、葬儀の手法があるのは、知識として知っていたにもかかわらず、不気味さに襲われた。たぶん、今、自分の立っている場所が動物園であるために、臨場感を覚えてしまったのかもしれない。河崎が指示を発すれば今すぐにでも、檻を突き破った鳥たちが、僕に嘴を向けて飛んでくるような気すらした。

「もしかして」麗子さんが声を発する。「あなたは、それがしたかったの? 鳥葬?」

河崎はゆっくりと、静かに瞼を閉じた。すぐに開く。「イエス」という返事にしか見えなかった。

「嘘だろ?」

「江尻をすぐに殺したくなかった。だから、木に縛って、カラスに食べさせるつもりだった。ナイフで足を刺しておいた。死なないけれど、腐るだろ?」

「毎晩、その江尻のところに行っていたの?」麗子さんは質問を終わりにはしなかった。

河崎は一瞬だけ、どうしてそれを知っているのだ、という顔を見せたが、「あいつを見に行った。すぐに死なないように、少し食べ物もやったんだ」と答えた。

誰が言い出したわけでもないのに、僕たちは猿山を離れ、順路を進みはじめた。

右手に象が見えてくる。二頭のインド象が、尻尾をリズミカルに振りながら、うろついていた。

「あのさ」僕は堪え切れずに言う。

「どうした?」

「カラスに、その、江尻さんを食べさせようとしたんだよね?」

「鳥葬だ」

僕はすうっと息を吸い込んでから、一気に言い放つ。「それは鳥葬じゃないじゃないか」と指摘をした。「死体を処分するのが、鳥葬なんだろ? 違う? 江尻さんの場合は、まだ生きてるんだから、まったく違うと思うよ」

「椎名の言うとおりだよ」河崎は、眩しさを感じるくらいの、満面の笑みを浮かべた。まるで、そのことを言い当ててほしいからこそ、わざと誤っていたかのようだった。「そうだ。本当は、これは鳥葬じゃない」

わ、分かってるならいいんだけどさ、と僕は答えた。

前から、車輪の音がした。自転車でも走ってくるのだろうか、と身構える。幅は十メートル近くある道だった。舗装されてはいるが、動物園内を走る自転車はあまりお目にかかったことがない。靴がぱたぱたと地面を叩く音と、車輪の転がる音が、しだいに近づいてきた。

僕たちは前を向いたまま、じっとしていた。

走ってきたのは、子供だった。二人いる。

まず、車椅子が目に入った。少年が座っている。半ズボンに真っ青の靴下が目立った。後ろから、少女がその車椅子を押していた。小学校の高学年だろうか、大人びた顔をしているが、背は低かった。二つに結われた髪が、太鼓を前に振り回される桴《ばち》のように揺れている。

車椅子に座った少年は、紙袋を必死に抱えていた。少女も必死に足を動かしている。息遣いがこちらにも届いてくるほどの、熱気があった。

彼らは、僕たちになど構う暇もないのだろう、あっという間に通り過ぎていった。危なっかしく見えたが、それでも慣れているのか、テンポは良かった。

口を開けたまま見送る。

「あれ」と麗子さんが言った。すでに遠ざかっていく、車椅子を指差した。「あの子の持ってる、紙袋」

え、と僕は首を突き出して、じっと目を凝らした。少女の背中で、車椅子の向こう側は隠れている。「何です?」と訊ねようとした時に、それが見えた。

縫いぐるみの尻尾のようなものが、ゆらりと揺れたのだ。少年の抱いた紙袋から飛び出しているのかもしれない。

「尻尾だ」僕はぽかんとしたまま、呟いた。「何だろう、あれ」

「アライグマ？」麗子さんが、僕の隣で目を細めた。

突然、河崎が噴き出した。それから、大きな声で笑い出し、身体を揺らした。

自分の罪を告白したせいで、精神的な動揺や、罪悪感の反動のようなものが起きたのだろうか、と僕は心配になったが、どうやらそうではないようだった。

河崎は愉快げに、笑っているだけだった。「あれ、レッサーパンダだ」と言った。

「レッサーパンダ？」僕はそう言われても、ぴんとは来なかった。「あれが？　あの尻尾？」

車椅子は出口へ向かって、小さくなっていく。

「盗んだんだよ、あの子たちは」河崎が言う。彼は首を曲げて、上を見ていた。雲がまるでなくて、爽快なくらいの真っ青な空が広がっている。

河崎が何を見ているのかは分からない。こちらを見下ろしてくる空の青さと対峙するように、まっすぐに顔を向けていた。

彼の目の端が潤んでいたのは、たぶん、笑いすぎたためではないような気がする。

◇　二年前　13　◇

はねられた瞬間は、轢かれたとも死ぬとも感じなかった。むしろ、爽快だった。ボクサーが、顎にカウンターを受けると気持ちいい、と言うが、それと同じなのだろうか。身体全体に重い鉄球がぶつけられたような、巨大な衝撃だけがあって、わたしは痛みを感じることもなく、宙を浮くような感覚を味わった。

まず、頭の中がまったくの空白になった。前触れもなく、無音で無色の世界がわたしを囲んだ。その直後、今度は記憶が溢れ出た。空っぽの部屋に、濁流が流れ込んでくるようなものだ。二歳のわたし、五歳のわたし、十歳のわたし、中学生のわたし、高校生のわたし、大学を辞めたわたし、ペットショップで麗子さんに会ったわたし、ドルジに会ったわたし、と防波堤が破壊されたのをいいことに、次々と過去の場面が流れ出てくる。

死の前には走馬灯のように人生が思い出される、という意見をわたしはあまり本気にしていなかった。けれど、まんざらでまかせでもないのかもしれない。

意識が遠くなり、ぱちんと消えそうなところで、戻る。鈍く薄れていくのかと思うと、やすりで磨かれたように鋭敏になった気もした。

どうして自分が車の前に飛び出したのか、分からない。あの若者たちがミニワゴンで逃げようとした時には、地面を蹴っていたのだ。

逃がしてはいけない、とその思いだけがあった。雨雲が空を埋め尽くしているとはいえ、雷の兆《きざ》しのようなものはまるでなかった。けれど、わたしは落雷を受けたような痺れを感じていた。きっと、これまでに殺された動物たちの怒りややり切れない恨みが落ちてきたのだろう。憤激の稲妻、使命感の雷光、だ。

逃がすものか、と思い、その直後には身体が痺れていた。車とぶつかった衝撃があった。夢を見た。夢に突入した、と言うほうが近いのだろうか。

正しく言えば、夢かどうかも分からない。

わたしは、唐突に駅の構内に立っていた。日付も時間も脈絡も分からない。外の天候だって不明だ。

新幹線の改札口の脇に、わたしは立っている。そこでコインロッカーをぼんやりと眺めていた。ドルジがいた。彼の隣にいるのはてっきり河崎かと思ったけれど、違った。見たこともない若者だった。大学生だろうか。あどけないね、と言ったら不貞腐れてしまいそうな、あどけなさがある。

彼らが何をやっているのか、わたしには把握できない。ただ、ロッカーの鍵を閉めたドルジが、「閉じ込めるんだ」と笑みを浮かべるのが見えた。

その口調はまさに日本人そのものの流暢なものだったから、わたしはそこで、これは夢なのだ、と確信する。

彼ら二人が移動をはじめ、エスカレーターで下っていくので、こっそりと後をつけた。

歩くような感触や、皮膚に受けるはずの空気の温度も感じられなかったので、わたしは肉体を持っていないのかもしれない。

ドルジはその若者と、駅の出口あたりで別れた。お互いの挨拶までは、こちらには聞こえない。まったくの逆方向に二人は進んでいく。ドルジを追うことにした。方角を意識するだけで身体が進んでいく。そういう感覚だった。楽ちんではある。

交差点に溜まりはじめている人ごみを掻き分けながら、ドルジは南へと街を進んでいく。南に何があるのか、わたしには分からないが、彼の足取りは軽かった。

それが起きたのは、二十メートルほど行ったところだった。

ドルジが車道に向かって飛び出したのだ。まさに、わたしがはじめてドルジと出会った時と同じだった。ドルジが酔っぱらいを助けた時と。

車が行き交う車道に向かって、彼は地面を蹴っていた。もしかするとこれは、あの時の記憶にじゃっかんの加工がなされ、使い回されているのかもしれない。

ゆっくりとした光景に見えた。コマ送りの映像を眺めるように、わたしはそのシーンを呆然と見ている。

彼が何のために飛んだのかは、すぐに分かった。小さなポメラニアンが車道を歩いていたのだ。飼い主は、信号待ちをしている猫背の老人だった。放してあったのか、綱が外れたのかは分からない。とにかく、老人が犬の単独行動に気づいていないのは間違いなかった。

小型犬に気がつかないのか、ＲＶ車が速度を落とさず、轟々と音を立てて走ってきた。

ドルジはその犬を助けるために、飛んだ。嘘でしょ、とわたしは戸惑う。犬を助けるために道路に飛び出すなんて、陳腐この上ない、とも思った。

車の走り抜ける県道が、まるで川のようにも見える。ドルジは爽やかな水の中へ、勢い良く飛び込んだのだ、とそう感じた。

悲愴感や必死さは、ドルジの顔には浮かんでいなくて、どちらかと言えば、何かを獲得するかのような凜々しさがあったので、見惚れそうになる。

彼の声が聞こえる。

「死んでも生まれ変わるだけだって」

あまりに美しい日本語に、わたしは誇らしい気分だ。

気がつくと、景色は全部、消えていた。わたしの周りには何もなくなっている。

夢か、と思う一方でわたしは、これは未来の物語なのかもしれない、と想像した。

何らかの手違いで、意識が消えようとしているわたしの目に、何年後かの場面が垣間見えてしまったのではないだろうか。それくらいのボーナスがあってもいい。

もしそうだとすると、とわたしは考える。そうか、わたしは近いうちに、死んだドルジと再会することができるのではないか。そういうことにならないか。生まれ変わりには準備期間というものがあるらしいし。

いい加減と言うべきか、でたらめと言うべきか、わたしは楽観的にそんなことを思った。

細かいことはどうでも良かった。

眠りに落ちるように意識が薄れていくのを感じながら、本当に生まれ変わるんでしょうね、絶対でしょうね、とわたしは考えたりしていた。

◇ 現在 14 ◇

「河崎君はどうして、やらなかったの」麗子さんが、河崎に訊ねた。

動物園を一周した後、小さな売店でアメリカンドッグを買い、三人でベンチに座っていた。

「やらなかった？」

「彼が計画を立てたんでしょ？　江尻を殺す計画を練った。それなのに、どうして、彼は実行しなかったわけ？」

「その前に死んだから」ドルジが眉を上げた。簡単な答えだよ、と笑った。「俺に計画を話していたのに、突然、死んだんだ」

「せめて、実行してから死ねば良かったのに」麗子さんは妙なところに憤っている。

そういう問題ではないだろうに、と僕は思うのだけれど、口は挟めない。

「河崎の知ってる女の子がその頃、死んだんだ。同じ病気で」河崎が溜め息の後で言う。「その後、急に元気がなくなった。あっという間だった」

「彼がうつしたの？」

「彼はそう思ってた」

僕にはそのやり取りの意味はよく理解できなかったけれど、訊ねられる雰囲気でもない。

「でも、死ぬことはない」と麗子さん。

「俺もそう思う」河崎は、ソーセージを噛み砕くついでに、怒っているようでもあった。「でも、彼は死んだ。死ぬ前の日、河崎は言ったんだ。『因果応報だ』」

「因果応報？」そんな難しい日本語が、外国人の口から発せられるとは思わなかったので、かなり驚いた。

「ブータンではそう信じられている。善いことをすれば善いことが、悪いことをすれば悪いことが、返ってくる」

「で、河崎君は自分の病気が、因果応報だと思ってたわけ？」

『俺はたくさんの女と遊んだ。だから、病気になった』と言った。悪いことをしたから、悪いことが起きた、と」

「そういうわけじゃないと思う」麗子さんは、今はここにいない河崎さんを庇う発言をする。

「俺も違うと思った。だから、『間違っている、滅茶苦茶だ』と言った。そうしたら、河崎は言ったんだ」と彼はそこで言葉を一度止めて、僕に顔を向けた。『『世の中は滅茶苦茶。そうだろう？』』

それはまさに、以前、彼が僕に向かって発した台詞でもあった。

「そうね、世の中は滅茶苦茶、かも」

「俺はよく分からなくなったんだ。琴美も河崎もいなくなって、すごく悲しかった。死んでも、生まれ変わるだけだから、悲しくないはずなんだけど」

「なるほど」麗子さんがうなずく。

「俺はよく分からなくなったんだ」河崎はまた繰り返した。「河崎が死んだ後で、あの書店に行った」

「あの店に?」僕は訊き返す。

「夜だった。俺は店内にいる江尻を見つけた。驚いたよ。江尻はとても楽しそうだったんだ。あれは、酔っ払っていたのかもしれない」

怪しげな薬で遊んでいたのかも、と僕はこっそりと考える。

「それを見たら、本当に分からなくなった。不公平な気がした」フコーヘー、と外来語のように発音をする。

「なるほど」麗子さんは同意をするように言った。

「だから、俺は怒ったんだ」河崎の声は静かに零れて、動物園の地面に落ちた。「少し」

「あの」僕はそこで我慢できずに、口を挟んだ。「ごめんなさい」と謝っていた。

河崎と麗子さんが、僕のほうを見た。何を突然謝罪しているのだ、とびっくりしているのだろう。

「ごめんなさい」もう一度、謝る。「正直、僕は河崎たちの事情が分からないから、うまく共感とか同情とかできないんだ。ごめんなさい」

「謝ることじゃないでしょ」麗子さんが言う。

「何となく、申し訳なくて」

「椎名は、無理やり、巻き込まれただけなんだ」河崎が言った。

「でも」

「なぜ、俺が椎名を誘ったか、分かるか?」彼は、手に持った串でこちらを指した。

「分からない」

「はじめて会った時に、ディランを歌っていたからだよ」

「は？」

「俺がはじめて椎名を見た時、ディランを歌っていただろ。俺は、あのディランの声が好きなんだ。優しいし、厳しい。無責任で、温かい。前に河崎が言っていたんだ」

「河崎は君なんだってば」

「あれが神様の声だ、って彼は言ったんだ」

「その神様の歌を、僕が口ずさんでいたから、誘ったわけ？」

麗子さんは無表情ではあったものの、慰めるように僕の背中を叩いた。「君は」と彼女は言った。「君は、物語に途中参加しただけなんだ。謝ることはない」

その奇妙な励ましに、少しだけ納得した。僕は自分が主人公で、今こうして生活している「現在」こそが世界の中心だと思い込んでいたけれど、正確には違うかもしれない。それが分かった。河崎たちが体験した「二年前」こそが正式な物語なのかもしれない。主役は僕ではなくて、彼ら三人だ。

しかも、河崎が本物の河崎さんから日本語を教わっていたという「一年前」の出来事については、僕は想像をすることしかできない。彼ら二人がどういう思いで、計画を練り、生活をしていたのか。死んだ河崎さんは何を考えていたのか。想像するしかない。

アメリカンドッグを食べ終わると、僕たちは串をぽきりぽきりと折って、くず入れへ投げ、出口へと向かった。

レッサーパンダを盗んだ子供たちの姿はどこにもなかった。係員に見つかって、今頃は叱られているところかもしれないが、大きな騒ぎになっていなければいいな、と思った。

動物園を出る。麗子さんの車に乗り込んで、僕たちはやってきた道を逆になぞるような形で、アパートまで戻った。

僕たちを降ろした後、麗子さんはハンドブレーキを引いて、運転席から外に出た。ドアは開けたままだったけれど、「ねえ」と河崎に声をかけた。「自首したほうがいい」と抑揚のない声を出した。

河崎は口を開かない。

「相手は死んだわけでもないし、説明をすれば罪だって軽くなる」

「殺さなかったんじゃない。失敗しただけだ」河崎が肩をすくめる。

「自首しなさい」麗子さんは、さらに強く言った。

「ソウデスネ」河崎は、まるで片言の外国人に戻ったかのような言い方をして、うなずいた。

「絶対だよ」麗子さんは念を押した。

「日本語、よく分かりません」

河崎がまさかそんなことを言うとは思わなかったので、不意を突かれた僕は笑ってしまった。そして驚くべきことには、隣にいた麗子さんも声を立てて笑っていた。

ぜんまい仕掛けの人形が踊り出すことはあっても、彼女の表情が変化することは絶対にないと思っていただけに、唖然としてしまう。

僕が感じている以上に、これは珍しいことだったのかもしれない。河崎も口をぽかんと開けていた。

「わたしはね、ずっと他人のことなんてどうでも良かったんだけど」麗子さんは、自分が笑ったことに取り乱した様子もなかった。すでに、いつもの冷血の顔に戻っている。「でも、琴美ちゃんがいなくなって、河崎君がいなくなって、最近は、少しずつ考えが変わってきた」

「分かる」河崎が間髪を容れずに同意した。

「助けられる人は助けたい」麗子さんの口調は、相変わらずの一本調子ではあった。「そう思うこともある」

「分かる」河崎が繰り返した。「俺もそう思う」

「時々だけど」麗子さんが顎を引いた。

彼女がバスの中で痴漢に立ち向かっていた時のことを思い出した。それから、河崎が自転車を蹴散らしていた時のことも。あれは、彼らが二年間で変わった部分のあらわれなのだろうか。僕には推測することしかできない。

善いことをすれば報われる。河崎が言う宗教の教えは、僕には理解できていなかったけれど、もしそうだったらいい、と感じた。河崎は善いことをした。だから、少しくらいは大目に見てもらえないだろうか。人をちょっと殺そうとしたことなんて大目に。プラスマイナスゼロっていうわけにはいかないだろうか、と。

「あのさ」麗子さんの声から緊張感が消えた。「琴美ちゃんも河崎君も、言ってたんだけど」

「何？」

「ブータンってそんなにいい場所なの？」

河崎が白い歯を見せた。目尻に皺が寄った。「俺に訊かれても困る」

「家の財産は女が継いでいくっていうのは本当？」

「それはそう。土地や家は女性のものだ。結婚して、男が家に来る」

「それはいいな」麗子さんが顎に手をやる。「自分のことだけじゃなくて、他人のことを祈ってるっていうのは本当？」

「世の中の動物や人間が幸せになればいいと思うのは当然だろ。生まれ変わりの長い人生の中で、たまたま出会ったんだ。少しの間くらいは仲良くやろうじゃないか」河崎は淡々と言ってから「ブータン人はそう考えるんだ」

「それもいいな」

「田舎者なんだよ」河崎は眉を上げた。

それを聞きながら僕は、ブータンというのは何と素晴らしい国なのだろう、と眉に唾をつけながらも感心し、一方で、おそらく河崎が口にした「世の中の動物や人間」に、江尻さんは入っていなかったんだろうな、と思ったりした。

麗子さんが車に乗り込んだ。ドアが閉まると、動き出すのは早かった。坂道を勢い良く上っていく。

僕たちはそれを最後まで見送ることもなく、そのままアパートへと向かって歩き出した。河崎に何と声をかけるべきか、悩んでいた。励ますべきなのか、麗子さん同様に自首を勧めるべきなのか、それとも「嘘だろ」と無力な言葉を繰り返すべきなのか。

そうしていると河崎のほうから、「椎名、この後は暇か?」と言ってきた。

時刻は、午後の二時半というところだった。「今日はもう大学に行く気力もないから、予定は何もないよ」と正直に打ち明ける。

河崎は照れ臭そうに唇を曲げて、それからこう言った。

「神様を閉じ込めに行かないか?」

はじめて会った時と、まったく同じ印象を受けた。

あ、これは悪魔の言葉に違いないな、と思ったというわけだ。

バスに乗って駅へと向かう。

目的は分からなかったけれど河崎が、「駅に行きたいんだ」と言うので、従うことにしたのだ。どうやら、僕の役割は「お人好し」らしいので、逆らうべきではない。

車内では何を話していいのか分からずに、僕は窓の外ばかりを眺めていた。引っ越してきたばかりの時には物珍しくて、未知の風景に思えたけれど、今はもう、ごく普通のありきたりの景色としか見えなかった。慣れてきたと言うよりは、落ち着いてきたのだ。

先日までは複雑さの象徴のように見えていた無数の電線も、今ではただの無粋な綱にしか見えない。

交差点の渋滞で、バスがなかなか進まなくなる。「それ、どうするんだい?」僕は河崎が膝に載せているラジカセを指差した。

彼は、自分の部屋からわざわざラジカセを持ってきていた。電池で動くのだ、と言った。

「まあな」河崎は曖昧に返事をするだけで、答えてはくれない。

「さっき、動物園で話していたことは、本当なの?」訊くまでもないことだろうが、訊かずにはいられなかった。自力優勝の可能性がなくなった野球チームのファンが、「それでも何が起こるか分からないのが野球だ」とうそぶくのと同じくらい、往生際が悪かった。

「本当だ」河崎が言う。

「そう」僕は話が途切れるのが怖かった。

バスがようやく動き出す。大きなカーブを曲がりきって、加速をはじめたところで、僕は「でもさ、江尻さん、死ななくて良かったんじゃないかな」と言った。

「どうしてだ？」

「だって、殺人だと罪は重いよ。死ななくて、幸いだったと思う」

「どうだろうな」と彼は本当に関心がないようだった。

そこで僕は急に思いついた。「もしかしたら、河崎は試したの？」

「試した？」

「江尻さんを木に縛りつけて、殺さなかった。もし因果応報で、江尻さんが本当に悪かったら、死ぬだろうし、そうでなかったら、無事かもしれない。それを試したわけ？」

直接には手を下さずに、もっと巨大な、ルールというかシステムのようなものに、結果を託したのかもしれない。そんな空想が頭をよぎる。

河崎はにやにやと口元を緩めたが、返事をしてはくれなかった。

「ただ、俺は、かなり深く刺した」しばらくして、河崎が言った。「江尻の足をひどく刺した」

「え？」

「死ななくてもいい。せめて、歩けなくなればいいな」

「そんな、生々しいことを」と僕が顔をゆがめると、河崎が笑った。

笑えないっつうの、と僕は内心で愚痴る。

バスを降りて、高架歩道を歩いていくと、ほどなく駅に到着した。新幹線の到着ホームに新型の新幹線が停車しているのが見えた。

駅は観光客や、背広姿の会社員でごった返していた。おのおのが、ばらばらの方角を目指して進んでいるようで、複雑に混み合っている。

券売機の横を通り、エスカレーターを使い、三階まで上がった。新幹線の改札口がある。

「ブータンに帰るなら、新幹線では無理だろ?」と僕は軽口を叩いた。

「知らなかったよ」河崎がふざけて答える。

どうやら彼の用事は新幹線とは無関係らしく、大股でどんどんと先へ進んでいった。

あの夜と変わらなかった。書店を襲うためにずんずんと突き進んでいく河崎を、僕はただ追うことしかできなかったのだ。

コインロッカーが並んでいる場所で、ようやく河崎は立ち止まった。縦に四つ、横に二十個のロッカーが並んでいる。ちょっとしたロッカーの壁だ。

「ここ?」と僕は首を傾ける。「ここに用があったの?」

河崎は鍵の挿さっているロッカーを探すと、それを開いて、腰で扉が閉まるのを防いだ。ラジカセを持ち上げる。

「ラジカセをどうするんだい?」

通行人たちが次々と僕たちの横を過ぎていった。横目に、ラジカセを怪訝そうに見ていく人もいるが、たいていは気にもかけていないようだ。

「再生ボタンを押してくれないか」河崎は言いながら、右手を離して、自分の黒のパンツのポケットに突っ込んだ。百円硬貨を取り出している。

「これを再生?」状況が飲み込めなかったものの、とりあえず、言われたとおりに動いてみる。ラジカセを左手で支えながら、右手でCDの再生ボタンを押した。

CDが回転する音がして、しばらくすると軽快な演奏が鳴りはじめた。音量はうるさくもなく、聞こえないほどでもない。

「ボブ・ディラン」僕はすぐに分かった。

ラジカセから流れてくるのは、彼の代表曲である「ライク・ア・ローリングストーン」だった。

「そうだ」河崎は言うが早いか、そのラジカセをコインロッカーの中に押し込んだ。

「どういうこと？」これは何か特別な儀式なのだろうか、と僕は訝しんだ。

「神様を閉じ込めるんだ」河崎はそう言った。

「え？」

僕は慌てて頭を働かせる。推測をしてみる。彼は、ディランの声を「神様の声だ」と言った。

「神様の声を、ロッカーに入れて、で、神様を閉じ込めるってことなの？」

「そう」河崎が真顔でうなずく。「繰り返しだから、ずっと鳴ってる」

「こんなことに意味があるのかな」不躾な質問なのかもしれないが、あえてぶつけてみた。

「琴美が昔、言ったんだ」

「琴美さん？　二年前？」

「そう」河崎がコインロッカーの扉を閉めた。音がこもって、聞こえなくなる。「神様を閉じ込めておけば、悪いことをしてもばれない、ってそう言ったんだ」

そこで思い出したかのように、河崎は穿いている黒のパンツの尻ポケットを探った。よれよれになったスナップ写真を取り出すと、僕に寄越す。

何これ、と訊ねようとしたところで気がついた。「さっきの動物園だね」

入園門をくぐったところ、広い敷地で、三人の男女がパネルから顔を出している。そういう写真だった。

「俺と、琴美と、河崎」河崎は、記号を並べるかのように言った。

二年前、確かに存在していたはずの物語を想像しながら、僕は写真に目を近づける。活発そうな笑顔を浮かべている女の子が目に入る。きっとこれが、琴美さんだろうな、と分かった。

「これが河崎だよ。二枚目だろ」と彼は、それが自分の自慢であるかのように、隣の顔に指を向けた。

僕は無言のままうなずいた。そのはっきりとした目鼻立ちに、驚かされた。女性のような可憐さが、写真からも伝わってくる。

「何か書いてあるよ」僕は写真を裏返したところに、サインペンで字が書かれているのを発見した。

河崎が、「ああ」と声を上げる。「いつの間にか、書いてあったんだ。河崎が書いたんだろう。読めないから、忘れていた」

横書きで、綺麗な筆跡で、文が書かれている。

『さっさと生まれ変わって、また女を抱くよ。と言うよりも、本当に生まれ変わるんだろうな、ドルジ？』

何だ、これは。僕は眉をしかめてから、それを伝えるべきかどうか悩んだ。ただ、黙っているのも気が引けて、結局は、音読をした。

河崎は押し黙ったまま、困惑した笑みを浮かべた。

「これ、何だろうね」

この河崎さんがどういう思いで、どんな絶望感を背負って、どんな諧謔を込めて、写真の裏にペンを走らせたのか想像もできなかった。けれど、写真に写る、その整った顔立ちと文章を交互に眺めて、僕はとりあえず、「恰好つけてるだけじゃないか」と言ってやった。

するとガ河崎がふっくらと微笑んだ。

「そうだ、河崎は本当に恰好いいんだよ」そして、写真もロッカーに入れると、右手に持った百円玉を三枚投入して、鍵をひねった。「これで、神様を閉じ込めた」と言って、鍵をポケットにしまった。

閉まっているロッカーに耳を近づけてみた。かすかに、ディランの声が聞こえるような気もしたが、はっきりとは分からない。

「でもさ、これは、実際に神様を閉じ込めたことにはならない」

「儀式というのはそういうものだ」河崎は怯むこともない。

「儀式なんだ？」

「ブータン人は、代用品で誤魔化すのが得意なんだよ」

僕は、彼のさっぱりとした顔を眺めているうちに、細かい疑問や下らない常識は、どうでもいいような気持ちになっていた。

「そうだね」と笑う。「僕たちは神様を閉じ込めてみたんだ」

これは僕と河崎のコインロッカーだ、と思った。

あほらしい、と冷やかな目を向けてくる自分もいるのだけれど、僕はそいつには気づかないふりをする。

駅の構内から高架歩道に出るところで、河崎が、「俺はもう少し、街を歩いてから帰る」と言ってきた。

僕のほうにはそれを引き留める理由がなかった。ただ、「あのさ、自首のことだけど」と遠慮しながらも言ってみた。「別に麗子さんと結託して、自首を勧めるわけじゃないけど」でも、自首をするのが、今できる最善の選択には思えた。

「ケッタク？」

「一緒になって、自首させたいわけじゃない」と言い直す。「でも、自首したほうがいいよ」

「分かってる」河崎はすぐに答えた。

彼の喋り方は、本当に「分かってる」ように聞こえたし、その場しのぎの軽薄なものにも思えなかったので、僕はそれを信じることにした。

「じゃあ、また」と僕は手を上げて挨拶をする。

「またっていつだよ」河崎は軽快に言うと、歯を見せて微笑んだ。

僕たちは左右に分かれて、歩いていった。まるで、どこまで延長しても絶対に交差しない直線の上を、二人で進んでいくようだった。

◇ 現在 15 ◇

翌朝、電話の音で目を覚ました。僕はここ最近、いつも電話か呼び鈴によって起こされている気がする。逆に考えれば、電話と呼び鈴がなくなれば、一生涯、眠りつづけられるのかもしれない。

母からの電話だった。

「戻ってくるんだろ」彼女はほとんど断定する言い方をした。

「見舞いには行くよ」

「なら、今日、来なよ」

「今日って、もう、今日じゃないか」僕にとっては、予定というものは、当日が来る前までに計画すべきものだった。

「後悔する前に、今日帰っておいで」母の口調がしだいに尖ってくるのが分かり、これはもしかすると父の病状と無関係ではないのかもしれない、と気がつきはじめる。

「父さん、調子悪いの？」

「帰ってきたら、教えてやるから」

「何だ、その妙な取り引きは」言いながらも僕は、実家へ戻る決意を固めつつあった。まずは一度、父の病院へ顔を出そう、と思った。それから大学をどうするのか、真面目に悩むべきだ、と。

祥子もおまえに会いたがってるから、と母が電話を切る前に言ったのも、僕をその気にさせた要因のひとつではあるだろう。

叔母に会って、話を聞いてもらいたい気がした。引っ越してきてからの短い間に、僕が体験した奇妙な出来事を、彼女ならきっと馬鹿にせずに、最後まで聞いてくれるのではないだろうか。

赤いスポーツバッグを押入れから引っ張り出してくる。とりあえずの二泊三日の準備を、二十分かかってやった。

財布の中身を確認すると、かろうじて片道の新幹線代くらいは入っていて、ほっとする。母が復路の運賃を貸してくれなかったら厄介だな、とは思った。

庭側の窓を開けて、見渡した。シッポサキマルマリがいないかどうか、たしかめたかったのだ。ここで会えないと二度と会えないような、奇妙な予感があった。

玄関を出て、靴にかかとを入れると、鍵を閉めた。アパートはしんとしていた。通路の暗い天井を虫が這っている以外は、何も動いていない。

一歩踏み出したところで、河崎の部屋が気になった。昨日は何時頃帰ってきたのだろうか。足音のようなものはしなかったけれど、別に僕も耳をそばだてていたわけではない。

仙台を離れる前に、彼に伝えておかなくてはいけないことがたくさんあるような気がしてならない。

自首をしたほうがいいよ。琴美さんの話をしてくれないか。ブータンについて教えてくれ。君は「広辞苑」と間違えて「広辞林」を盗んできたけど、あれは漢字がよく分からなかったからだろ。

とにかく会話をすべきだと思った。少なくとも、「ブータン人であろうが、何人であろうが、君は僕の大事なお隣さんだ」ということは伝えておきたかった。「いつかブータンを案内してくれよ」とも。

呼び鈴を指で押してみる。「ピン」という短い音がした。指を離すと「ポーン」という長い音がつづく。町中に染み込んでいくように、ピンポーンと鳴った。

はじめてやってきた時と同じだな、と僕は思った。引っ越しの挨拶をするためにこのドアの前でそわそわとした、あの時と一緒だ。

河崎が玄関にやってくる気配はなかった。

僕はもう一度、ボタンに指を乗せて、ゆっくりと離した。

「ピン」と鳴って、「ポーン」と響く。

眠っているのか、それとも帰っていないのか、どちらだろうか。

書き置きでもしようか、と考えた。バッグを肩から下ろし、中からメモ用紙とボールペンを引っ張り出した。

玄関ドアに紙を押しつけて、『少しの間、実家に戻ります』と書いてみた。すぐに、河崎が字を読めないことに気がついて、紙を丸めた。僕は相変わらず、どこか大事なところが抜けているのだ。再びバッグを担いで、もう一度だけ、という気持ちでチャイムを押した。ピンとポーンがまた鳴る。

河崎はいなかった。

そうか、これも引っ越してきた時と同じだな、と思った。

アパートの脇に立っている桜の木にはまだ花は咲いていなかったけれど、徐々に蕾が覗きはじめているのが分かる。幹自体が桃色を帯びはじめているようにも見え、たとえ一本きりであっても、全身で「桜」になろうとする意志が漲っている。戻ってくる頃には、咲いているのかもしれない。いや、すでに散っているだろうか。

　アパートの敷地を出ると、待ち受けていたかのように、陽が射してきた。眩しくて片目を瞑る。肌がじんわりと暖かくなった。

　帰ってきた時、河崎はどうしているのだろうか。それを考えると、不安になる。まだこの部屋にいるのだろうか、それとも別の場所に姿を消しているのだろうか。いや、警察がこのアパートを囲い込んでいるかもしれない。

　やっぱり、彼と一度話をしてから、実家に行くべきではないだろうか、と後ろを振り返るが、すぐに思い直す。父の容態も、悠長なことを言っている場合ではないようだった。

　重たいバッグを肩にかけながら、上り坂を進むことにした。

　目の前の十字路を、可愛らしい柴犬が横切っていくのが見える。黒い柴犬だった。毛並みは良かったけれど、首輪はしていないので、野良犬なのかもしれない。鼻が、向かって右方向に曲がっていて、特徴がある。

　柴犬は立ち止まると、僕のほうをじっと見て、「帰るのか？」と訊ねるような顔をした。

　僕は内心で、「戻ってくるよ」と返事をしながら、その脇を通り過ぎていく。

　アパートで鳴ったチャイムの音が僕の髪の毛を後ろに引っ張るようでもあった。頭の中にその響きがずっと残っている。

　ピンポーン、と空に溶け込むかのような、伸びのある音がいつまでも、僕の中で聞こえている。

　ボブ・ディランはまだ鳴っているんだろうか？

　ふと、そのことを思い出した。狭いコインロッカーの中で、自分のペースを崩さずに、延々と歌いつづける彼の声を思い出すと、愉快な気分になった。
ボブ・ディランはまだ歌っているのだろうか？
どうかな、河崎？
僕は足元を見て、一歩ずつ、坂の終わりを目指すことにする。

No animal was harmed in the making of this novel.

参考文献

『赤瀬川原平のブータン目撃』赤瀬川原平　淡交社
『ブータン・風の祈り　ニルマン寺の祭りと信仰』田淵暁・写真　今枝由郎・文　平河出版社
『日本人の源流　ヒマラヤ南麓の人々』森田勇造　冬樹社

ブータンでの生活経験を持つ、佐々木義修様、井上圭介様にも情報をいただきました。こちらの抽象的な質問にも、丁寧に答えていただき、大変感謝しております。

また、このお話は当然ながら、僕の想像によって作られたものですから、現実とは異なる部分が幾つもあります。小説内のブータン人につきましても、一度だけ訪れたことのあるブータンの記憶や、彼らへの憧憬、物語上の要請からできあがった、架空のものだと思っていただけると幸いです。

ミステリ・フロンティア
アヒルと鴨のコインロッカー

2003年11月25日　初版
2004年12月10日　10版

著者：伊坂幸太郎(いさかこうたろう)

発行者：長谷川晋一

発行所：株式会社東京創元社

〒162－0814　東京都新宿区新小川町1－5

電話：(03) 3268－8231 (代)

振替：00160－9－1565

URL　http://www.tsogen.co.jp

Art Direction & Design：岩郷重力+WONDER WORKZ。

Cover Photo：©kazuya yoshinaga

印刷：モリモト印刷

製本：鈴木製本所

乱丁・落丁本は、ご面倒ですが小社までご送付ください。

送料小社負担にてお取替えいたします。

　ISBN4－488－01700－2　C0093